개정판 천기소설 운

평생에 꼭 한 번은 읽어야 할 보물책
성공출세 부자가 되는 진짜 가르침

개정판

천기소설

운

한국최고 '점술왕국' 회장 **손재찬 도인** 著

BiG 북갤러리

머리글

　이 책은 읽는 재미와 함께 엄청난 삶의 지혜를 드립니다.

　이 책은 글쟁이에게 대필을 시키지 않고 직감직필(直感直筆)로 수정 없이 단번에 써내려간 도필(道筆)임을 참고하시길 바랍니다.

　세상살이는 아는 만큼 보이고 생긴 대로 살아가며 그릇만큼 성공출세를 하고 마음쓰기만큼만 행복을 얻습니다.

　모든 사람은 똑같이 이 세상에 태어나지만 결코 똑같은 전생도 없고, 똑같은 집안환경도 없고, 똑같은 생김새도 없고, 똑같은 생각도 없고, 똑같은 가치관도 없고, 모두가 다르게 태어나고, 모두가 다르게 살아가고 있지만, 모두 성공출세를 하고 싶고, 모두가 부자가 되고 싶고 그리고 행복하기를 모두가 다 소망합니다.

　과연 마음대로 생각대로 소망한 대로 그리고 노력하고 기도한 대로 다 될까요?!

　우주자연의 많은 비밀 법칙 속에 불완전한 인간들이 살아가는 불확실한 현대사회에서 성공·출세·부자 그리고 행복의 방법들을 감동적이고 정확하고 속시원하게 가르쳐 드리겠습니다.

　이 책을 조금이라도 읽어보고 선택을 하시고 그리고 끝까지 다 읽어보고 난 후, 책 내용과 작가를 평판해 주시길 바랍니다.

　책 내용을 직접 확인하십시오!!

평생 명예를 내걸고 필자 씀

차례

제1장

'나는 누구인가?'를 찾아 산(山)으로 들어간다

내 분야에서 꼭 1류가 되고 싶다!
성공과 출세를 꼭 하고 싶다!
돈을 많이 벌어 마음껏 잘 써보고 싶다!
결혼을 잘하여 정말 행복하고 싶다!
질병의 고통 없이 건강하게 잘 살고 싶다!
그런데, 왜 마음먹은 대로 잘 안 되는 것일까?
정말로 신(神)들이 운(運)을 다스리는 것일까?
나는 알고 싶다 알고 싶다 알고 싶다 알고 싶다…….

오늘도 태양은 떠오르고 또다시 지고 내일도 태양은 또다시 떠오르고 또다시 지고 태양은 억만 년 동안을 떠오르고 또다시 지기를 반복하고, 밤하늘의 저 달도 점점 커지고 다시 작아지고 없어지고 또다시 생겨나고 커지고 작아지고 없어지고 생겨나기를 억만 년 동안이나 반복하니, 우리는 이러한 것을 우주자연현상진리적 운(運)의 법칙이라 합니다.

이러한 운의 법칙에 따라서 우주자연의 존재물인 우리 사람에게도 10년마다 크게 운이 바뀌는, 주기적으로 변화하는 대운(大運)때가 있으니 평생 동안에 7번은 기회가 있다는데, 사람은 부모님이 만든 제품이니 부모님의 유전인자적 핏줄운내림이 있다는데, 사람의 몸속에는 전생의 존재가 현생의 내 영혼으로 들어와 있으니 각자 전생업이 있다는데, 부처님이 오시기 전과 예수님이 오시기 전의 아주 먼 옛날의 과거에도 지금의 현재도 먼 훗날의 미래에도 그리고 모든 민족과 모든 나라에도 일·월·화·수·목·금·토가 있으니, 즉 해(日)·달(月)·별(星) 그리고 산(山)·물(水) 등등의 근원적 기운이 음양(陰陽)·오행(五行)·오성(五性)의 운으로 끝임없이 작용하여 항상 우리들에게 영향을 미치고 있다는데, 이러한 것들의 운(運)작용으로 모든 사람은 태어날 때 각자의 사주팔자와 운명(運命)을 타고나고 그리고 타고난 운명대로 살아간다는데, 도대체 현생의 나는 "어디로부터 와서 어떻게 살다가 죽으면 또다시 무엇이 되어 또 어디로 가게 될 것인가??????……."

　이러한 진실과 진리 그리고 삶의 큰 의문의 화두를 가지고 지금까지 정말로 파란만장한 인생길을 걸어온 필자의 인생살이 실제 이야기를 펼치면서 진리와 진실탐구의 보물찾기 여행을 떠나고자 합니다.

　먼저, 필자는 이 글을 읽고 있는 독자분들에게 진심으로 한마디씩 물어보고 싶습니다.

　위장이 쓰리도록 고민을 해 본 경험이 있습니까?
　아무도 보지 않는 곳에서 대성통곡을 해 본 경험이 있습니까?

꼬박 밤을 지새우며 일을 해 본 경험이 있습니까?

도시의 밤거리를 끝도 없이 걸어 본 경험이 있습니까?

눈물을 흘리며 빵 조각을 먹어 본 경험이 있습니까?

새우처럼 웅크리고 노숙을 해 본 경험이 있습니까?

사랑하는 사람에게 배신을 당해 본 경험이 있습니까?

밤낮으로 사랑하는 짝을 그리워해 본 경험이 있습니까?

꼭지가 돌만큼 술에 취해본 경험이 있습니까?

투자 손해와 사업 실패로 절망해 본 경험이 있습니까?

빚쟁이가 되어 도망다녀 본 경험이 있습니까?

포승줄로 묶여 물 고문을 당해 본 경험이 있습니까?

한 번쯤 자살을 시도해 본 경험이 있습니까?

진짜로 맨땅에 헤딩해 본 경험이 있습니까?…….

이렇게 살아도 보고 저렇게 살아도 보고 노력도 해보고 막살아도 보고 하다가 결국 자살까지 시도하였건만 마음대로 죽지도 못하고 다시 깨어나 종합병원이 쩌렁쩌렁 울리도록 하늘을 향해 눈깔을 치뜨고 주먹질을 하면서 울부짖습니다.

"나 좀 죽여 주세요! 나 좀 죽여 주세요! 나 좀 죽여 주세요!……."

목이 쉬도록 울부짖으며 또 울부짖으며 하늘을 원망하고 부모를 원망하고 운명을 원망해 본 사람이 지금 여기 있습니다.

복(福)을 잘 타고나거나 운이 좋아서 고생을 안 해본 사람이나 또는 부모를 잘 만나서 고생을 안 해본 사람은 정말로 그러한 사람들의 심정을 모를 겁니다. 삶의 벼랑 끝에 서 보지 않은 사람은 정말로 그러한 사람들의 심정을 모를 겁니다.

사나이 대장부로 태어나 꿈 한 번 못 펴보고 이리 떠밀리고 저리 떠밀리고 좌충우돌하다가 조금 있는 것마저 다 빼앗기고, 넘어지고 또 자빠지고 결국에는 실패자가 되고 낙오자가 되고 지지리도 못난 바보 아닌 바보가 되어서 부모 형제 친척 친구의 눈치를 살피는 등등 자격지심으로 인한 대인기피증까지 생기면서 어두운 뒷방의 구석방에 문 걸어 잠그고 구들장을 짊어지고 천장을 바라보며 몇 날 며칠이 지나도록 고뇌의 고뇌를 계속하다가 방문을 열고 기어 나와 하늘을 올려다보며 중얼거립니다.

"그래 산(山)으로 들어가는 거야. 산으로……."

내 삶의 마지막 방법으로 일생일대의 모험을 걸고 도(道)나 닦으려고 산으로 길을 떠납니다. 내 자신을 알기 위해서, 나의 운명을 내 스스로 알아보기 위해서, 왜 나는 그렇게도 운이 열리지 않는 것인지를 알고 싶어서 또한 더 이상 살고 싶지 않아서 그리고 아무도 없는 곳에서 스스로 죽음 생각까지도 하고 입산(入山)을 선택합니다.

도닦는 것까지도 실패하면 그곳에서 정말 죽음까지도 각오하고 산으로 길을 떠납니다.

80살 되신 어머님의 눈물의 전송을 뒤로하고 고향 생가를 나섭니다.

산중턱까지만이라도 짐을 옮겨준다면서 어머님을 모시고 고향 시골에서 농사를 지으며 오순도순 열심히 잘 살아가고 있는 동생 '손재성'이가 형의 짐을 짊어지고 뒤따라 나섭니다. 못난 형의 처지를 늘 걱정해주는 동생이 정말로 고맙고 또한 한편으로는 형으로서 부끄럽기도 하고 미안하기도 합니다.

　나는 도(道)를 닦으러 산(山)으로 길을 떠납니다.

　옛날 어릴 적에는 산머루를 따먹고 산다래를 따먹고 양지바른 곳에
자기 홀로 자생하는 춘란의 꽃대를 뽑아 까먹기도 하면서 뒤뜰 삼아
자주 올라 놀던 뒷동산이었건만 지금은 산 기도공부를 하러 산을 오
릅니다. 어릴 적 추억이 서린 그 산을 지금은 경건한 마음으로 오르고
있습니다.

　"하늘의 명기(明氣)는 산을 통하여 땅에 내린다"고 하니 나는 지금
하늘의 명기를 받아 신통력을 얻어서 내가 누구이고 나의 전생이 어떠
했는지? 나의 운명은 어떻게 타고났는지? 왜 나는 그렇게도 운이 열리
지 않는지? 이렇게 살다가 언제 어디서 어떻게 죽을 것인지? 죽은 후
에는 또다시 무엇이 되어 또 어디로 갈 것인지?…… 등등을 내 스스로
알아내기 위해서 나는 복잡한 심경(心境)으로 산을 오르고 있습니다.

　낮은 산 고개를 넘고 산 능선을 타면서 더 높은 곳을 향하여 계속
산을 오르고 있습니다. 이곳 산중턱쯤의 마당바위까지 올라왔으니 이
제 동생과는 헤어져야 합니다.

　나는 저승길을 떠나는 심정으로 동생과 또다시 다짐의 약속을 합
니다.

　한 달에 한 번씩 이곳 산중턱쯤에 위치한 넓은 마당바위 위에다 비닐
로 싸서 식량을 갖다놓고, 식량을 갖다놓을 때에 먼저 갖다 놓았던 식
량이 없어졌으면 산속에서 형이 살아있는 것으로 알고, 만약 식량이 그
대로 남아있으면 아무도 없는 산속에서 형이 도를 닦다가 죽은 것으로
판단해서 죽은 형의 시신이라도 찾아 그곳에서 불태워 화장을 시켜주

고, 그래도 우리가 이승에서 형제의 인연으로 만났으니 꼭 한 번 '해원천도제'라도 해주어 죽은 형의 원혼이라도 달래주기로 약속을 합니다.

눈물을 글썽거리는 동생의 등을 떠밀다시피 해서 산을 내려보냅니다.

이제부터는 내가 짐을 짊어지고 산을 오릅니다. 오랜 세월 동안 산속에서 혼자 살려고 옮기는 짐이다 보니 엄청나게 양도 많고 무게도 무겁습니다.

커다란 배낭을 등에 짊어지고 또 커다란 가방을 목에 걸어 메고 고달픈 삶의 짐을 짊어지듯 더 높은 곳을 향하여 산을 오릅니다. 다른 사람들은 운동 삼아 소풍 삼아 그리고 건강을 위해 산을 오르건만 이놈의 신세는 중년쯤의 나이에 죽음을 각오하고 도를 닦으러 산을 오른다고 생각하니 제 설움에 복받쳐 울면서 산을 오릅니다. 아무도 보는 사람이 없으니 큰소리로 엉~엉~ 울면서 산을 오릅니다. 개소리 닭소리 사람소리가 들리지 않는 깊고 높은 산속으로 계속 들어가면서 더 높은 곳을 향하여 산을 오릅니다.

내 나이 17살쯤부터 가끔 꿈속에서 보아왔던 산꼭대기 바로 아래의 '옹달샘'을 찾아서 깊고 높은 산을 계속 오릅니다.

땀과 눈물은 범벅이 되어 흘러내리고 무거운 짐으로 다리는 후들거리고 어깨는 아프고 목은 뻐근하고 숨을 헉헉대면서 가시에 옷이 찢기고 살이 찔리면서 고달픈 삶의 무거운 짐까지 짊어지고 가파른 산을 오릅니다.

오랜 세월 사람이 다니지 않아 산길도 없는 산을 가시에 찔리고 넘어지고 하면서 지난밤 꿈속에서 또 보았던 옹달샘 근처의 지형을 머릿속에 떠올리면서 코끼리가 수명을 다하면 자기 죽을 곳을 스스로 찾아가듯 나는 숙명처럼 무엇에 홀린 사람처럼 산꼭대기 바로 아래에 위치한 옹달샘을 찾아 두리번거리며 더 높은 곳을 향하여 산을 오릅니다.

가시에 찔린 팔과 다리에서 피가 흘러내립니다.

눈에서는 눈물이 흘러내리고 온 몸뚱이에서는 땀이 흘러내리고 있습니다.

드디어 눈에 익은 듯한 지형이 나타납니다.

눈이 번쩍 뜨입니다.

어깨가 내려앉을 듯 등허리가 끊어질 듯 목이 꺾일 듯한 무거운 짐들이 순간 가볍게 느껴지면서 힘이 솟습니다.

오랜 세월 동안 꿈속에서만 보아온 바로 그곳에 다다릅니다.

"오!……."

드디어 찾았습니다. 조그마한 집터 하나만큼의 평지가 있고 그 옆의 움푹한 곳에 쪼르르~쪼르르~ 흘러내리는 물줄기가 보입니다.

그 물줄기를 따라서 위쪽을 바라보니 '옹달샘'이 있습니다.

숙명처럼 찾고 있는 그 옹달샘이 지금 눈앞에 보입니다.

뜨거운 모래밭의 사막에서 목마름으로 기진맥진할 때에 생명수 오아시스를 만난 듯 너무나 너무나 반갑습니다.

나는 그때까지 짊어지고 있던 짐을 조심스레 내려놓고 먼저 옹달샘에 큰절로 절부터합니다.

뜨거운 내 가슴에 알 수 없는 찡~ 하는 감정을 느낍니다.

알 수 없는 이상한 전율까지 느끼면서 맑고 맑은 산속의 옹달샘 물을 그냥 엎드려서 한없이 꿀꺽~꿀꺽~ 들이킵니다.

정말로 물맛이 좋고 또한 시원합니다.

한숨 돌리고 나서 또 엎드려 옹달샘 물을 들이킵니다.

이 옹달샘은 한반도 남쪽 땅 끝 전라남도 고흥군에 소재한 '천등산 (天登山)' 산꼭대기에서 남쪽으로 뻗어 내린 '탑사골' 골짜기의 맨 위쪽 8부 능선 높이쯤에 위치하고 있습니다.

이 높은 산꼭대기 근처에 이런 옹달샘이 있다니 참으로 신기하고도 신기합니다.

무엇인가 알 수 없는 수수께끼의 비밀이 있는가 봅니다. 삶의 벼랑 끝에서 만난 이 깊고 높은 산속에 존재한 옹달샘의 비밀을 조심스레 밝혀 보기로 하겠습니다.

이제부터 보통 사람들은 결코 알 수 없는 신(神)들의 세계와 영혼과 혼령 그리고 전생과 환생 그리고 현생과 래생 등등의 실제 이야기를 펼치면서 삶의 해답을 얻기 위한 운(運)의 신비 세계로 탐험이 시작됩니다.

제2장
천등산(天登山) 신령님의 계시를 받는다

필자는 지금, 깊고 높은 천등산속의 옹달샘 옆에 앉아 있습니다.

산속의 옹달샘 물을 실컷 들이키고 잠시 옹달샘 옆에 앉아 땀을 식히면서 내 자신을 생각해봅니다.

필자는 이곳 천등산의 산꼭대기에서 남서쪽으로 가장 크고 기다랗게 뻗어 내린 산줄기의 끝머리 마을 '전라남도 고흥군 도화면 가화리 이목동' 배나무고을이라고 불리는 시골에서 밀양손씨 가문의 시조 '손순할아버지'의 40대 손으로 이곳 천등산의 명기와 지기를 받고 갑오년에 태어났습니다.

"인걸(人傑)은 지령(地靈)이라."

명산(名山)의 명기(明氣)가 명인(名人)을 배출하고, 또한 지명(地名)과 산 이름은 이름에 따른 기운(氣運)이 흐르고, 그리고 살아있는 모든 만물은 풍수지리 기운의 영향을 받으니 필자의 고향 배나무고을의 지형을 조금만 소개할까 합니다.

'배나무고을'이라는 전라남도 고흥군 도화면 가화리 이목동 마을은 천등산의 산줄기가 가장 크고 기다랗게 뻗어 내린 산줄기의 끝머리에 위치하고, 마을의 뒷동산은 '병풍바위'로 빙 둘러있고, 마을의 양쪽 옆으로는 '안태산'과 '삼태산'이 마을을 감싸듯하고, 마을의 앞쪽으로는 들판이 펼쳐지고, 그 들판 너머로는 멀리 '유주산'이 솟아 있고, 마을에서 1km 거리쯤의 남서쪽으로는 '남해바다'가 펼쳐지고, 푸른 바다 위에 소록도(小鹿島, 작은 사슴섬)·거금도·유리도·시산도가 보이고 녹동항구와 소록연륙교, 그리고 거금연도교가 푸른 바다 위에 우뚝 솟아 있는 모습이 보이고, 동남쪽으로는 멀리 대한민국에 하나밖에 없는 나로우주발사대가 보입니다.

배나무고을에서는 옛날부터 대대로 선비·지관·점술가·도사 등등의 특별한 인물이 끊임없이 태어난다고 전해 내려오고 있습니다.

배나무고을의 풍수지리 기운이 이러해서인지 나는 어릴 적부터 늘 의구심이 생겼습니다. 내 나이 17살쯤부터 가끔 꿈속에서만 보아왔던 산꼭대기 근처의 신기한 옹달샘의 존재에 대해서 의구심이 있어 왔고, 그리고 천등산 중턱 아래의 '탑사'란 옛 절터와 현재까지 남아있는 우뚝 솟은 돌기둥의 존재에 대해서도 의구심이 있어 왔습니다. 이 모든 것들이 나와는 무슨 관련성이 있고 또한 어떤 인연이 있는 것일까?……

하루 종일 무거운 짐을 짊어지고 엉~엉~ 소리내어 울면서 눈물과 땀을 흘리며 넘어지고 엎어지고 나뭇가지에 찢기고 가시에 찔리고 피까지 흘리면서 개소리 닭소리 사람소리가 들리지 않는 첩첩 깊고 높은 산을 올라와 산꼭대기 아래 옹달샘 옆에 앉아있는 내 자신을 잠시 생각해봅니다.

이제 사나이가 쏜 화살은 이미 활시위를 떠나 공중을 날고 있는 화살이 되었습니다.

날고 있는 화살은 멈추면 땅에 떨어지니 계속 날아갈 수밖에 없습니다.

마지막 유서까지 써놓고 유언까지 남기고 입산을 했습니다.

앞으로는 이곳에서 무엇이든 스스로 해결하면서 기본식량 외에는 자급자족을 해 나아가야 합니다.

나 홀로 산속에서 살아가야 하니 아프지도 말아야 합니다.

필자는 젊은 날 한때 조국을 지키는 국방의 의무로 공수특전부대에서 군생활을 했습니다. 공수특전부대에서 하사관으로 군대생활을 할 적에 산속에서 또는 적 지역에서 스스로 살아남아야 하는 생존학을 배웠고 또한 낙하산훈련과 특수전투훈련 등등 가장 혹독한 군대훈련도 경험해 보았으나, 산속에서 도닦는 공부는 스승도 없고 책도 없고 동료도 없이 오직 혼자서 고독과 추위 그리고 배고픔까지 이겨내면서 해야 하고, 그 기간은 1년이 걸릴지 10년이 걸릴지 아니면 평생이 걸릴지 기약조차 없습니다.

나는 이제 길 없는 길을 가야 합니다.

길 없는 길을 이제부터 길을 만들면서 나아가야 합니다…….

때는 이른 봄철이라 나뭇가지에는 새움이 틔기 시작하고 진달래꽃이 피기 시작합니다.

봄은 만사만물의 시작이니 때마침 나도 입산수도의 시작을 합니다.

나홀로 도닦는 공부가 1년이 걸릴지 10년이 걸릴지도 모르고 또한 해를 붙잡아둘 수도 없으니 우선 짐을 풀고 텐트를 칩니다.

그러고 나서 오랜 세월 동안 묵혀있던 옹달샘인지라 깨끗이 청소를 하고, 납작하게 생긴 커다란 돌을 안고 와 옹달샘 옆에 제단을 만들고 나니 이제 하루 해가 저물어갑니다.

아무도 없는 산속인지라 땀으로 젖은 옷을 훌훌 벗어버리고 옹달샘 아래편에서 옹달샘 물로 머리끝에서 발끝까지 몸을 씻습니다. 몸을 씻으면서 찌들은 삶의 찌꺼기까지 함께 더러워진 마음의 때까지 모두 씻어냅니다.

이른 봄철 해가 질 무렵의 깊고 높은 산속의 옹달샘 물인지라 몹시 차갑지만, 차가움도 잠시뿐이고 몸에 물을 끼얹고 문지르고 또 물을 끼얹고 또 문지릅니다.

발가벗은 알몸뚱이에서 김이 무럭무럭 피어오르고, 이가 다각 다각 부딪히고, 몸뚱이가 달달 떨리지만 목욕이 끝날 무렵에는 오히려 춥지도 않고 너무나 개운합니다.

해가 저물어 길게 산그림자가 드리워진 산 경치를 한 번 둘러보고 개운한 기분으로 옷을 갈아입습니다.

그러고 나서 짊어지고 올라온 짐 속의 곡식자루에서 쌀 한 홉을 꺼내 씻어 조그마한 솥에 신령님께 올리는 공양미 밥을 짓고, 3가지 삼색 과일을 깨끗이 씻어 접시에 담습니다. 그리고 굵은 소금을 꺼내어 4방으로 조금씩 뿌리고, 또 물 한 바가지를 떠서 4방으로 조금씩 뿌리면서 기도처 도량을 깨끗이 정화를 합니다. 그리고 양초 두 자루를 꺼내어 돌 제단 위에 세웁니다. 기도 준비를 다하고 정성스러운 마음으로 공양미 밥을 솥 채 돌 제단 위에 올리고, 삼색 과일을 올리고, 술 석 잔을 올립니다. 그리고 양초 두 자루에 불을 켜고, 향 세 개에 불을 붙여 향을 사릅니다.

그런 다음 동서남북 4방으로 서서 합장으로 한 번씩 인사를 하고, 돌 제단을 향해 큰절 3번을 하고, 두 손을 합장으로 모으고 하늘과 신령님께 처음으로 기도를 올립니다.

"하늘이시여! 신령님이시여! 저는 저 아래편 산 넘고 또 산 넘어 이 산줄기 끝머리 배나무 고을 밀양손씨 가문의 40대 손으로 갑오년에 태어난 손재찬입니다.

저의 탯줄은 이곳 천등산의 산줄기 끝머리 배나무고을 마을 어귀에 묻혀 있고, 저희 할아버지 할머니 그리고 아버지 조상님의 묘소도 이곳 천등산의 산줄기 끝머리 배나무 고을 마을 뒷산에 묻혀 있습니다.

사나이로 이 세상에 태어나 꿈도 크고 이상도 높고 야망도 있었건만 어찌해서 운을 열어주지 않는 것입니까? 제 꿈속과 현실에서 일어나는 기이한 일들은 다 무엇입니까? 나는 정녕 누구이며 내 영혼은 정녕 누구입니까, 나의 삶이 전생의 업보라면 나는 정녕 어떻게 살아야 합니까? 전생에 무슨 죄를 얼마만큼 지었기에 이다지도 운(運)을 열어주지 않는 것입니까? 내 영혼의 전생업보입니까? 아니면 내 부모조상님의 핏줄 내림업보입니까? 차라리 내가 바보천치로 태어났다면 이다지도 괴롭지는 않을 것이며 고민하지도 않을 것입니다.

아무리 노력을 해도 운이 열리지 않고, 또한 운이 따라주지 않으니 너무나도 힘이 들고 하늘이 원망스러울 뿐입니다. 저는 손씨 가문을 핏줄의 인연으로 또한 이곳 천등산을 지령의 인연으로 태어난 몸이니 최후로 이곳에 맡기러 왔습니다.

저를 죽이든 가르침을 주시든 하늘과 신령님의 뜻대로 하십시오!

현생에서의 나의 삶이 전생의 업보이든 또는 핏줄의 업보이든 이 생명이 다할 때까지 실패 낙오자로 계속 살아야 할 운명이라면 차라리 오늘 죽음을 선택하겠습니다.

　내가 누군지도 모르고 그 이유도 모르고 바보처럼 살다가 한과 미련을 안고 끝낼 운명이라면 차라리 오늘 아무도 보지 않는 이 깊고 높은 산속에서 죽음을 선택하겠습니다.

　내 손으로 만든 이 돌 제단을 차라리 오늘 제 목을 베는 단두대(斷頭臺)로 사용하십시요!

　오늘 아무도 없는 이 산속에서 스스로 죽음을 선택하려고 하니 신령님들께서 신통술로 제 목숨을 거두어 주시옵소서!

　실패자의 인생, 이 세상 그만 살고 싶습니다……."

　나는 넋두리처럼 중얼거리고 하염없는 눈물을 흘리면서 내가 만든 돌제단 앞에 무릎을 꿇고 머리를 옆으로 눕혀서 내 목을 돌 제단 위에 올려놓습니다.

　지난날의 힘들고 억울하고 어려웠던 일들이 주마등처럼 스쳐 지나갑니다.

　부모님과 형제들의 얼굴이 떠오르며 또 스쳐 지나갑니다.

　하염없는 눈물이 계속 흘러내립니다.

　다른 사람들은 살려고 발버둥을 치고 있는데 젊은 나이에 스스로 죽음을 선택하고 있는 내 자신의 모습이 너무나도 쓸쓸하고 처량하여 설움이 복받쳐 하염없는 눈물이 계속 흘러내립니다. 소리 없는 울음이 이내 통곡으로 바뀌면서 깊고 높은 산속에서 목놓아 대성통곡을 합니다. 해는 이미 저물어 어둡고, 깊고 높은 산속에서 나 홀로 밤중에 대성통곡(大聲痛哭)으로 울면서 목이 쉬도록 원도 한도 없이 울고 또 울고 있습니다.

질긴 목숨인지 죽어지지는 않고, 설움이 복받쳐 울다가 울다가 지쳐서 울음이 그치니 나는 돌 제단을 움켜잡고 있고, 촛불은 꺼져있고, 주위는 캄캄한 산속의 어둠뿐입니다.

정신을 가다듬으니 코는 맹맹~거리고 으스스한 한기가 들면서 배가 고픕니다.

눈물을 닦고 코를 풀고 나서 밤하늘을 올려다보니 어찌 그리도 별들은 총총~한지 퉁퉁~ 부은 눈두덩이 사이로 밤하늘에 빛나는 별만 보이고 주위는 캄캄하여 아무것도 보이질 않습니다.

한참 동안 밤하늘의 별을 올려다보며 진정이 되자 해가 지기 전 밝았을 때의 주변 모습을 떠올리면서 손을 더듬어 성냥을 찾고 불을 켜 다시 초에 불을 붙이고 촛불이 바람에 꺼지지 않도록 조심 또 조심합니다.

배가 너무나 고파서 우선 옹달샘 물을 꿀꺽~꿀꺽~ 들이키며 시장끼를 달래고 얼굴과 손발을 씻습니다.

그리고 돌 제단 위에 올려놓은 음식을 내려와 먼저 밥 한 숟갈을 떠서 "고수레!" 소리와 함께 텐트 밖으로 던져버리고 나 홀로 텐트 안에서 다 식어빠진 밥을 먹습니다. 시장끼가 반찬이라고 집을 나설 때 아침밥을 먹고 하루 종일 무거운 짐을 짊어지고 산을 오르고, 아예 점심은 굶고 이제 어두워진 밤이 되어서야 저녁밥을 먹으니 밥맛이 꿀맛처럼 맛있습니다.

조금 전까지만 해도 깊고 높은 산속의 어둠 속에서 대성통곡으로 울 때는 정말 이 세상 그만 살 것 같더니만 밥을 먹을 때에는 왜 이리도

밥맛이 좋은지 모르겠습니다. 다 식어빠진 맨밥에 김치와 콩자반으로 밥을 다 먹고 과일 하나까지 후식으로 먹습니다. 그리고 나서 어두우니 대충 치우고 오늘은 산속의 첫날밤이니 그냥 일찍 잠자리에 들어갑니다.

으스스하여 영 잠이 오질 않습니다.

이리 뒤척 저리 뒤척, 이런 생각 저런 생각이 떠오르고 지나간 바깥세상의 일들이 주마등처럼 스쳐가고 또 부모님과 형제들의 얼굴이 떠오릅니다.

깊은 밤 텐트 밖의 숲 속에서는 소쩍새가 밤새도록 구슬피 울고 있습니다.

밤에 우는 소쩍새의 울음소리가 그렇게도 구슬프다는 이야기를 뼛속에 사무치도록 난생처음 느껴봅니다.

첩첩산중의 깊고 높은 산속에서 캄캄한 밤중에 나 홀로 얇은 천으로 되어있는 텐트 안에 지금 누워 있습니다.

텐트 밖의 숲 속에서 들려오는 소쩍새의 구슬픈 울음소리쯤이야 '아무리 구슬퍼도 새이니까'라고 생각하지만, 텐트 밖의 어둠 속에서 들려오는 정체불명의 부스럭거리는 소리와 짐승 발자국소리에 머리칼이 거꾸로 서는 듯 소름을 끼치게도 합니다.

처량함과 두려움의 감정을 내 스스로 안정시키면서 잠을 청해보지만 으스스함과 추위로 영 잠이 오질 않습니다.

밤은 점점 깊어가고 어떻게든 잠을 청해보려고 어둠 속에서 더듬더듬 옷을 찾아 하나 더 껴입고 새우처럼 웅크리고 잠을 청하니 이제야 겨우 잠이 오길 시작하고 깊은 잠 속으로 들어갑니다.

오늘도 잠 속에서 꿈을 꿉니다.

내 나이 17살쯤부터 지금까지 가끔씩 꿈속에 나타나서 무엇인가를 암시해주고 또한 계시를 해 주던 먹물색 삿갓을 쓰고 먹물색 옷을 입고 먹물색 걸망을 짊어지고 기다란 지팡이를 짚고 다니는 그 스님이 또 나타납니다.

꿈속에 나타난 스님은 산꼭대기 위에서 장삼자락을 바람에 휘날리며 한 손으로 삿갓을 들어 올리고 산속에 들어와 텐트 안에서 웅크리고 잠을 자고 있는 내 모습을 한참 동안이나 내려다보더니 빙그레 웃고는 이내 사라집니다.

또, 내 나이 17살쯤부터 지금까지 내가 위험과 억울함을 당할 때마다 가끔씩 꿈속에 나타나서 '최악은 막아 줄 테니 걱정하지 말라' 하시던 쇠꼬챙이 달린 투구를 쓰고 갑옷을 입고 말을 타고 항상 큰칼을 한 손에 들고 다니는 그 장군님이 우렁찬 말발굽소리와 함께 말을 타고 또 나타납니다.

꿈속에 나타난 장군님은 말 잔등 위에 올라 앉아 산속 텐트 안에서 혼자 웅크리고 잠을 자고 있는 내 모습을 한참 동안이나 내려다보더니 껄껄껄~ 웃고는 이내 사라집니다.

이 삿갓 쓴 스님과 말을 탄 장군님은 가끔씩 꿈속에서 보아왔기 때문에 그냥 그러려니 합니다.

계속 잠을 자고 있는데 이번에는 오늘 처음 보는 '백발노인'이 하얗고 기다란 머리칼과 수염을 바람에 휘날리고 하얀 도포자락을 또한 바람에 휘날리며 기다란 지팡이를 짚고 산꼭대기 위에 서서 나를 내려다보며 빙그레 웃고 있습니다.

나는 꿈속에서 오늘 처음 보는 백발노인에게 묻습니다.

"노인장께서는 누구신데 곤히 자고 있는 이 사람을 내려다보며 웃고 계시는지요?"

"껄껄껄, 이곳 천등산의 산신령이시다. 네가 입산할 때까지 오랜 세월을 이곳에서 기다렸느니라."

"무슨 연유로 이 사람을 오랜 세월동안이나 기다렸는지요?"

"너는 인간세상에서 아무렇게나 그냥 평범하게 살아야 할 그런 사람이 아니었느니라."

"자세히 가르쳐 주실런지요?"

"각각의 사람에게 들어와 있는 영혼은 각각의 바람과 하늘의 법칙에 따라서 그 운명이 다 정해져 있느니라."

"그렇다면 내 몸 속에 들어와 있는 내 영혼이 누구인지 가르쳐 주실런지요?"

"너의 영혼은 하늘의 신[天神]으로서 인간으로 다시 환생하였느니라."

"하늘의 신이 인간으로 왜 다시 환생하는지요?"

"그것은 신과 영혼만이 알 수 있느니라."

"어떻게 하면 신들께서 하시는 일을 인간도 알 수 있게 되는지요?"

"신통력을 지녀야 하느니라."

"어떻게 하면 그 신통력을 지닐 수 있는지요?"

"신통력을 지닐 수 있는 과정의 도(道)를 닦아야 하느니라."

"그렇다면 이 사람도 도를 닦을 수 있는지요?"

"너는 전생(前生)부터의 상근기(上根機)가 있으니 도(道)를 닦을 수 있느니라."

"산신령님, 그 말씀들이 정녕 그러한지요?"

"정녕 그러하도다."

"산신령님, 왜 하필이면 천등산이온지요?"

"네 영혼의 전생부터의 인연 때문이고 손씨 가문의 탄생 핏줄의 인연 때문이니라."

"전생과 핏줄의 인연 때문이란 무슨 뜻이온지요?"

"이제부터 이곳 천등산에서 도를 닦고 신통력을 지니게 되면 스스로 다 알 수 있게 되느니라. 껄껄껄."

웃음소리를 뒤로하고 산신령님이 그냥 사라져 버립니다.

나는 계속 꿈을 꾸고 또 꿈을 꿉니다.

꿈속에서 바라보니 지금 텐트가 있는 곳엔 움막집이 만들어져 있고, 옹달샘은 빙 둘러서 돌담으로 둘러있고, 돌 제단이 크고 높다랗게 만들어져 있고, 그 위쪽에는 높다란 돌탑이 커다랗게 세워져 있습니다. 그리고 원시 자연인처럼 머리칼은 길게 자라서 등허리까지 내려오고, 수염도 길게 자라서 앞가슴까지 내려오고, 다 헤진 기워 입은 누더기 옷 차림으로 돌탑 앞에 가부좌를 틀고 앉은 한 남자가 눈을 감고 명상삼매에 들어있는 기이한 모습을 봅니다.

그 모습을 자세히 들여다보니 내 자신의 모습인 것입니다…….

나는 그 이튿날 새벽 으스스한 추위 때문에 잠에서 일찍 깨어납니다.

누워서 가만히 지난밤의 꿈을 분석해 봅니다.

좋은 꿈이든 또는 나쁜 꿈이든 나와 전혀 상관이 없는 꿈이라면 나의 꿈속에 나타나지 않을 것이기 때문입니다.

내 나이 17살쯤부터 지금까지 똑같은 모습으로 내 꿈속에 나타나던 그 삿갓 쓴 스님과 말을 탄 장군님은 도대체 누구일까? 나와는 무슨 상관이 있는 것일까? 그리고 지난밤 처음으로 나타난 백발노인 산신령님과 꿈속에서 나누었던 많은 대화의 내용들은 정녕 그러한 것일까?

나는 이렇게 저렇게 생각을 하고 분석을 하면서 내 운명의 모든 비밀과 의문들이 이곳 천등산에서 분명히 풀릴 수 있을 것이라 믿습니다.

그러면서 지난밤 꾸었던 꿈들을 하늘의 계시로 받아들이기로 하고 잠자리에서 일어납니다.

텐트 밖으로 나옵니다.

높은 산꼭대기의 아침은 일찍 시작됩니다.

산새들이 아침 노래를 부르며 내게 인사를 해옵니다.

나도 산새들에게 아침 인사를 건넵니다.

서로 말하는 표현은 다르지만 뜻은 통하리라 생각하면서 나는 산새들과 아침 인사를 나눕니다.

'새들아! 나도 이제부터 이곳에서 살게 되었으니 이웃 간에 우리 서로 잘 지내보자꾸나. 서로 이해하면서 옹달샘 물도 함께 나누어 먹으면서 끝까지 좋은 이웃으로 잘 지내보자꾸나'라고 인사를 건넵니다.

그리고 나서 옹달샘으로 가 물 한 바가지를 떠서 허공에 휙 뿌리니 물 떨어지는 소리가 후드득하고 큰소리로 깊고 높은 산속의 아침을 깨웁니다.

산속의 아침을 깨우고 다시 옹달샘 물을 떠서 한 입 넣고 입을 헹구니 너무나 상쾌하고 차갑습니다.

옹달샘 생수를 몇 모금 마시니 너무나 기분이 상쾌하고 물맛 또한 천하일미입니다.

우리 아버님의 말씀이 생각납니다.

"매일 아침 잠자리에서 일어나거든 공복에 생수 세 모금씩만 계속 마시면 어떠한 위장병도 치유할 수 있다. 또한 우리 몸은 70% 정도가 수분이기 때문에 반드시 좋은 물을 잘 마셔야 한다"라고 하셨으니, 나는 그동안 무절제한 세속생활로 신경성 위장병이 있었는데 이곳 산속의 옹달샘 천연생수로 신경성 위장병을 치유해야겠다고 그리고 건강을 회복해야겠다고 생각을 해봅니다.

깊고 높은 산속의 맑고 차가운 옹달샘 물이 목구멍을 타고서 위장 속으로 내려가는 짜릿함을 기분 좋게 느껴봅니다.

또한 이곳 산속의 아침 공기는 너무나 맑고 상쾌합니다.

숨을 들이쉴 때마다 콧구멍에서부터 폐 속 깊숙이 시원한 상쾌함이 기분 좋게 느껴집니다.

필자는 젊은 날 한때 젊은 혈기로 저항심과 반항심 때문에 학생운동도 경험했고, 또한 호신무술도 많이 하여 항상 우두머리 기질이 있어 젊은 날 한때 사고를 치고 수사기관의 무리한 취조를 받으며 여러 번씩이나 물고문을 당했던 경험이 있습니다.

낮에는 쇠창살 유치장에 갇혀 있다가 밤이 되면 지하 취조실로 불리어가서 덩치 큰 수사관 서너 명에게 강제로 수갑과 포승줄로 손발이 묶인 채로 기다란 벤치의자에 눕혀지고 얼굴에 수건을 씌우고는 숨을 쉴 수 없도록 내 콧구멍 속에다 주전자로 계속 물을 부어대는 것입니다. 그러면서 실토할 의사가 있거나 말을 하고 싶으면 손가락을 까딱거려 신호 표시를 하라고 할 때엔 정말로 고통스럽고 숨이 답답했습니다. 까무러치고 기절도 했습니다. 너무나 고통스러워서 또한 비몽사몽 간에 거짓자백을 하기도 했습니다. 자포자기를 하면서 또는 숨 한 번 쉬어보려고……

나는 젊은 날 그때의 그런 일들 때문에 기침이 가끔씩 후유증으로 나타나기도 합니다.

악법도 법이니 국가기관이 필요에 따라 제정을 하여 공포 및 시행하는 실정법은 지켜져야 하지만, 편의적 발상의 법령 남발과 힘 있는 자들의 무법행위와 편법행위 그리고 떼법행위 등등은 없어져야 하고, 국가권력의 남용으로 인권을 유린하는 고문행위는 더더욱 없어져야 할 것입니다.

나는 산속의 이 맑은 공기로 고문의 후유증으로 재발하는 기침증세도 치유해야겠다고 생각을 해봅니다.

이제 젊은 날의 지나간 나쁜 일들은 모두 다 잊어버리기로 하고, 깊고 높은 산속의 이 좋은 생수와 맑은 공기로 병든 육신과 정신 그리고 마음의 병까지 스스로 깨끗이 치유하려 합니다.

환경이 바뀌었으니 생각을 바꾸고 행동까지 바꾸어 나아갈 것입니다.

지난날의 잘못들을 스스로 반성하고 지난날의 실패들을 스스로 분석하여 새로운 앞날을 준비해 나아갈 것입니다.

우리의 삶은 앞날이 더더욱 중요하기 때문입니다.

제3장
목표와 계획 그리고 실천을 철저히 한다

저 멀리 아득히 보이는 산 아래쪽을 내려다봅니다.

바깥세상을 버리고, 첫 산속의 아침에 저 멀리 아득하게 내려다보이는 인간세상을 바라보니 만감이 교차합니다.

하늘을 한 번 올려다보고 고개를 돌려서 돌 제단을 바라봅니다.

어제 임시로 만들었던 돌 제단을 지난밤 꿈속에서 보았던 돌 제단과 비교를 해보니 너무나도 작고 허술해 보입니다.

가만히 앉아 생각을 하다가 벌떡 일어서면서 나는 스스로 내 자신을 향하여 주먹을 불끈 쥐고 각오 한마디를 내어 뱉습니다.

"그래, 일생일대의 큰일을 도모하는데 처음부터 철저히 완벽하게 준비를 잘 해야지!"

나는 하늘과 신령님께 아침 예를 갖추기 위해 우선 옹달샘 물을 떠와 돌 제단 위에 정한수로 물 한 그릇을 올리고, 촛불을 켜고, 향을 사르고, 큰절을 3번 올리고 나서 맨바닥의 납작한 돌 위에 조용히 앉습니다.

지난밤 꿈들을 하늘의 계시로 생각하면서 계획을 세워봅니다.

이제부터는 이 깊고 높은 산속에서 오직 나 홀로 모든 것을 스스로 해결하면서 생존을 해가며 도를 닦아야 하고, 그 기간은 1년이 걸릴지 10년이 걸릴지 아니면 평생이 걸릴지 모릅니다.

그러하기 때문에 꿈의 계시대로 돌 제단도 다시 만들어야 하고, 옹달샘 주변에 돌담도 쌓아야 하고, 간이 변소도 만들어야 하고, 텐트는 비좁고 허술하여 비바람과 기온변화에 견디기 힘드니 아예 나무와 돌 그리고 황토 흙으로 움막집을 짓기로 합니다.

그리고 하루 한 개씩 돌을 주어와 돌탑을 쌓으면서 도를 닦아야겠다고 목표와 계획을 세우면서 각각의 공간배치를 구상해 봅니다.

그리고 부식으로 먹을 채소는 산속에서 산나물을 채취하기도 하고 조그마한 텃밭을 만들어 스스로 일구고 기본 생필품인 소금, 간장, 된장, 쌀, 콩, 양초, 향 등등은 산 아래 배나무고을 생가에 살고 있는 동생으로부터 조달받기로 했습니다.

나는 지금 첩첩산중의 깊고 높은 천등산 산속 옹달샘 옆에 앉아서 앞날의 목표와 계획을 세우며 구상을 하고 또 구상을 합니다.

입산하기 전에 이미 유서까지 써놓았고 유언까지 해놓았기 때문에 마음 속의 각오는 단단합니다.

"하늘의 명기(明氣)는 산을 통해서 땅에 내린다"

라고 하니 나는 이곳 천등산에서 하늘의 명기를 받으며 대자연을 벗삼아 직접 체험을 하면서 천기신통(天氣神通)과 함께 도(道)를 하나씩 깨치고 터득하면서 한 계단 한 걸음씩 나아갈 계획입니다.

옛날 옛적의 많은 명상가와 고승대덕의 수도자와 성자들처럼······.

나는 지금 '하늘로 오르는 산'이라고 하는 이곳 천등산(天登山)에서 하늘의 명기를 받아 반드시 신통력을 얻고 그리고 그 신통력으로 내 자신의 운명과 내가 누구인지?를 꼭 알아낼 것입니다.

앞으로의 수도기간(修道期間)은 1년이 걸릴지 10년이 걸릴지 아니면 평생이 걸릴지 현재의 내 자신으로서는 알 수가 없습니다.

그러나 나는 죽음까지도 각오하는 배수진을 쳐놓았으니 반드시 이룩해 내고야 말 것입니다.

나는 목표와 계획 그리고 구상이 이쯤에 이르자, 지난밤 식사했던 빈 솥을 씻고, 공양미 밥을 지어서 솥 채 돌 제단 위에 올리고, 또 촛불을 켜고, 향을 사르고, 큰절을 3번 하고 일어서서 정성스런 마음과 단정한 태도로 가슴 앞에 합장으로 두 손을 모으고서 아침기도를 올립니다.

"하늘이시여! 신령님이시여! 있는 것 가지고 정성껏 아침 공양을 올리오니 공양 잘 받으시고 이제부터 제 스승이 되어 주시옵소서. 산에는 명기가 있고, 신통이 있고, 진리가 있고, 도가 있다고 해서 이 깊고 높은 고향 본산 천등산에 내 인생 마지막 방법으로 산(山) 기도하러 들어 왔습니다.

모든 사람은 자기 자신이 태어난 고향의 '본향산'이 그 사람 평생 동안의 기운을 조종한다고 들었습니다. 저는 아직 아무것도 모르오니 직감으로 가르쳐 주시고, 영감으로 가르쳐 주시고, 꿈속에서 선몽으로 가르쳐 주시옵소서. 지난밤 꿈을 신령님의 계시로 받아들여 돌 제단도 크고 높다랗게 다시 만들고, 옹달샘 주변에 빙 둘러 돌담도 쌓고, 움막 집도 튼튼하게 짓고 그리고 돌탑을 쌓으면서 산 기도공부 열심히 하겠습니다.

부디 저의 간절한 소망을 꼭 이루게 해주시옵소서. 목숨 걸고 끝까지 해내겠습니다"

하고 넋두리처럼 혼자 중얼거리면서 보이지도 않는 신령님께 소망을 빌고 맹세를 합니다.

"하늘과 신령님께 올리는 맹세와 약속은 목숨 걸고 지켜야 한다"

라고 하는데 나는 그 맹세와 약속을 지금 해버렸습니다.

아침기도 30분쯤 지나 제단 위에 올려놓았던 김이 빠져버린 식은 밥을 내려와 텐트 안 맨바닥에 차려놓고 김치와 콩자반을 반찬으로 아침식사를 합니다.

산속에서 김이 빠져버린 식은 밥을 별 반찬도 없이 혼자 먹는 식사가 시작됩니다.

오직 생존만을 위한 최소한의 식사를 해야 합니다.

지금까지 살아오면서 맛없는 음식도 많이 먹어보았고, 혼자 먹는 식사도 많이 해보았습니다. 심지어 젊은 날 학생저항운동으로 감옥살이를 할 때는 1평짜리 독방감옥에서 여름철의 무더위에 선풍기나 에어컨도 없이 지내보았고, 겨울철의 혹독한 추위에 마루청 차가운 맨바닥에서 담요만으로 견디어도 보았습니다. 그리고 혼자 먹는 맛없는 콩밥을 지겹도록 먹으면서 오직 생존만을 위해 살아본 경험도 있기 때문에 맛없는 밥을 혼자 먹는 식사는 이골이 나있어 괜찮습니다. 그러나 들은 풍월이 있어서 불에 익힌 화식을 하느냐 아니면 자연 그대로의 생식을 하느냐를 생각하다가 때가 되면 자연스레 생식을 하기로 마음을 먹어봅니다.

그렇지 않아도 개인적인 평소의 생각이 편리함과 건강 그리고 환경과 자연의 섭리와 순리를 생각하면 생식이 더 좋고 바람직하다고 늘 생각해오기도 했습니다.

　또한, 다행히도 나는 입산하기 전에 기회가 주어질 때마다 자주 생식을 즐겨하는 편이었습니다. 싱싱한 배추, 미나리, 상추, 오이, 당근 등등을 쌈장 또는 된장에 날것으로 찍어먹고, 토마토, 사과, 배, 귤, 단감, 포도 등등의 과일을 제철에 맞게 먹습니다. 그리고 여행을 하거나 등산을 할 때는 휴대하기 편리하게 쌀, 보리, 콩, 조, 수수 등등 여러 가지 곡식을 살짝 볶아서 가루로 만든 선식 미숫가루를 먹고, 김, 미역, 파래, 톳 등등의 해초까지 모든 음식을 골고루 먹으면서 이왕이면 생식을 할 기회가 있을 때마다 생식을 즐겨하는 편이었습니다. 그래서 우리 집에서는 음식물 쓰레기가 거의 배출되지 않았습니다.

　자연 생식을 즐겨해 본 경험이 있는 사람들은 오히려 화식이 맛도 없고 불편하며 시간낭비가 많고, 또한 이것저것 온갖 양념으로 조리한 음식이 그 음식 주재료의 고유한 맛을 없애기 때문에 더 맛이 없음을 잘 이해할 것이라고 생각합니다.

　그리고 자연생식에는 무엇보다도 생기(生氣)가 들어있기 때문에 기(氣) 수련이나 도(道) 공부 또는 종교적 수도수행하는 사람들은 살아 있는 생기를 그대로 섭취하는 자연생식이 더욱 유익하고 바람직하며 음식은 습관에 달려있다고 생각합니다.

　혹시, 지금 이 글을 읽고 있는 독자분께서 행여 인생을 살아가다가 몸과 마음에 병이 들면, 자연 속으로 들어가 자연생식을 하면서 자연의 섭리에 따르며 모든 것을 순리에 맡겨 보십시요! 자연의 생기 그리고 섭리와 순리는 위대한 의사가 되어줄 것입니다.

그리고 기회가 있을 때마다 다음과 같이 해보시길 바랍니다.

① 떠오르는, 빛나는 아침 태양을 정면으로 마주보고서 두 팔을 번쩍 들어 올려 쩍~ 벌리고 의식으로 아침 태양의 기운을 빨아 당기듯하면서 떠오르는 아침 태양의 생기를 받아보십시오!

② 한밤중 하늘에 높이 두둥실 떠있는 보름달을 정면으로 올려다보면서 두 손바닥을 마주하여 합장을 하고 의식으로 보름달의 기운을 빨아 당기듯하면서, 소원까지 지극 정성으로 빌면서 밤하늘에 두둥실 떠있는 보름달의 생기를 받아보십시오! 특히 하늘의 달[月]은 이 세상의 모든 물[水]을 주관하고 다스리기 때문에 칠성줄로 태어난 사람은 달님께 소원발원을 하면 가장 좋습니다.

③ 한밤중에 북극성과 북두칠성을 정면으로 올려다보면서 두 손바닥을 마주하여 합장을 하고 의식으로 별의 기운을 빨아 당기듯하면서 밤하늘에 빛나는 별의 생기를 받아보십시오! 특히, 수명이 짧은 사람은 북두칠성을 보고 기도하면 좋습니다.

④ 100년 이상 나이를 먹은 오래되고, 줄기와 잎이 싱싱하고, 힘이 넘쳐 보이는 큰 나무가 있거든 그 큰 나무 앞에서 정면으로 마주보고 두 팔을 번쩍 들어 올려 쩍~ 벌리고 의식으로 큰 나무의 기운을 빨아 당기듯하면서 큰 나무의 생기를 받아보십시오!(조심할 것은 고목에는 사악한 기운과 귀신이 많이 붙어있기 때문에 일반 사람은 피해야 합니다.)

이렇게 해보았던 경험이 있는 사람들은 이 가르침의 의미를 금세 알아차릴 것이라 믿습니다.

행여나 삶을 살아가다가 잘못되거든 삶의 마지막 방법으로 자연의 생기를 섭취해보시고 그리고 자연의 섭리와 순리를 따라 보십시요!

　정말로 자연의 생기 그리고 섭리와 순리는 위대한 의사가 되어줄 것입니다…….

　깊고 높은 산속에서 첫 아침식사를 하고 그리고 납작하게 생긴 커다란 돌을 낑낑~대면서 옮겨와 옹달샘 옆에 준비를 해놓고 밥 먹었던 그릇을 씻어 그 돌 위에다 얹어 놓으니 기가 막히게 잘 어울리는 자연 '돌 싱크대' 선반이 되는지라 웃음이 씩~ 나옵니다.

　산속에 아무렇게나 널려있는 자연 돌을 주워와 그 생김새에 따라 용도에 알맞게 사용을 하니 돌 제단용이 되고, 돌 싱크대 선반용이 되고, 또 다음으로 돌담장용이 될 것이고, 움막집을 짓는 데 벽돌용이 될 것이고, 돌탑용이 될 것입니다. 그렇기 때문에 넓적하게 생겼으면 넓적한 대로, 둥글게 생겼으면 둥근 대로, 큰 것은 큰 대로, 작은 것은 작은 대로, 그 생김새에 따라 용도에 맞게 다 쓰일 것입니다.

　따라서 쓸모없는 돌이란 없을 것이고, 이것은 우리 인간도 다른 물건들도 또한 마찬가지라고 생각을 합니다.

　얼굴이 잘생긴 사람은 그 잘생긴 얼굴을, 체력이 강한 사람은 그 강한 체력을, 두뇌가 좋은 사람은 그 좋은 두뇌를, 손재주가 뛰어난 사람은 그 뛰어난 손재주를, 키가 큰 사람은 그 큰 키를, 키가 작은 사람은 그 작은 키를, 끼가 많은 사람은 그 끼를 살려주는 등등 모든 사람은 반드시 한 가지씩 개성적 소질을 가지고 태어나기 때문에 태어나면서 자기 자신의 타고난 소질적 재능과 유리한 점을 잘 살려서 계발시켜주면 쓸모없는 인간이란 없을 것입니다. 그리고 또한 자기 운명과 소질에 가장 알맞은 것을 해야만 가장 잘할 수 있을 것이라 생각합니다.

나는 지금 산속에 들어와 돌 한 개를 옮기면서 지혜의 눈을 뜨기 시작하고 첫 도(道)를 깨치기 시작합니다.

　옛날 어느 선인께서는 아직 추위가 가시지 않은 이른 봄철의 어느 날 흰 눈 속에서 야생 들꽃 한 송이가 피어나는 것을 보고 도를 깨치고, 또 어느 선인께서는 늦가을의 어느 날 모질고 세찬 바람에 마지막 떨어지는 낙엽을 보고 도를 깨치고, 또 어느 선인께서는 진짜로 죽는 순간에야 무상함을 느끼면서 도를 깨쳤다고 들은 바 있습니다. 그런데 나도 지금 돌 한 개를 옮기면서 도에 관심이 있기 때문에 지혜의 눈을 뜨기 시작합니다.

　이제 생각을 마치고 실천을 하기 위해 불끈 일어섭니다.

　이곳의 지형을 살피며 지난밤 꿈속에서 계시로 보여준 대로 미래의 생활공간을 위해 각각의 위치를 선정하면서 가장 급하고 귀중한 것부터 준비계획을 세워봅니다.

　목적과 목표가 분명하니 철저한 계획을 세워야 하고 그리고 반드시 실천으로 옮겨야 합니다.

　우리의 인생살이도 마찬가지입니다.

　누구든 또는 무슨 일을 하든 마찬가지입니다.

　어른이든 아이든 그리고 큰일이든 작은 일이든 실패하지 않고 불행하지 않으려면 반드시 ① 목적과 목표를 정하고 ② 계획을 세우고 ③ 하나씩 실천해 나가면서 한 걸음씩 한 계단씩 진행시켜 나아가야 합니다.

　또한, 무슨 일이든 행동으로 실행을 할 때에는 급한 것과 중요한 것을 정확하게 구분해서 반드시 '우선순위'를 정해야 합니다.

　일의 우선순위를 정할 경우에는 ① 중요하기도 하면서 가장 급한 것을 먼저하고 ② 급하지는 않지만 중요한 것을 다음으로 하고 ③ 급하지도 않고 중요하지도 않은 것은 맨 나중에 해야 합니다.

반드시 종이에 글로 써서 잘 보이는 곳에 걸어두어야 합니다.

집집마다 걸려있는 달력을 활용하는 것도 정말 좋습니다.

이와 같이 목표를 정하고 계획을 세워서 일을 하나씩 실천해 나아가면 누구나 무슨 일이든 성공시킬 수 있습니다.

그리고 반드시 성공하려면 오직 일심(一心), 한 마음으로 전력투구를 해야 하고 끈기로 끝까지 지속해야 하며 항상 글로 쓰고 기록을 해야 합니다. 번뜩이는 아이디어나 해법이 언제 어떤 상황에서 튀어나올지 모르기 때문에 즉시 메모를 하는 준비와 습관을 길들여야 합니다.

몸과 마음은 반드시 길들여야 하고 또한 길들일 수 있습니다.

성공·출세를 하고 부자가 되려면, 인생살이는 약 100년까지 달리는 마라톤 경주와 같기 때문에 항상 현시점에서 최소한 10년 계획은 세워야 하고 또한 평생의 목표와 목적도 함께 세워야 합니다.

한 가지 일을 10년 동안 또는 평생 동안을 지속해 나아갈 수만 있다면 반드시 그 분야의 전문가가 될 것이고, 돈을 모을 것이고, 정신과 마음이 안정될 것이니 반드시 성공하게 될 것입니다.

성공·출세와 부자는 반드시 욕심과 야망이 있어야 하고, 도전 정신이 강해야 하고 분명한 목표와 계획을 세우고 그리고 집념과 끈기로 실천하는 사람만이 성취할 수 있다고 확신을 합니다.

젊은 날에는 이러한 방법의 지혜를 잘 모르고 살아왔습니다.

남들이 하니까 그냥 따라하고, 잘 모르는 것을 하다가 실패를 당하고, 성급히 하다가 시행착오를 일으키고, 게으르다가 때를 놓치고, 반항하다가 찍히고, 옮겨 다니다가 도로 원위치로 되돌아오고, 준비하지 않고 있다가 또 기회를 놓치고 등등 늘 당했습니다. 세월이 흐르고 나서 생각해보니 좌충우돌뿐이었고 목표와 방향이 없는 인생항해였습니다.

그렇게 잘못 살아오다 보니, 결국 인생살이의 실패·낙오자가 되어 중년의 나이에 시골로 하향하고, 그리고 이곳 한반도 남쪽 땅 끝 전라남도 고흥 천등산의 첩첩 깊고 높은 산속에 들어와 있습니다.

이제부터라도 아직 남아있는 내 인생의 절반이라도 성공시키기 위해서는 지난 과거 젊은 날의 실패들을 뼛속 깊이 묻어두고 어떻게든 이 산속에서 생존을 해가며 도를 닦아야 합니다.

젊은 날의 실패로부터 배우고 깨달았으니 이제부터라도 다시는 실패하지 않기 위해 분명한 목표를 정하고 철저한 준비와 계획을 세워봅니다.

내 일생일대의 도전과 모험이 걸려있는 이 산속에서의 도닦는 생활은 최소한 10년 이상이 걸릴 것이라는 종합분석 예측으로 장기계획을 세워봅니다.

또한, 이 산속에서 나 홀로 산 기도생활을 잘하려면 지난밤 꿈의 계시대로 돌 제단도 크고 튼튼하게 다시 만들어야 하고, 간이 변소도 만들어야 하고, 움막집 토굴도 만들어야 하고, 옹달샘 주변에 돌담장도 쌓아야 합니다. 더군다나 한 달에 한 번씩 식량을 건네 받는 산중턱의 마당바위가 있는 곳까지 새로운 산길도 만들어야 합니다.

이제 또다시는 실패하지 않기 위해서, 내 인생의 후반기는 절대로 실패하지 않기 위해서, 분명한 목표와 철저한 계획을 세우고 그리고 우선순위를 정해서 하나씩 반드시 실천해 나아가려고 합니다.

우선 가장 먼저 해야 할 일은 옹달샘을 중심점으로 각각의 공간자리부터 구상을 하고 배치 선정을 하는 일입니다.

옹달샘을 중심점으로 그 위편에는 돌탑자리를 정하고, 그 돌탑자리 아래에 돌 제단자리를 정하고, 옹달샘과 조금 떨어진 옆으로 옹달샘 근처 현재 텐트가 쳐져있는 곳은 움막집 토굴을 지을 자리로 정하고, 비스듬히 아래편으로 100m 거리쯤에 간이 화장실 자리를 정합니다.

첫 번째로 오늘부터 할 일은 돌 제단을 다시 크고 튼튼하게 쌓는 일부터 시작을 합니다.

이제 돌 제단을 쌓기 시작합니다.

주변에 있는 커다랗고 납작하게 생긴 돌을 옮겨옵니다. 때로는 안아서 옮겨오기도 하고 때로는 굴려서 옮겨오기도 합니다.

하루 종일 땀을 흘리면서 돌 제단을 쌓습니다.

목이 마르면 옹달샘 물을 한 바가지 떠 벌컥벌컥 들이키고 땀을 닦고 또 땀을 흘리면서 돌 제단을 쌓습니다.

나는 하늘과 신령님께 공양물과 제물을 바칠 돌 제단을 쌓습니다.

꼬박 7일이 걸려서 천등산에 신들을 위한 돌 제단을 완성합니다.

그리고 이번에는 간이 화장실을 만들 차례입니다.

산속에서 산 기도를 하는 장소는 깨끗하고 정갈해야 하기 때문에 기도 장소에서 약 100m쯤 거리를 두고 비스듬히 산 아래편으로 길을 만들고 흙구덩이를 팝니다. 오물을 일정한 곳에 모으고 땅속에 깊숙이 감추기 위해 흙구덩이를 가슴 높이만큼의 깊이로 팝니다. 그리고 굵고 기다란 통나무를 두 개씩 맞대어 묶어서 나란히 흙구덩이 위에 걸쳐놓고, 네 귀퉁이에 기다란 나무기둥을 4각으로 세우고, 가로 막대기를 4각으로 잇대어 칡넝쿨로 묶고, 지붕은 풀줄기로 이엉을 만들어 덮고, 좌우 뒷면은 갈대풀 이엉으로 가리고 앞면 한쪽만 터놓은 간이 화장실을 만듭니다.

꼬박 5일 걸려서 간이 화장실을 완성합니다.

그리고 이번에는 옹달샘 주변에 돌담장을 쌓을 차례입니다.

우리 인간이 살아갈 수 있는 조건 중에서 가장 귀중한 것이 공기와 물이라고 생각합니다.

우리 인간의 문명발생지나 또는 국가형성, 도시형성, 촌락형성 등등이 모두가 물이 풍부한 곳에서 이루어지고, 특히 먹는 물이 있는 곳에 주택이 만들어지고 또한 주택이 있으면 먹는 물이 공급되어야 합니다.

미래 우리 인간의 생활지수는 자연 그대로의 맑은 생수와 맑은 공기를 얼마만큼 잘 마실 수 있는가가 될 것입니다.

나는 지금, 나에게 자연 그대로의 맑은 생수를 마음껏 자유롭게 마실 수 있도록 해주고 있는 첩첩산중의 깊고 높은 산속 옹달샘에 한없는 고마움과 감사를 드립니다.

가장 귀중한 나의 보배인 깊고 높은 산속의 이 옹달샘이 영원히 오랜 세월 동안 보존될 수 있도록 옹달샘 주변을 괭이로 땅을 파서 축대를 튼튼하게 만들어 출입구만 남겨놓고 가슴 높이만큼 4각으로 돌담장을 쌓습니다.

돌담장 안의 옹달샘 옆에는 돌 선반을 만들고 그 아래에는 돌 싱크대를 만들고 그 아래에는 옆으로 조금 비켜 목욕할 때에 맨발로 올라서서 몸을 씻을 수 있도록 납작하고 커다란 돌을 옮겨와 바닥에 평평

하게 깔아둡니다.

꼬박 6일이 걸려서 옹달샘 주변에 돌담장을 완성합니다.

첩첩산중의 깊은 산속에 나의 생활터전을 만들어 갑니다.

나는 이제 스스로 새로운 환경변화에 적응을 해 갑니다.

살기 위해서는 반드시 환경에 적응을 해내야 합니다.

나는 성공을 위해서 분명한 목표를 설정하고 철저한 계획을 세우고 그리고 우선순위에 따라 하나씩 실천을 준비해 나아갑니다…….

제4장
산(山)속에 황토 움막집 토굴을 짓는다

성공과 출세를 위해서는 반드시 목표를 정하고 계획을 세우고 그리고 우선순위에 따라 하나씩 꼭 실천을 해 나아가야 합니다.

필자는 지금, 개소리 닭소리 사람소리가 전혀 들리지 않는 첩첩산중 깊고 높은 산속에 도닦으러 들어와 나 홀로 살아가야 하는 생활터전을 만들어가고 있습니다. 도닦을 기간이 10년이 걸릴지 평생이 걸릴지 모르기 때문에 또한 오랜 세월 산속에서 나 홀로 살아가야 하기 때문에 하나씩 철저하게 준비를 합니다.

이번에는 텐트가 있는 곳에 현지 산속에 있는 재료 돌과 황토 흙으로 움막집 토굴을 지어야 할 차례입니다.

움막집 토굴이 완성될 때까지는 텐트를 더 사용해야 하기 때문에 우선 텐트를 다른 곳으로 옮겨 설치하기 위해 옆으로 거리를 띄우고 괭이로 땅을 고르고 다듬어 평평한 공간을 만듭니다. 그리고 텐트를 그곳으로 옮깁니다.

이제부터는 오직 혼자만의 능력으로 재료와 도구가 충분치 않은 여건 속에서 한 번도 집을 지어보지 않은 무경험자가 자신이 살아야 할 움막집 토굴을 직접 지어야 합니다.

설계도면도 없고 도와줄 사람도 없고 건축 재료라고는 주변에 아무렇게나 널려 있는 자연석 돌과 황토 흙 그리고 살아 서 있는 생나무와 칡넝쿨뿐이고 도구라고는 괭이·낫·톱 그리고 작은 손도끼뿐입니다.

오랜 세월동안 살아야 할 집을 짓는데 건축 재료와 도구가 이러하니 옛날 옛적에 원시인이나 미개인들이 있는 그대로의 자연재료를 사용하여 비바람만 피할 수 있을 정도의 흙돌벽 움막집을 지었던 것처럼 나도 내 손으로 집을 지어야 합니다.

우선 주위에 널려있는 크기가 비슷비슷한 자연석 돌을 주위와 한곳에 수북이 쌓아 준비를 해두고, 또 풀줄기를 뜯어와 한곳에 수북이 쌓습니다. 그리고 괭이로 땅을 깊숙이 파서 땅속 깊은 곳의 새 황토 흙을 비닐자루로 계속 옮겨와 한곳에 수북이 쌓아 준비를 해둡니다. 그 다음 황토 흙에 물을 붓고 풀줄기를 함께 넣고 짓이기면서 흙 반죽을 만듭니다. 흙반죽을 만들 때 풀줄기를 함께 넣는 이유는 흙이 말랐을 때에 잘 부서지지 않도록 하기 위해서입니다.

황토 흙 반죽을 준비해 놓고 이제부터 집을 짓기 시작합니다. 벽돌 대용으로 자연석 돌을 사용하고 시멘트 대용으로 황토 흙을 사용해서 천연 자연재료의 황토 토담집을 짓습니다.

황토 흙 반죽을 한 움큼 놓고, 그 위에 돌 한 개를 올려놓고, 또 황토 흙 반죽을 한 움큼 놓고, 또 그 위에 돌 한 개를 올려놓고 하면서 위로 옆으로 계속해서 황토 흙돌벽을 쌓아올립니다.

구슬땀을 뻘뻘~ 흘리면서 계속 흙돌벽을 쌓아올립니다. 손과 발이 흙범벅이 된 모습으로 산속에서 나 홀로 내 집을 짓습니다.

출입문의 문짝 틀을 나무토막으로 만들어 세우고, 돌 제단과 돌탑 쪽 벽면에는 커다란 창문의 문짝 틀을 만들어 넣고 하면서 흙돌벽을 계속 쌓아 올립니다.

몇 날 며칠이 지나고 또 지나갑니다. 변변한 도구나 연장도 없이 나 홀로 맨손으로 나의 토담집 토굴을 지어갑니다.

내 키보다 더 높은 흙돌벽을 4각으로 다 쌓아올렸습니다.

굵고 기다란 나무를 베어와 쌓아올린 흙돌벽 위에 나란히 걸쳐서 지붕 서까래를 만들고, 가느다란 나뭇가지와 싸릿대와 풀줄기로 이엉을 엮어서 지붕 위에 얹습니다.

그리고 비닐로 지붕 전체를 덮어씌우고 칡넝쿨로 이리저리 얽어맵니다.

마지막으로 출입문과 창문은 가느다란 나뭇가지와 싸릿대로 살을 대고 비닐을 씌우고 칡넝쿨과 못으로 마무리를 끝내면서 첩첩산중 깊고 높은 천등산 옹달샘 옆에 5평 크기 정도의 조그마한 움막토담집 토굴이 완성됩니다.

꼬박 15일이 걸려서 내 손으로 내 집을 지었습니다.

난생처음 내 손으로 직접 지은 나의 토굴입니다.

'토굴(土窟)'이란 오직 수행과 수도만을 위해서 간소하게 지은 작은 집을 일컫습니다.

겨우 5평 크기의 작은 집에서 어떻게 살아갈 수 있느냐고 묻는 독자가 있으면 나는 이렇게 대답을 합니다.

꼭 필요한 것만 갖고 필요에 의한 삶을 산다면 5평 크기의 공간도 넉넉하다고 말입니다.

허세와 허영심으로 필요 이상의 웅장하고 고급스런 집과 가구를 소유하면 오히려 사람이 물건을 지키고 관리하는 노예로 전락되어 주객이 바뀌게 되고, 그렇게 될 경우 결국에는 신경 소모와 운이 뒤바뀌어 망하게 될 수도 있습니다.

무슨 일이든 주객이 뒤바뀌면 안 되고, 모든 물건은 주인을 위해 존재할 뿐이고 또한 적합하고 적절하게 잘 사용되어야 합니다.

혹간에 몽매한 사람들은 내일 죽거나 망할지라도 첨단유행을 따르고 명품을 소유해보고자 기를 쓰고 덤벼들지만 그러한 사람들의 대다수는 철이 들면서 덧없음의 후회만 남게 될 것입니다.

정신과 영혼이 맑고 깨끗한 사람들은 진짜로 보람있고 의미있는 것을 추구하고 따르기 때문에 결코 허세·허영·사치하지 않고 또한 유행을 따르지도 않습니다.

두뇌가 명석하고 개성이 강하고 사리판단에 영리한 사람들은 명품 제조판매 기업들의 허영마케팅에 결코 바보가 되지 않습니다.

진짜 멋지고 능력있는 사람은 도전과 모험으로 유행을 창조하고 선도를 해 나아갑니다.

그보다 더 멋있는 사람은 유행을 아예 초월하고 자유롭게 살아갑니다.

우리는 자기 자신에게 어울리는 자기개성을 창조 표현할 줄 알아야 하고 언제 어디서나 주인의식으로 살아갈 줄 알아야 합니다.

언제 어디서든 스스로 주인의식으로 삶을 살아가는 사람은 결국 주인·주류·지배자·사장·회장·부자가 될 것이고, 노예·머슴·종업원 의식으로 사는 사람은 결국 평생 동안 노예·머슴·종업원이 될 것입니다.

이처럼 스스로 생각하고 행동하는 의식과 의식개혁은 정말로 중요합니다.

자기의 인생은 오직 자신이 설계하여 돌탑을 쌓아 올리듯 자신의 인생탑을 튼튼하고 멋지게 잘 쌓아올려야 합니다. 왜냐하면 우리의 삶은 한 번 태어나면 약 100년까지도 살아가야 하기 때문입니다…….

잠깐, 건축물 집에 대한 이야기를 조금 말할까 합니다.

우리는 누구나 집을 짓거나 사거나 사용을 하며 살아가야 합니다.

집을 지을 경우에는 기후와 목적과 편리성 그리고 주변 환경과 그 집에서 살아야 하는 사람에 따라서 천차만별이 있을 수 있으나 건축 재료만큼은 인간 친화적 자연재료를 사용해야 한다고 생각합니다.

기후로 볼 경우에는 추운 지방과 더운 지방의 집이 다르고, 4계절의 기후 변화가 있는 곳과 기후 변화가 없는 곳의 집이 달라야 합니다.

목적으로 볼 경우에는 주거용과 상업용 그리고 레저용이 달라야 하고, 반드시 사용하기에 편리해야 합니다.

또한, 그 집에서 거주하거나 그 집을 사용하는 사람의 숫자에 따라서 크기가 달라야 하고, 특히 대지인 땅과 태양의 기(氣)를 최대한 많이 받을 수 있어야 합니다.

더운 지방에서는 더위를 피할 수 있어야 하고, 추운 지방에서는 추위를 막을 수 있어야 하고, 바람이 너무 강한 지방에서는 바람을 막을 수 있어야 하고, 습기가 너무 많은 지방에서는 습기를 막을 수 있어야 합니다.

그렇기 때문에 바닷가의 집은 높아야 하고, 산 위의 집은 낮아야 하며, 북반구 지역은 남향집을 지어야 하고, 남반구 지역은 북향집을 지어야 하며, 각 지역마다 또는 개별 건물마다 뒤쪽 높은 곳의 각각 기맥의 흐름을 파악하여 잘 활용할 줄 알아야 합니다.

특히, 주거용 가정집을 지을 경우에는 햇볕과 바람·조망 그리고 기 흐름의 작용을 고려해서 거실·안방·화장실·주방 조리대의 공간배치를 잘해야 합니다. 그리고 현관 출입문 안쪽의 정면에 큰 거울·안방·화장실을 두지 말고, 안방 또는 거실은 집의 중심에 배치를 해야 하며 단독주택일 경우 북향과 서향 대문은 피해야 합니다.

그리고 특히 안방 사용은 반드시 그 집의 가장(남편·주인)이 사용해야 다른 사람에게 운을 빼앗기지 않는다는 것을 꼭 가르쳐 드립니다.

주거용 가정집은 오랜 세월과 시간을 그 집에서 생활하면서 잠을 자야 하기 때문에 그 주변의 나무가 최대로 자랄 수 있는 높이 그 이하여야 하며 대지인 땅의 기[地氣]가 닿을 수 있는 높이를 벗어나면 나쁩니다.

모든 생명체는 태양의 양기(陽氣)와 땅의 지기(地氣)가 꼭 필요하기 때문에 반드시 햇볕이 잘 들어야 하고 또한 너무 높지 않아야 합니다.

또한 주거용 주택을 포함한 모든 건물은 대체로 '배산임수(背山臨水)'와 '자좌오향(子坐午向)'의 집이 가장 좋기 때문에 앞쪽이 확 트여서 큰 강·바다·큰 도로가 보이고, 남향집으로 태양의 햇볕이 잘 들어야 집 안에 밝은 기가 모이고 운이 좋게 됩니다.

특히, 도시지역의 집은 대지 이용의 효율성을 위해 경사도·좌향·방향은 어쩔 수 없다고 하여도 각각 개별집들의 뒤쪽 높은 곳에서 형성되어 흐르는 기맥의 명당자리를 꼭 찾아서 잘 활용할 줄은 알아야 합니다.

집을 짓거나 구입을 하거나 또는 주거를 할 경우에는 ① 햇볕이 잘 비추는가? ② 대지의 지기(地氣)가 잘 닿는가? ③ 맑은 공기와 바람의 흐름이 좋은가? ④ 방음과 방습이 잘되는가? ⑤ 앞쪽이 확 트여서 조망이 좋은가? ⑥ 내부의 공간 배치가 잘되어 있는가? ⑦ 용도에 맞게 편리한가? ⑧ 주위 환경이 좋은가? ⑨ 교통이 편리한가? 등등을 꼭 살펴야 합니다.

주거용 가정집 주택으로서 가장 나쁜 집은 집 주변의 나무가 최고높이로 자랄 수 있는 높이보다 더 높은 초고층 집과 햇볕이 잘 비추지 못하여 어둡고 음산한 기운이 감도는 집과 수맥이 통과하는 집과 터신이 쎈 집터의 집입니다.

특히, 너무 높은 곳에서 오랜 시간과 오랜 세월 동안 잠을 자고 생활을 하면 인체의 자율신경 조절의 이상을 초래하여 각종 신경정신질환과 갑작스런 사고 발생을 일으키기 쉽고, 그리고 대지인 땅의 지기(地氣)를 받지 못하여 노약자는 건강이 나빠질 수 있고 운까지도 나빠질 수 있기 때문에 주거용 초고층 오피스텔 및 초고층 아파트에서 오랜 세월동안 잠을 자는 행위는 아주 나쁘다는 것을 지적하고, 또한 음산한 기운이 감도는 집과 수맥이 통과하거나 터신이 쎈 집터에서는 반드시 나쁜 불상사가 생기기 때문에 아주 나쁘다는 것을 충고합니다.

"잠을 잘 때는 기작용(氣作用)의 무방비 상태가 되고 또한 운작용(運作用)의 무방비 상태가 되기 때문에 잠자리는 가장 중요합니다."

이 책은 운작용들을 직감직필로 쓰고 있는 천기누설 책입니다.

다만, 글을 쓰는 필자가 전문 글쟁이가 아니기 때문에 표현이 다소 서툴 뿐, 사실과 진실 그리고 진리만을 쓰고 있음을 밝혀드립니다.

그럼, 조금 더 집과 집터에 관련된 운에 대한 비밀정보를 가르쳐 드릴

까 합니다. 우리가 살고 있는 집터와 모든 땅은 각각의 필지에 따라 번지 숫자와 건물번호가 매겨져 있고 각각의 번호·숫자에 따른 수리학적 기운과 그 땅의 터신의 기운이 작용을 하고 있기 때문에 건물이나 집을 지을 경우 또는 분양을 받거나 매입을 할 때 또는 이사 들어 갈 경우에는 그 건물의 번호 숫자와 그 땅의 번지 숫자 그리고 그 땅의 터신의 기운작용을 반드시 먼저 살펴야 함을 꼭 가르쳐 드립니다.

또한, 모든 사람은 각자의 좋고 나쁜 방위와 좌향이 있기 때문에 반드시 방위와 좌향도 잘 살펴야 하고 나이와 날짜에 따른 운수와 일진이 있기 때문에 생기복덕(生氣福德) 길일(좋은날)도 꼭 알아야 함을 가르쳐 드립니다.

다이아몬드는 작아도 값이 비싸듯 명당터와 좋은 집은 작아도 값이 비싸며, 수많은 여러 날짜 중 생기복덕 택일은 정말 중요합니다.

성공·출세를 하고 부자가 된 사람들, 유명연예인·정치인·기업인들은 모두가 운(運)에 민감하여 어떻게든 좋은 운을 만들고 또한 운을 붙잡으려고 1류 점(占)쟁이만 찾아다니면서 항상 운(運) 자문을 받고 있다는 비밀적 사실들을 세상에 공개해 드리는 바입니다.

무슨 일을 하든지 간에 운흐름을 모르거나 또는 운이 따라주지 않으면 그 어떤 사람일지라도 잘 되지가 않습니다.

그래서 '운7기3'이란 말도 있는 것입니다.

혹시 지금 이 글을 읽고 있는 독자분 중에서 건축을 하고 나서 또는 집·가게·상가·사무실·공장 등등을 옮기거나 이사를 하고 나서 또는 조상산소 이장을 하고 나서 또는 초고층 오피스텔이나 초고층 아파트의 높은 층에 살면서 등등 현재 본인과 가족 중에 신경정신질환·우울

증·어지럼증 또는 각종 사고·자살·손해·사업 실패·큰 질병·송사·망신·좌천·명퇴·부부싸움 등등이 발생하거나 또는 가위눌린 꿈·젊은 여자 꿈·갓난아기 꿈·쫓기는 꿈·자기 물건을 잃어버리는 꿈을 꾸거나 등등 꿈자리가 사납거나 등등의 불운과 불행을 겪고 있는 사람이 있거든 지금 즉시 점(占)을 잘 보는 도사(道士)를 찾아가 운명상담을 꼭 받아볼 필요가 있음을 진심으로 가르쳐 드리는 바입니다.

공기(空氣)가 눈에 안 보인다고 해서 공기가 없는 것이 아닙니다.

기(氣)가 눈에 안 보인다고 해서 기가 없는 것이 아닙니다.

운(運)이 눈에 안 보인다고 해서 운이 없는 것이 아닙니다.

영혼(靈魂)이 눈에 안 보인다고 해서 영혼이 없는 것이 아닙니다.

신(神)이 보통 사람들의 눈에는 안 보인다고 해서 신이 없는 것이 아닙니다……

이러한 것들은 모두 다 존재하고 있고 항시 작용하고 있는 바, 이처럼 눈에 안 보이는 기운의 작용들이 눈에 보이는 모든 것들을 움직이고 있다는 진실을 알아야 하는 것입니다.

이러하기 때문에 필자는 이곳 천등산에서 도를 닦아 신통력을 얻고 그리고 그 신통력으로 천기의 비밀을 반드시 모두 다 알아 낼 각오입니다……

이곳 산속의 작은 나의 토굴은 자연 '황토흙'이 주재료이고, 방위는 '자좌오향' 남향으로 햇볕이 잘 비추고 있습니다.

첩첩산중 깊고 높은 천등산 산속 옹달샘 옆에 나의 작은 토굴을 완성하고, 이번에는 한 달에 한 번씩 식량을 건네받기로 약속한 산 아래편 중간쯤의 마당바위가 있는 곳까지 약 2km 거리에 새로이 오솔길을 만들 차례입니다.

먼저 낫과 톱으로 풀을 베고 나무를 자르면서 길 표시를 해두고 그리고 괭이로 땅을 파고 고르면서 오솔길을 만듭니다.

오솔길이 완성 되어갈 무렵 때마침 산 아래 생가에 살고 있는 동생 '손재성'이 마당바위 위에 식량을 비닐로 싸서 갖다놓았습니다.

산속에 들어온지도 벌써 한 달이 지나가는가 봅니다.

정말 고마운 마음으로 동생이 갖다놓은 식량을 짊어지고 나는 내가 새로이 닦아놓은 오솔길을 올라옵니다.

앞으로 이 오솔길을 얼마나 오르내릴지 모릅니다.

산 기도를 하다가 중도에 산속에서 나 홀로 죽을지도 모르고 또는 끝까지 산 기도를 끝마치고 기쁜 마음으로 산을 내려갈 수 있을지도 모릅니다.

이제 모든 것을 하늘과 신령님께 맡겼으니, 최선을 다하여 열심히 도를 닦으며 묵묵히 나아갈 각오입니다.

목적과 목표를 향하여 철저한 계획을 세우고 반드시 하나씩 실천해 나아갈 각오입니다.

굳은 신념과 의지력으로 안 되면 되게 할 것이고 될 때까지 계속해 나아갈 것입니다

제5장
지극정성으로 어머님도 빌고 아들도 빈다

천등산에 입산한지도 이제 한 달이 지나갑니다.

처음 산을 올라올 때 진달래꽃이 막 피기 시작하였는데 이미 그 꽃들은 다 지고 나뭇잎이 피기 시작합니다.

이제 기도 준비가 다 되었습니다.

이제부터는 아무도 가르쳐주지 않고 보이지도 않는 길 없는 길을 나홀로 출발을 합니다.

내가 가야 할 길은 끝없는 고통이 따르는 고행의 길이건만 살기 위한 죽음을 각오하고 이제 수행의 길로 출발을 합니다.

오직 하늘과 신령님을 스승으로 삼고 우주자연을 스승으로 삼아 신통력을 얻기 위한 고행의 길로 출발을 합니다.

가장 먼저 약쑥을 뜯어와 돌로 짓이겨 쑥물을 쥐어짜서 바가지에 모으고 약쑥 물로 몸뚱이를 씻으면서 몸을 깨끗이 정화합니다. 또 향을 부수어 물에 담가 두고 향 물을 우려내어 향 물로 몸뚱이를 씻으면서 몸과 마음을 깨끗이 정화합니다.

3일 동안 목욕재계를 하면서 기도하는 장소와 주변에도 굵은 소금을 뿌리고 청수를 뿌려서 깨끗이 도량 정화를 합니다.

이제 기도 준비가 다 되었습니다.

돌 제단 위에 비바람이 불어도 촛불이 꺼지지 않도록 납작한 돌과 흙 반죽으로 좌·우·뒤·위를 막고 앞쪽만 터놓은 촛불 방 속에 두 자루의 쌍 초를 세워놓고 정성껏 쌀을 씻어 공양미 밥을 짓습니다.

옹달샘 물을 한 그릇 떠서 돌 제단 위에 올리고, 공양미 밥을 솥째 올리고, 두 자루 쌍 초에 촛불을 켜고, 향 세 개를 사르고 나서 동서남 북 사방으로 서서 합장을 하고 시계방향(오른쪽)으로 돌면서 절 한 번 씩하고 그리고 움막집 토굴 안으로 들어옵니다.

돌 제단과 마주 바라다 보이는 쪽의 커다란 투명 비닐창문을 사이에 두고 토굴 안에서 돌 제단 앞에 마주섭니다.

그리고 정성껏 큰절 3번을 올리고, 일어나 서서 가슴 앞에 합장으로 두 손을 모으고 기도를 합니다.

"하늘이시여! 신령님이시여! 저는 이 산줄기 저 아래편 배나무고을에 서 밀양 손씨 가문의 40대 손으로 태어난 손재찬입니다.

저의 탯줄은 이 산줄기 끝머리 마을 어귀에 묻혀있고 저희 할아버지 할머니 아버지 조상님도 이 산줄기 끝머리 마을 뒤쪽 옆 산에 묻혀 있 습니다.

이곳 천등산의 정기를 받고 태어난 이 몸을 이곳 고향 본향산인 천 등산에 맡기고자 합니다.

현재 가지고 있는 모든 것으로 정성껏 공양미 밥을 올리고 또한 정성껏 정한수를 올리오니 이 정성 잘 받으시고 저희 스승님이 되어 주시옵소서!

산에는 명기(明氣)가 있고 도(道)가 있고 그리고 신통력(神通力)이 있다고 해서 첩첩산중 이 깊고 높은 천등산 산속에 제 스스로 들어왔습니다.

저는 아직 아무것도 모르오니 오직 하늘과 신령님께서 가르쳐 주시고 이끌어 주시옵소서!

입산한 첫날밤 꿈속의 신령님 계시대로 돌 제단도 만들었고, 옹달샘 주변에 돌담장도 만들었고, 이곳의 생활반경 내에 산길도 만들었고, 그리고 기도 장소도 깨끗이 정화를 했고, 제 몸뚱이와 정신 그리고 마음까지도 깨끗이 정화를 끝마치고 이제 산 기도 준비가 다 되었습니다.

오늘부터는 입산한 첫날밤 꿈속의 신령님 계시대로 하루에 돌을 한 개씩 주어와 돌탑을 쌓으면서 산 기도공부 열심히 하겠습니다.

한 개씩 돌탑을 차곡차곡 쌓는 마음으로 도(道)를 닦겠습니다.

하늘이시여! 신령님이시여! 저는 아직 산 기도하는 방법도 모르고, 빌 줄도 모르고, 신령님께서 직접 말씀을 해주시는 공수도 받을 줄 모릅니다. 그러하오니 느낌으로, 직감으로, 예감으로 가르쳐 주시고 밤에 잠을 잘 때마다 꿈속에서 선몽으로 가르쳐 주시옵소서!

제 인생은 더 이상 물러설 데도 없고 물러설 수도 없습니다.

유서와 유언까지 남겨놓고 죽음이란 배수진을 치고 천등산을 찾아왔사오니 제발 하늘의 제자로 삼아 주시고 가르침을 주시옵소서!……"

나는 계속 일방적으로 의사표시를 하면서 중얼~중얼~ 소원을 빌고 또 빌고 또 빌면서 기도를 합니다.

어느 정도 일방적인 의사전달과 소원을 다 빌고 나서 다시 큰절 3번을 올리고 마련해 둔 방석을 깔고 조심스레 자리에 앉습니다.

두 다리는 오므려 포개어 반가부좌를 하고, 허리는 쭉 펴서 똑바로 세우고, 두 손은 가슴 앞에 손바닥을 마주하여 합장을 하고, 두 눈은 지그시 감고, 마음은 편안히 하고, 호흡은 처음에는 깊고 길게 하다가 차츰 고르게 하고, 생각은 눈썹과 눈썹 사이의 명궁(命宮)을 통하여 우주공간에 두고, 4박자 리듬으로 계속 내 귀로 들릴 만큼 소리를 내어 한마음 일념으로 "산왕대신(山王大神)!"이란 신의 명호를 부르면서 신명기도 정근을 합니다.

신통력을 얻기 위한 대신기도(大神祈禱)는 장소에 따라서 신명기도 방법이 다르기 때문에 산에서 기도할 때에는 가장 먼저 '산왕대신'을 부르고, 우물·호수·강·바다 등등의 물[水]에서 기도할 때는 '용왕대신'을 부르고, 집 또는 기타 장소에서는 '천왕대신'을 불러야 합니다.

또한, 신통력을 얻기 위한 대신(大神)기도는 목적에 따라서 신명기도 방법이 다르기 때문에 하늘 문[天門]을 열기 위해서는 오방신장·백마신장·화엄신장 등등의 '신장'을 부르고, 질병을 치료할 때에는 의술을 주관하는 의술도사·약명도사·약왕보살·약사보살 등등의 '약명신'을 부르고, 재수를 받고자 할 때에는 터주대감·영업대감·천복대감·벼슬대감 등등의 '대감신'을 부르고, 아기를 못 낳거나 아들을 못 낳은 사람이 자식을 낳고자 할 때에는 '삼신'을 부르고, 수명 짧은 사람을 오래 살게 해 줄 때에는 '칠성신'을 부르고, 생명이 위급한 사람의 생명 구제를 해 줄 때에는 염라국의 '저승사자'를 미리 불러내어 청탁으로

'대수대명'명부 바꿔치기를 해 주고, 점쟁이가 점을 치거나 또는 점을 보는 예언능력과 신통력을 얻고자 할 경우에는 '대신'을 불러야 합니다.

이러하기 때문에 산속에서 예언의 능력과 신통력을 얻고자 하는 나는 지금 '산왕대신'을 오직 일념으로 소리내어 부르고 또 부르면서 기(氣)파장의 싸이클을 맞추기 위해 계속 부르고 있습니다.

첫 숟갈에 배부를 리 없는 것처럼 아무리 신명(神名)을 불러보아도 응답이 없습니다.

가슴 앞에 손바닥을 마주하여 합장으로 두 손을 모으고 들고 있는 팔이 너무도 아파서 가만히 조심스레 팔을 내리고 두손 손바닥을 위로 하여 양쪽 무릎 위에 올려놓고 조용히 묵언 명상을 시도해 봅니다.

오래고 오랜 시간이 흐르면서 잡념인지 환영인지 또는 신통인지는 모르지만 산 아랫마을 생가에 계신 80살 되신 어머님의 모습이 보입니다.

어머님께서 장독대의 커다란 장독항아리 위에 정한수로 물 한 그릇을 떠 놓고 초 한 자루에 불을 밝혀놓고 두 손을 비비면서 중얼~중얼~하면서 소원을 빌고 계십니다.

아마도 깊고 높은 산속으로 도닦으러 입산한 이 못난 아들을 위해 빌고 계신 것 같습니다.

어머님은 집에서 장독대에 정한수를 떠놓고 빌고 있고, 이 아들은 산속에서 돌 제단에 정한수를 떠놓고 빌고 있습니다.

어머님도 빌고 아들도 빌고 있습니다.

이 무슨 기가 막힌 운명이란 말입니까?!……

우리 어머님은 안동 김씨로 밀양 손씨 가문인 우리 집에 시집오시어 첫 아기 임신 때부터 그 아기가 태어나고 자라 장년이 된 지금까지 길고

긴 오랜 세월 동안 장독대의 커다란 장독항아리 위에 정한수를 떠올리면서 시집 온 집안과 자손을 위해 빌고 계십니다.

내가 어릴 적 옛날의 시골마을에는 마을 한가운데에 공동우물이 있었습니다.

우리 어머님께서는 매일 아침 새벽마다 하루도 빠뜨리지 않고 눈이 올 때나 비가 올 때나 추울 때나 더울 때나 새벽 동이 틀 무렵이면 어김없이 제 시간에 일어나시어 마을 한가운데에 있는 마을 공동우물에서 물 항아리를 머리에 이고 물을 길어와 커다란 물독에 식수를 가득 채우고는 장독대에 정한수로 물 한 그릇을 먼저 떠올리고 새벽기도로 집안을 빌고 자손을 빌고 나서야 아침밥을 짓고 집안일을 시작하셨습니다.

80살을 넘기신 지금까지도 수행자가 평생 동안 수행을 하듯, 성직자가 평생 동안 성직생활을 하듯 계속하시고 계십니다.

독자 여러분! 이 세상 어느 수행자가 그토록 오랜 세월동안 변함이 없이 기도발원을 계속할 수가 있을까요?

이 세상 어느 성직자가 그토록 지극 정성스러울까요?

나는 그런 모습의 우리 어머님께 항상 고마움과 감사를 드립니다.

그러한 지극 정성으로 우리 어머님은 6남 1녀의 자녀를 두셨지만 7남매 모두가 잘 성장하여 잘 살아가고 있고 또한 손자들까지도 모두 신체적으로나 정신적으로 잘못 태어나거나 잘못된 사람이 없이 건강하게 태어나고 무탈하게 잘 성장하고 있습니다.

어머님의 모범이 되는 삶과 거룩하심에 저절로 숙연함을 느낍니다.

"자식은 부모님의 뒷모습을 보면서 따라 배운다"고 합니다.

백 마디의 말씀보다 그 행동을 보면서 따라 배울 뿐입니다.

우리 아버님과 어머님께서는 좋은 날을 택일해서 목욕재계를 하고 부부합방을 하셨다고 합니다.

또한, 옛날 명문대가와 선인들께서도 귀한 자식을 얻기 위해서는 반드시 좋은 날을 선택해서 목욕재계를 하고 부부합방을 하셨다고 합니다.

이처럼 하여 자식을 낳은 것과 반대로 결혼식을 하고 피로연을 하면서 술을 취하도록 마시고 또는 나쁜 생각을 하고 또는 나쁜 짓거리를 하면서 부부합방을 하고 남녀합방을 해서 낳은 자식을 냉철하게 한 번쯤 깊이 비교 생각해 보시길 바랍니다.

어찌하다 보니 임신해서 태어난 자식 또는 나쁜 생각과 나쁜 짓거리를 하면서 아무렇게나 만들고 잉태해서 낳은 자식이 과연 똑바를 수 있을까요?

숭고한 남녀의 사랑과 그 사랑의 열매로 하늘에서 선물로 주어진 자기 자신의 분신이 자식입니다.

자식이란 부부합방으로 만들 때 잘 만들어야 평생 후회하지 않습니다.

물건을 잘못 만들어놓고 물건 탓을 하는 것은 어리석은 짓입니다.

핏줄은 유전인자의 법칙과 천륜의 법칙이 작용하기 때문에 잘못 낳은 자식은 죽은 후 약 100년까지 근심걱정 우환의 애물이 되기도 하고, 그 반대로 잘 만들고 잘 낳아 효자로 키운 자식은 죽은 후 약 100년까지도 효행과 효도를 하게 되니 물건 하나 제대로 만들어 놓으면 엄청난 기쁨과 보람을 얻게 되고 최고 비즈니스적 노후안정을 얻을 수 있음을 가르쳐드립니다.

이러하기 때문에, 이 글을 읽는 독자분들은 결혼과 배우자를 선택할 때부터 자기자신의 앞날과 유전인자적 핏줄운내림을 미리 생각하고, 자식을 낳고자 할 경우에는 반드시 좋은 날을 택일하여 부부합방을 하고, 그리고 즐기는 엔조이는 그냥 엔조이로 잘 구분하길 진심으로 충고하는 바입니다.

자식을 생산하는 최고로 중요한 비즈니스는 정말로 중요하고, 특히 여성들은 원치 않은 임신으로 죄짓는 낙태를 하여 그 업보로 평생 불행해지는 실수를 범하지 말아야 함을 거듭 진심으로 충고하는 바입니다.

평생 동안 불행할 것인지 아니면 평생 동안 행복할 것인지 그것의 선택은 바로 당신의 생각과 행동에 달려있으니 생각을 한 번 두 번 열 번을 하면 상념이 되고, 행동을 한 번 두 번 그리고 열 번을 하면 습관이 되니 결국 상념과 습관은 후천적 당신의 운명이 되어 나아갈 것인 바, 평소의 생각과 행동은 매우 중요하다는 것입니다.

필자는 이 글을 쓰면서 모든 학교·학원의 교육자와 교육감 그리고 사회적 지식인과 종교 지도자 및 법을 심의하는 국회의원 그리고 의식 있는 모든 사람들에게 실용가치 교육과 잘 살기 위한 방법론을 공개 제시하고자 합니다.

잘 살기 위해서 가르치거나 배운다면 태어나면서 타고난 소질적성에 알맞은 인간계발과 실용교육이 가장 중요하다는 것을 이 책을 통하여 증명을 해 보이겠습니다.

필자는 이 한 권의 책에 필자의 자전 이야기를 펼치면서 각 사람이 태어날 때 타고난 소질과 적성에 알맞은 인간계발 및 운명과 운에 관한 지식을 가르치고 또한 실생활에 활용하도록 할 것입니다…….

필자도 필자의 이러한 운명에 관한 관심과 인연은 전생(前生)과 부모님의 영향을 받은 것 같습니다.

필자의 아버님은 시골 농부였지만 천기운행과 풍수지리에 일식견이 있으시고 농민계몽과 농업기계화에 힘쓰셨고, 특히 어머님께서는 우리 고유의 전통신앙이며 토속신앙인 '칠성신앙'을 함께 섬겨 오셨습니다.

원초적 자연신앙이며 순수 토속신앙인 '칠성신앙'을 섬겨 오신 우리 부모님께서는 우주만물은 모두가 그 생김새와 이름에 따른 각자 고유의 기(氣)가 작용을 하고 있으며, 해·달·별·산·물과 같은 절대적인 존재물을 신앙으로 정성껏 잘 섬기면 좋은 기운(氣運)을 받을 수 있다고 하셨고, 부처님이 오시기 전과 예수님이 오시기 전의 아주 먼 옛날 수억년 전에도 모든 민족과 모든 나라에도 일·월·화·수·목·금·토의 요일은 모두가 있으니 그것은 태초부터 해·달·별의 원초적 자연 신(神)을 의미한다고 가르쳐 주셨습니다.

신(神)은 기(氣)로 움직이고 해·달·별은 운(運)으로 움직이며 각자 고유의 파장을 가지고 있다고 하셨습니다.

그리고 모든 사람은 자기 영혼과 신앙으로 섬기는 신(神)이 서로 잘 맞아야 기도 응답을 받을 수 있다고 하셨습니다.

예를 들어 라디오와 TV를 켤 때 주파수 파장 사이클이 서로 맞아야 소리가 들리고 화면이 보이고 하는 것처럼 말입니다.

'칠성신앙'을 섬겨 오신 우리 어머님께서는 당신 자신을 위한 기도는 하지 않고, 오직 시집을 온 우리 집안과 자식을 위한 기도만 해오시면서 하늘 자연의 섭리와 순리에 따라 도리를 잘 지키라고 하셨습니다.

필자는 그러하신 어머니를 우리 어머님으로 인연지어서 이 세상에 태어나게 되어 정말 행운이라고 생각하면서 항상 감사함을 느끼며 살아왔습니다.

필자는 이 책으로 진심을 전해 올리면서 기록으로 남기고자 합니다.

우리 어머님과 제가 또 다음 생에 태어난다면 또다시 핏줄의 인연으로 태어나고 싶고, 다음 생에서는 더욱 훌륭한 아들로 태어나 어머님 은혜에 꼭 보답해 드리겠다고 이렇게 약속을 드리면서 소망을 가져봅니다.

그리고 이 책으로 독자분들께도 진심어린 부탁을 전달합니다.

효도는 만가지 법도의 근본이니 효행을 잘하는 사람은 삶이 점점 나아지고 죽을 때 잘 죽으며 죽은 후에는 하늘의 인과법칙에 따라 스스로 극락천당에 태어난다는 진실을 꼭 가르쳐 드리면서 이 글을 읽은 독자분들은 이제부터라도 자기 부모님께 지극 정성으로 효도를 하고 영원토록 그 은혜에 감사하며 보답하시길 진심으로 충고를 드리는 바입니다.

이 세상 70억 명의 사람 중에 부모·자식으로 만난 인연은 너무도 소중하고 또한 한 번 맺어진 부모와 자식의 인연은 천륜의 법칙 때문에 죽은 후 100년 이상까지도 마음대로 끊을 수 없기 때문입니다.

필자의 가르침에 공감을 하신 독자분은 이 책을 다 읽고 나서 또는 새로 이 책을 더 구입하여 사랑하는 자녀에게 또는 친척·친구들에게 선물하여 꼭 한 번 읽어보도록 추천해주길 바랍니다.

필자의 글은 모든 학교 교육과정의 책에서도, 모든 종교의 경전이나 어느 성직자에게서도 결코 배울 수 없는 또는 그들이 결코 가르쳐 줄 수 없는 것들을 다루고 동양사상과 효행 및 효도사상을 강조하며 또한 모든 사람들에게 사람됨을 강조하기 때문에 사랑하는 사람이나 아랫사람에게 선물하기에 매우 적합할 것이며, 무엇보다 가장 중요한 것은 각자의 타고난 소질발견 계발 및 운명과 운에 따른 인생진로와 직업 선택 그리고 재테크와 결혼 잘하는 비법 등등 여러 가지 잘사는 방법과 가장 중요한 천기의 비밀들을 가르쳐주기 때문입니다.

자식농사는 효자·효녀로 잘 키우는 것이 부모 입장에서는 가장 큰 투자이고 효도와 효행은 삶의 근본이고 하늘의 근본이기 때문입니다.

또한 사랑하는 자녀들에게 사회구성원으로서의 지식 습득과 독립심 그리고 물고기를 스스로 잡아 먹을 줄 아는 잘사는 방법의 삶의 기술과 지혜를 함께 잘 가르쳐주는 것이 가장 중요하다고 생각하기 때문입니다.

그렇습니다.

'그렇습니다'라고 공감을 하신 독자분은 반드시 잘 살게 될 것이라고 확신을 하면서, 모르는 것을 배우려고 하는 자세와 긍정적 사고방식과 좋은 성격 그리고 효도 효행 실천과 삶을 지극정성으로 살아가면 하늘도 감동하여 더욱 잘 살게 될 것이라고 거듭 확신하는 바입니다.

제6장
토굴 속에서 산(山) 기도의 고행을 시작한다

필자는 지금 깊고 높은 천등산 산속의 토굴 안에 앉아 있습니다.

명상기도를 하고 있는 시간이 얼마나 오랜 시간이 흘렀을까?

지난날의 일들과 부모형제들의 모습이 환상인지 신통인지 주마등처럼 스쳐가고 이어집니다.

두 다리를 오므려 포개어 가부좌로 오랜 시간을 앉아 있으니 다리가 저려 오고 무릎이 아파옵니다. 더 이상 무릎의 통증과 다리의 저림 때문에 앉아 있을 수가 없습니다.

나의 산(山) 기도방법은 오랜 시간을 가부좌로 앉아서 깊은 명상에 들어가야 하는데 무릎통증과 다리 저림으로 오랜 시간을 가부좌로 앉아 있을 수가 없습니다.

잠시 생각을 분석하면서 가장 우선적으로, 오랜 시간을 그대로 앉아 있을 수 있는 육체단련부터 해야겠다고 판단을 내리면서 몸을 일으켜 토굴 밖으로 어기적거리며 나옵니다.

토굴 밖에서 가볍게 팔다리운동을 하고 목운동과 허리운동을 하고 숨고르기를 하면서 짧은 거리를 왔다갔다 하며 궁리를 합니다.

의식의 집중으로 명상삼매에 깊이 들어가려면 방해와 장애가 없어야 하는데 잡념과 무릎통증이 장애가 되고 있습니다.

그렇다면 우선 장애물인 무릎통증부터 해결을 해야 합니다.

정신수련을 하려면 육체단련을 동시에 해야 합니다.

토굴 밖에서 왔다 갔다 하며 궁리를 하던 중에 문득 큼지막하고 납작한 돌멩이가 눈에 뜨입니다.

번뜩 생각이 뇌리를 스치면서 '그래, 저 돌멩이야!' 하고서는 납작한 큰 돌멩이를 토굴 속으로 안고 들어옵니다.

담요로 돌멩이 바위를 감싸서 방석 옆에 옮겨놓습니다. 그리고는 다시 두 다리를 오므려 포개어 가부좌로 방석 위에 앉습니다. 앉은 자세로 옆에 놓아둔 담요로 감싼 돌멩이 바위를 두 손으로 들어서 무릎 위에 올려놓고 무릎부터 단련을 시킵니다. 더 이상 견딜 수 없는 고통이 오면 바위를 내려놓고 잠시 일어나 다리 운동을 하고, 또 무릎 위에 바위를 올려놓고 앉아서 견딜 수 있는 시간까지 버티다가 더 이상 견딜 수 없는 한계가 오면 바위를 내려놓고 하면서 무릎단련을 계속 반복하며 시간을 늘려갑니다.

하루 이틀 사흘 날짜가 지나가면서 한 달 이상이 지나갑니다.

이젠 두 다리를 오므려 가부좌로 앉아서 무릎 위에 큰 바위를 올려놓고도 오랜 시간을 앉아 있을 수 있으니, 무릎 위에 바위를 올려놓지 않으면 하루 내내라도 무릎 통증 없이 가부좌로 앉아 있을 수 있습니다.

한 달 이상의 계속된 육체단련으로 무릎통증의 장애가 해결되고 그

과정에서 잡념의 장애까지 없어집니다.

목적을 이루었으니 바위를 본래 있던 곳에 내어다둡니다.

이제 계절이 바뀌고 초여름이 시작됩니다.

산은 푸르게 신록으로 우거지고 날씨는 점점 무더워집니다.

오늘도 돌 제단 위에 정한수를 떠올리고, 촛불을 켜고, 향을 사르고, 동서남북 사방으로 절을 한 번씩 하고 토굴 안으로 들어옵니다.

토굴 안에서 돌 제단을 향하여 하늘과 신령님께 큰절 3번을 올리고 조심스럽게 방석을 깔고 조용히 앉습니다.

오늘도 어제처럼 "산왕대신! 산왕대신! 산왕대신!" 신(神)의 명호를 계속하여 오직 한마음 일념으로 소리내어 불러봅니다.

오랜 시간이 지나면서 가슴 앞에 합장으로 들고 있는 손끝이 기(氣) 흐름의 반응으로 조금씩 흔들리고 손끝에서 몸의 중심쪽으로 가벼운 전율이 찌르르~하고 흐릅니다.

그리고는 무엇인가 보일 듯 말 듯하고, 무슨 소리가 들릴 듯 말 듯하고, 무슨 말이 터져 나올 듯 말 듯합니다.

그러다가 나 자신도 모르게 졸음이 옵니다.

졸다가 문득 깨어나고 또 졸다가 문득 깨어나곤 합니다.

날씨가 더워지니 요즘은 졸음과의 싸움이 계속됩니다.

기도를 시작하면서 '오늘은 졸지 말아야지!' 하고 다짐해 보지만 얼마 동안 시간이 지나면 나 자신도 모르게 꾸벅~ 졸다가 깨어나고 또 꾸벅~ 졸다가 깨어납니다.

세상에서 가장 무거운 것이 눈꺼풀인 것 같습니다.

더 이상 졸음 때문에 기도를 할 수가 없어서 몸을 일으켜 토굴 밖으로 나옵니다.

토굴 밖에서 왔다 갔다 거닐며 궁리를 해봅니다.

날씨는 점점 무더워지는데 어떻게 해야 졸음을 이길 수 있을까?

저만치 숲 속에 싸릿대 나무가 눈에 뜨입니다.

싸릿대 나무를 보는 순간 번뜩 생각이 뇌리를 스치면서 '그래, 저 싸릿대 나무 회초리야!' 라고 합니다.

낫으로 새끼손가락 굵기만큼의 싸릿대나무를 한 움큼 베어옵니다.

옛날 어렸을 적에 우리 시골집에서는 싸릿대나무를 베어 바지게로 한 가득 짊어지고 옮겨와 한 움큼씩 새끼줄로 묶어서 싸릿대 빗자루를 많이 만들어 놓고 일년 내내 마당도 쓸고 골목도 쓸며 사용을 하였습니다.

그런데 나는 지금 그 싸릿대나무로 회초리를 만들려고 합니다.

명상기도를 하다가 졸음이 오거나 잡념이 생기거나 게을러지면 내가 내 손으로 내 몸뚱이를 때리기 위해 싸릿대나무 회초리를 만들려고 합니다.

싸릿대나무로 회초리를 만들면서 서글픈 마음이 들지만 어금니를 악물며 스스로 강해지기 위해 의지와 신념을 굳혀갑니다.

지금의 내 인생은 물러설 데도 없고 또한 물러설 수도 없습니다.

첩첩산중 깊고 높은 산속에서 나 홀로 살아가야 하기 때문에 스스로 강해져야 합니다. 새로운 삶의 목표를 위해 모든 수단과 방법을 다 동원하면서 의지와 신념을 더욱 강하게 굳혀 나아갑니다.

제7장
내가 만든 회초리로 내 등짝을 때린다

싸릿대나무 회초리를 한꺼번에 여러 개를 만듭니다.

하나가 부러지면 또 꺼내서 사용하고, 또 하나가 부러지면 또 꺼내서 바로바로 사용하기 위해 한 움큼의 회초리를 만들었습니다.

그러고 나서 실험을 해봅니다.

어떤 물건이든 만들었으면 반드시 기능 확인의 실험을 해보아야 합니다.

만든 물건이 제대로 만들어졌는지? 아니면 잘못 만들어졌는지? 반드시 확인을 해보아야 합니다. 힘들여 만든 물건에 하자가 있으면 원인을 발견하여 제대로 완벽하게 고쳐야 합니다.

나는 내가 만든 물건인 싸릿대나무 회초리가 회초리로서 제 기능을 잘 발휘할 수 있을지를 직접 실험으로 확인해 보기 위해 오른손에 회초리를 집어 들고 팔을 어깨 너머로 넘겨 높이 들어올리고 내 등짝을 힘껏 내리쳐 봅니다.

눈물이 핑~돌만큼이나 아프고 회초리는 부러지지 않으니 회초리로서 기능 확인이 되었습니다.

그러나 한 번의 기능 확인 실험은 미덥지 않기 때문에 확실한 기능 확인을 위해서 어금니를 악물고 이번에는 맨 팔뚝에 힘껏 회초리를 또 다시 내리쳐봅니다.

또 눈물이 핑~ 돌만큼이나 아프고 맨 팔뚝에 뻘겋게 회초리 자국 핏발이 생겨도 회초리는 부러지지 않으니 회초리로서의 기능이 재확인되었습니다.

한 움큼의 싸릿대나무 회초리를 토굴 안으로 가지고 들어와 좌선하는 방석 옆에 가지런히 놓아둡니다.

언제라도 졸음이 오거나 잡념이 생기거나 게을러지면 오른손으로 회초리를 즉시 잡을 수 있도록 좌선하는 방석의 오른쪽에 놓아두고서 또다시 명상기도에 들어갑니다.

그리고는 졸음이 올 때마다, 잡념이 생길 때마다, 게을러질 때마다 나는 내 손으로 내 몸뚱이 등짝을 회초리로 후려치면서 기도를 합니다.

15일쯤 날짜가 지나갑니다.

날씨는 점점 무더워지고 회초리를 사용하다 보니 내 몸뚱이의 등짝은 갈기갈기 살이 찢어져서 목욕을 할 때마다 쓰리고 아리고 고통스럽습니다.

또한, 기도 중에나 잠을 잘 때에도 통증으로 인한 장애 때문에 오히려 기도에 열중할 수가 없을 정도입니다.

지나친 고행이 수도에 오히려 장애가 되기도 함을 깨닫습니다.

지나친 것은 오히려 부족함만 못함을 깨닫습니다.

"지나침도 부족함도 아닌 적절함이 가장 좋다"는 것을 깨닫습니다.

계절이 한여름으로 접어드니 날씨가 점점 무더워집니다.

오늘은 아침부터 토굴 밖에서 왔다 갔다 거닐며 또 다른 궁리를 합니다.

날씨는 점점 무더워지는데 고통 없이 졸음을 이길 수 있는 방법의 묘책을 찾고 있습니다.

토굴 밖에 이쪽 나뭇가지와 저쪽 나뭇가지 사이에 빨랫줄이 걸쳐 있는데, 그 빨랫줄을 보는 순간 번뜩 묘안이 또 뇌리를 스치면서 '그래, 저 빨랫줄이야!' 라고 합니다.

빨랫줄을 풀어서 손에 들고 토굴 안으로 들어옵니다.

빨래줄 한 쪽 끝을 토굴 안 천장의 높다란 대들보에 묶고, 또 다른 한 쪽 끝은 내 머리통 중앙의 머리카락 한 움큼에 묶어서 줄이 너무 팽팽하지도 않고 너무 느슨하지도 않도록 가늠해보면서 방석 위에 앉아 기도 중에 꾸벅~하고 고개를 숙이면 머리칼이 당겨져 몹시 아프도록 줄을 적당하게 잘 조절을 합니다.

그러고 나서 이젠 실험 삼아 가부좌로 앉은 상태에서 꾸벅~하고 고개를 숙여 보니 줄에 묶인 머리칼 한 움큼이 통째로 뽑히는 것처럼 몹시 아프면서 정신이 번쩍 듭니다.

이제 방석 옆에는 싸릿대나무 회초리를 놓아두고, 머리칼 한 움큼을 줄에 묶어 천장 대들보에 매달고 다시 명상기도에 들어갑니다.

내 몸뚱이가 회초리로 매를 맞지 않으려고 긴장을 합니다.

내 머리통이 머리칼을 뽑히지 않으려고 또 긴장을 합니다.

몸뚱이가 스스로 긴장을 하니 정신이 바짝 차려집니다.

이제 졸음으로 인한 장애물이 제거됩니다.

'궁하면 통한다(窮則通)'는 말씀이 체험으로 실감이 납니다.

우리의 인생살이도 마찬가지입니다.

무슨 일을 하는 중에 장애물이나 방해물이 생기면, 적극적으로 그 장애와 방해를 분석하고 연구하고 더욱 노력을 하여 극복하면서 뚫고 나가거나, 오히려 역이용하거나, 딛고 일어서는 등등 적극적이고 강인한 사람이 있습니다. 그런가 하면 그 반대로 장애물과 방해물을 핑계 구실로 삼아 거기서 중도 포기하는 소극적이고 도피적인 나약한 사람도 있습니다.

독자 여러분은 어느 쪽 어떠한 사람이 되길 바라십니까?

오직 강자만이 살아남는 경쟁사회에서 어떻게 살아가겠습니까?

사람의 신념과 의지는 태산도 움직일 수 있고, 안 되는 것을 되게 할 수도 있고, 놀라운 기적을 이루어 낼 수도 있습니다.

혹시, 지금 이 글을 읽고 있는 독자분께서 필자보다 나이가 젊은 사람이라면, 현재 좌절과 실의에 빠져있는 사람이라면, 일을 하다가 실패를 당하고 있는 사람이라면, 아직 취업을 못하고 있는 사람이라면, 근심 걱정으로 고통받고 있는 사람이라면, 가난한 사람이라면, 그리고 반드시 성공·출세하고 부자가 되어 행복한 삶을 살고 싶은 사람이라면 그동안의 잘못된 생각과 성격 및 행동을 바꾸고 스스로 나약함을 바꾸어 당장 오늘부터 강인한 신념과 열정으로 살아 가십시오!

다시금, ① 현재 상태에서 문제점과 자신을 철저히 분석하고 ② 분명한 목적과 목표를 정하고 ③ 반드시 계획을 세우고 ④ 우선순위에 따라 강인한 신념과 의지로 지속성을 가지고 각자 본인의 뜻한 바를 계속 실천해 나아가면 누구나 문제해결과 목적·목표 달성을 분명히 이룩해 낼 수 있습니다.

나도 이곳 첩첩산중 깊고 높은 천등산 산속에서 신념과 의지 그리고 간절함과 정성스러움으로 반드시 하늘 문[天門]을 열고 신통력을 얻어낼 것입니다.

이곳 천등산에서 반드시 신통력을 얻고, 그 신통력으로 내가 누구인지? 내 영혼이 누구인지? 나의 전생이 어떠했는지? 나는 어떤 운명을 가지고 태어났는지? 내가 태어나면서 무슨 업을 타고났기에 이렇게 고생과 고통만 따르고 있는지? 이렇게 살다가 내가 죽으면 또 다음 생은 어떻게 될 것인지? 어떻게 해야만 업장(業障, 카르마)을 소멸시킬 수 있는지? 어떻게 살아야 진정한 성공과 행복을 이룰 수 있는지? 등등을 나는 내 힘으로 반드시 모두 다 알아낼 것입니다.

입산할 때에 배수진으로 죽음까지도 각오하고 이미 유언과 유서까지 남겨놓았으니 결코 포기하지 않을 것입니다.

"무슨 일이든 목숨을 걸고 덤비면 반드시 성공(이길)할 수 있다" 라고 했으니 필자도 목숨을 건 최후의 방법 천기초월명상 기도로 인간계와 신령계 간의 경계의 벽을, 이승과 저승 간의 경계의 벽을 뚫고 들어가 반드시 하늘 문[天門]을 열고 신통력을 얻어낼 것입니다.

반드시 하늘로부터 신통력을 허락받을 것입니다.

제8장
내 핏줄 조상님부터 '해원천도'를 해 드린다

필자는 지금 깊고 높은 천등산 산속에 있습니다.

이제부터는 무더운 여름철입니다.

황토움막집 토굴의 출입문과 창문에 방충망을 설치합니다.

산속에 서식하고 있는 모기는 한 방 쏘이면 독소가 강해서 뻘겋게 붓고 몹시 가려워서 자꾸 긁으면 피부에 상처가 생기는 등 굉장히 골칫덩어리입니다.

푸른 잎사귀가 많은 나뭇가지를 잘라와 토굴 지붕 위에 얹으며 여름철 무더위를 조금이라도 막아보려고 노력을 합니다.

토굴의 출입문과 창문에 모기가 못 들어오도록 방충망을 설치하고, 또한 토굴의 지붕 위에 푸른 잎사귀가 많은 나뭇가지를 얹으니 한결 마음이 놓이고 시원함을 느낍니다.

산 기도를 시작하면서 하루 한 개씩 돌을 주위와 쌓고 있는 돌탑은 이제 자리를 잡았습니다.

쌓고 있는 돌탑은 자리를 잡고 조금씩 올라가고 있는데, 나는 아직까지 인간계(人間界)와 신계(神界) 간의 경계의 벽을 뚫지 못하고, 이승과 저승 간의 경계의 벽을 뚫지 못하고 있습니다.

기도를 시작할 때마다 하늘 문을 열어 달라고 간절한 마음으로 소원을 빌고, 또한 밤에 잠을 잘 때에도 잠들기 전에 꿈에라도 그 방법을 가르쳐 달라고 애원도 합니다.

오늘도 어제와 똑같은 방법으로 하늘과 신령님께 기도 준비와 예배로 절을 올리고 나서 기도에 들어갑니다.

오늘도 하루 종일 기도를 하지만 통신(通神)을 못하고, 지치고 지쳐서 쓰러져 그대로 잠이 들어버립니다. 졸음으로 쓰러진 게 아니고 지쳐서 쓰러진 것입니다.

간절하고 또 간절한 염원이 꿈속으로 그 응답이 주어지는지 나는 꿈속에서 우리 할아버지 할머니 아버지가 묻혀있는 묘소로 갑니다.

우리 조상님이 계신 묘소는 이곳 천등산 꼭대기에서 남서쪽으로 가장 커다랗고 기다랗게 뻗어 내린 산줄기의 끝자락 배나무고을 생가(生家)의 뒤 편 옆 산인 '삼태산'의 아래편 끝머리 '와우형(臥牛形)' 자리에 위치하고 있고, 이 삼태산은 이 고을에서 가장 높은 주산인 천등산의 산줄기이기도 합니다.

나는 오늘 기도하다가 지쳐서 쓰러지고 그리고 잠이 들고 꿈속에 조상님 선영으로 갑니다.

할아버님 할머님 아버님 묘소마다 인사를 올리면서 제발 조상님이라도 좀 나서서 도와달라고 하소연을 하며 애걸복걸 빌고 또 빕니다.

그랬더니, 아버지 혼령이 묘 속에서 불쑥 나오시더니 묘소의 머리맡

바로 위편 바위 위에 앉으시고는 말씀을 해주십니다.

"아들아! 모든 사람은 하늘의 법칙인 핏줄관계의 천륜법칙 때문에 살아있는 자손의 영혼과 죽은 조상의 혼령이 서로 '핏줄동기작용법칙'으로 반드시 연관성이 있느니라. 핏줄동기작용법칙은 시간과 공간을 초월해서 항시 하늘 법칙으로 존재하기 때문에 죽은 조상의 혼령과 살아있는 자손의 영혼이 서로 관계성으로 연결되어 있느니라. 즉, 핏줄 관계인 조상과 자손은 기운이 함께 작용한다는 것이니라. 그러하기 때문에 네가 지금 간절히 바라고 있는 소망, 즉 기도를 성공하려면 너의 원한 많은 조상부터 원한을 풀어주는 '조상해원천도'부터 해주어야 하느니라."

나는 꿈속에서 우리 아버님께 여쭙습니다.

"아버님! 그렇다면 우리 집안에 원한 많은 조상님이 누구이시고 또한 무슨 사연이신지요?"

"아들아! 너의 할머니는 두 분이신데 큰 할머니가 시집온 지 얼마 안되어 바닷물에 빠져 죽었고, 오촌 한 분이 6·25한국전쟁때 장가도 못가 보고 전투하다 비명에 집나가 객사하였고, 고모 한 분이 어렸을 때 교통사고로 죽었고, 어머니가 결혼한 후 처음에 낙태를 두 번이나 하였느니라. 그렇게 원한 많은 조상이 많음에도 너희 어머니의 지극 정성스런 기도와 치성으로 너희 형제들은 모두가 무탈하게 잘 성장하고 또한 잘 살아 가고 있지만 너도 지켜보다시피 큰집과 사촌들은 우환이 많았느니라. 억울하게 죽은 조상은 그 억울함 때문에 원한이 맺혀 원한 귀신으로 전락되어 저승도 못 들어가고, 이승에도 다시 태어나지 못하고, 중음의 세계에서 구천을 떠도는 좀비·수비·영산·유령·귀신이 되어서 원귀·악귀·요귀·잡귀로 불리면서 천륜의 법칙 때문에 살아있는 핏줄적 관련이 있는 가족이나 자손에게 해코지를 하게 되느니라."

"아버님! 그렇다면 제가 지금 어떻게 하면 되는지요?"

"아들아! 정식법도의 조상해원천도는 훗날 네가 신통력과 도술을 지닐 때에 해주도록 하고, 지금은 우선 약식법도의 조상해원천도를 해줄지니 또한 이 아비가 신통술로 도와줄 터이니, 오늘부터 7일 동안 밤낮으로 '옴 아르늑게 사바하!' '옴 삼다라 가다 사바하!' 주술진언을 계속 외우면서 기다란 흰색 천으로 열두 개의 고리를 묶고 풀고 또 묶고 풀고 반복하고, 삼베 천과 흰색 천을 가르고, 오색 천을 가르고, 흰색 소지종이 석 장을 공중에서 태우고, 그리고 맨 끝에 '옴 마리다리 훔바탁 사바하!' 주술진언을 많이 외워주면 되느니라."

말씀이 끝나시자 아버님 혼령께서는 하얀 도포자락을 바람에 휘날리며 공중을 걸어서 천등산 산봉우리 쪽으로 가버리십니다.

우리 아버님께서는 조상님이 대대로 살아오신 배나무고을에서 태어나시어 농부로 살면서 육십갑자 육갑을 짚으실 줄 아시고 평생을 천기운행 풍수지리 공부와 함께 농촌 선진화와 농업기계화에 앞장서시고, 이 고을 전라남도 고흥군에서 가장 먼저 현대식 쌀 도정공장 정미소를 세우시고, 오직 근면성실로 한평생을 살면서 농촌지역 발전에 지대한 공로를 인정받아 국가로부터 '국민포장'을 받으시어 보기 드물게 살아생전에 '공덕비'가 세워진 훌륭하신 분이셨습니다(살아생전에 세워진 우리 아버님의 공덕비는 고향 생가 전라남도 고흥군 도화면 가화리 이목동 배나무고을 마을 입구 '달 고개'란 곳에 할아버님의 충효비와 함께 나란히 우뚝 세워져 있고, 이 고을에서는 이곳의 비석을 '손가들 비' 라고 불리고 있음을 증명합니다).

나는 꿈속에서 하얀 도포 옷을 입으시고 깨끗하고 인자하고 신령스런 모습을 하신 우리 아버님 혼령 모습을 생생하게 보고 또한 말씀도 들으면서 인과작용법칙을 생각해 봅니다.

사람으로 살 때에 그 사람의 삶이 죽은 후에 똑같은 모습으로 나타나니 선인 선과요, 악인 악과임을 깊이 생각해 봅니다.

나는 꿈속에서 우리 아버님 혼령이 가르쳐주신 대로 우선, 약식법도의 조상해원천도식을 직접 해드립니다.

아버님 혼령이 가르쳐 주신 대로 꼬박 7일 동안 밤낮으로 주술진언을 계속 외우면서 고를 풀고, 천을 가르고, 소지종이를 사르면서 간절한 마음으로 지극 정성을 다합니다.

지극정성으로 조상해원천도 기도를 끝마치는 날입니다.

계속 불 밝혀 놓은 촛불의 심지가 방울방울 커다랗게 만들어지는 기이한 현상이 일어납니다. 불타고 있는 촛불의 심지가 소멸되지 않고 커다랗게 방울방울 만들어지는 기이한 이 현상은 무엇을 의미할까요?

이 현상을 촛불에 연꽃이 핀다고 일컫는데 그 의미는 재수와 함께 소원 성취·좋은 일을 예시한다고 합니다.

나는 지극정성으로 약식법도의 조상해원천도를 끝내고 오늘도 기도를 합니다.

지극정성스런 간절한 마음으로 일심(一心)의 한마음으로 오직 천기초월명상(天氣超越瞑想) 산 기도를 계속해 나아갑니다.

제9장
인간계와 신령계의 경계의 벽을 뚫는다

필자는 오늘도 돌 제단 위에 정한수를 떠올리면서 간절한 마음으로 소원을 빕니다.

"오늘은 제발 인간계와 신령계의 경계의 벽을 뚫게 해주시옵소서!"

오늘도 어제처럼 첩첩산중 깊고 높은 천등산 산속에서 나 홀로 천기 초월명상 산 기도에 들어갑니다.

두 다리는 오므려 포개어 가부좌로 앉고, 허리는 쪽 펴서 똑바로 세우고, 두 손은 가슴 앞에 손바닥을 마주하여 합장을 하고, 두 눈은 지그시 감고, 마음은 편안히 하고, 호흡은 처음에는 깊고 길게 하다가 차츰 고르게 하고, 생각은 눈썹과 눈썹 사이의 명궁을 통하여 우주공간에 두고, 4박자 리듬으로 계속하여 한마음 일념으로 소리내어 '산왕대신!'이란 신의 명호를 부르면서 신명기도 정근을 합니다.

점점 더 깊이 집중을 하면서 기도에 몰입해 들어갑니다.

또 다시 합장을 하고 있는 손이 기(氣)를 받으면서 서서히 흔들거리다가 상·하로 세게 흔들리고 또한 앞가슴을 때리면서 엉덩이가 들썩거리고 온 몸이 요동을 칩니다.

한바탕 거세게 온 몸이 요동을 친 다음에 손끝과 발끝 그리고 머리 정수리에서 몸의 중심쪽으로 기 흐름의 전율이 찌르르 찌르르 찌르르 ~하면서 쫙~ 뻗쳐옵니다.

그리고는 이마의 명궁 앞에서 무엇인가가 보이는 것 같고, 두 귀에서 휘파람 소리와 함께 무슨 소리인가가 들리는 것 같고, 입술이 떨리면서 무슨 말인가를 불쑥 내뱉을 것만 같습니다.

의식의 집중과 몰입을 더욱 하면 "이때다!"라고 의식의 집중과 몰입할 기회를 포착합니다.

죽을 힘까지 사력을 다하면서 더욱 확실하게 눈감은 눈으로 보려고 하고, 귀로 들으려고 하고, 입으로 말문을 터보려고 합니다.

나는 마음속으로 처절하게 울부짖고 있습니다.

"저 벽을 뚫어야 한다! 인간계(人間界)와 신계(神界) 간의 저 경계의 벽을 뚫어야 한다! 이승과 저승 간의 저 경계의 벽을 뚫어야 한다! 내가 살길은 오직 저 벽을 뚫는 것이야! 하늘이시여, 신령님이시여, 제발 저 벽을 뚫을 수 있도록 허락 좀 해주시옵소서!……."

한줄기 흰 빛이 아득한 저 멀리서 내게로 다가옵니다. 점점 더 가까이 내게로 다가오는 흰 빛은 너무 너무나 눈이 부십니다.

이대로 눈이 멀어버려도 좋고, 몸이 굳어버려도 좋습니다.

내 평생 처음 보는 신비한 흰 빛이기에 그리고 결정적인 기회포착이구나 하는 직감이기에 나는 끝까지 눈부신 흰 빛을 주시합니다.

신비하고 눈부신 흰 빛이 내 몸에 닿는 순간 내 머리는 띵~하고

어지럽고 내 몸뚱이는 공중에 붕~ 뜨는 무중력을 느끼면서 너무 너무나 황홀함을 느낍니다. 그리고는 점차로 아무런 느낌이 없는 무한대의 고요정적이 되어버립니다. 고요정적 속에서 천지가 울리는 음성이 들려 옵니다.

"집착을 버리거라!~~."

"마음을 비우거라!~~."

정체불명의 천지가 울리는 음성을 듣고, 나는 순간 깨달으면서 집착과 마음의 끈을 살며시 놓아봅니다.

마음이 너무나도 평안해지고 더욱 무한대의 고요정적이 되면서 시간도 없어지고 공간도 없어지고 나 자신까지 없어져 버립니다.

완전초월 무한대의 고요정적 속에서 또 천지가 울리는 음성이 들려옵니다.

"벽을 뚫었느니라!~~. 인간계(人間界)와 신령계(神靈界) 간의 경계의 벽을 뚫었느니라!~~. 이승과 저승 간의 경계의 벽을 뚫었느니라!~~. 신통(神通)의 첫 관문인 하늘 문(天門)을 열었느니라!!~~."

무한대의 고요정적 속에서 천지가 울리는 음성을 내 두 귀로 생생히 들으면서 결정적 기회를 포착한 이 순간이 혹시나 환청현상은 아닌지 확인을 하고자 조심스럽게 소리내어 말씀을 여쭤봅니다.

"천지를 울리는 이 음성을 들려주시는 분은 누구시온지요?"

그러자 또 천지가 울리는 음성이 들려옵니다.

"신령님이시다!"

"어떤 신령님이신지요?"

"오방신장 백마장군 신령님이시다!"

"정녕, 신령님이시라면 그 모습을 보여 주실런지요?"

그러자 하늘에서 천지가 울리는 말발굽소리가 들리면서 눈부신 흰빛이 또다시 나타나고 그 빛 속에서 백마를 탄 장군이 모습을 드러내시어 저~ 멀리서 이쪽을 향해 돌진해옵니다. 점점 더 가까이 달려오면서 점점 더 모습이 커집니다.

천지가 울리는 말발굽소리의 굉음과 함께 하늘 백마의 갈기 털이 바람에 휘날립니다.

백마의 울음소리와 함께 하늘의 백마를 타고 내 앞에 멈추어선 신령님의 모습은 쇠꼬챙이 달린 투구를 쓰고, 오색 빛깔의 갑옷을 입고, 한 손에 큰 칼을 들고, 왕방울만큼 크고 강렬한 눈빛을 한 모습입니다.

신령님의 모습을 실제로 보니 너무나도 무서운 모습이지만 그렇게도 맞닥뜨려보고 싶었으니 내 스스로 두려움을 인내하면서 조심스럽게 직접 말씀을 여쭈어봅니다.

"하늘 백마를 타고 오신 오방신장 백마장군 신령님께서는 무슨 역할을 하시는지요?"

"오방의 방위를 수호관장하고 산 기도하는 제자들에게 하늘 문[天門]을 열어주고 또한 수호해주는 신령이니라."

"신령님! 그럼 저에게도 하늘 문이 열린 것이온지요?"

"그러하도다. 경계의 벽을 뚫고 하늘 문을 열었느니라."

"신령님! 그럼 이제부터는 어떻게 공부를 해야 되는지요?"

"제자야! 이미 경계의 벽을 뚫고 신령님과 직접 통신(通神)을 하였으니, 눈이 열리고 귀가 열리고 말문이 열렸느니라. 이제부터는 깊은 명상삼매로 천기초월명상에 들어와 이렇게 직접 신령님과 대화를 나누면서 신령님으로부터 직접 가르침을 받으면 되느니라."

"신령님! 정녕 그러하는지요?"

"제자야! 정녕 그러하느니라."

"고맙습니다. 이제부터 신령님께서 많은 가르침을 주시옵소서!"

"잘 알았느니라."

말씀이 끝나시자, 순간 신령님의 모습은 없어지고 하늘 백마의 말발굽소리만이 멀어져갑니다.

초월상태의 고요정적 속에서 환희가 막 솟구쳐 오릅니다.

의식으로 정신을 차리고 몸을 일으켜 토굴 밖으로 나옵니다.

구슬 같은 땀으로 속옷까지 다 젖어있고, 환희의 눈물이 마구 펑펑 흘러내립니다.

해는 서산으로 기울며 노을이 찬란하게 빛나고 가끔 날아와 친구가 되어 주던 산 까마귀들이 토굴 주위의 나뭇가지에 앉아서 까악~까악~ 노래를 부르며 축하를 해 줍니다.

하늘을 올려다보며 솟구치는 환희의 큰 소리를 질러봅니다.

"벽을 뚫었다!~~."

산 메아리가 산 전체를 울리면서 하늘까지 올라갑니다.

아무도 없는 첩첩산중 깊고 높은 산속에서 나 홀로 덩실~덩실~ 춤을 춥니다.

나는 환희의 눈물을 흘리면서 춤을 춥니다.

눈에서는 눈물이 흘러내리고 몸뚱이는 춤을 추면서 또 하늘을 올려다보며 큰소리를 지릅니다.

"인간계(人間界)와 신령계(神靈界) 간의 경계의 벽을 뚫었다!~~.

이승과 저승 간의 경계의 벽을 뚫었다!~~.

드디어 하늘 문(天門)을 열었다!~~.

나는 신령(神靈)님과 직접 통신(通神)을 했다!~~."

나의 목소리는 산 하늘 메아리가 되어 하늘까지 계속 올라갑니다.

아무도 없는 깊고 높은 천등산 산속에서 환희와 감격의 눈물을 펑펑 흘리면서 계속 덩실~덩실~ 춤을 춥니다.

동쪽하늘에 둥근 달이 떠오릅니다.

둥근 달이 어둠을 밝혀줍니다.

첩첩산중 깊고 높은 천등산 산속에서 둥근 달이 떠있는 달밤에 나 홀로 덩실~덩실~ 춤을 춥니다.

환희의 눈물로 자축하는, 나 홀로 추는 춤은 둥근 달이 머리 위에 떠오를 때쯤에야 멈추어갑니다. 마음은 이 밤을 지새우도록 춤을 추고 싶지만 몸뚱이가 지쳤다고 그만 쉬자고 합니다.

머리 위에 떠있는 둥근 달에게 큰절을 합니다.

돌탑에도 큰절을 하고, 옹달샘에도 큰절을 하고, 토굴에도 큰절을 하고, 동서남북 사방으로 큰절을 합니다.

모든 존재물께 감사함의 큰절을 올리고 또 올립니다.

도닦으러 입산한지 150여 일만에 드디어 하늘 문을 열고 직접 통신 (通神)을 해내는 1차 목적을 달성했습니다. 열정을 가지고 집중과 끈기로 성공을 이루어 내었습니다.

제10장
나도 이제 '신통력(神通力)'을 가진다

필자는 지금 천등산 8부 능선 높은 곳 탑사골 산골짜기 옹달샘 옆 숨겨진 명당자리 깊고 높은 산속에서 도(道)를 닦고 있습니다.

도닦으러 입산한지 150여 일만에 하늘 문[天門]을 열고 직접 통신(通神)을 해내어 이제 신(神)과 직접 대화를 나눌 수 있게 되었습니다.

보통 사람들의 눈과 귀로는 볼 수도 들을 수도 없는 우주자연 모든 존재물의 참모습을 볼 줄 알게 되고 또한 참 소리를 들을 줄 알게 되니 눈에 보이는 모든 모습과 귀에 들리는 모든 소리가 신기하고 아름답게 느껴집니다.

이제, 우주자연 모든 존재물의 참 진실을 스스로 알게 됩니다.

눈에 보이는 것이 오히려 극히 일부임을 깨닫게 됩니다.

눈에 보이지 않는 엄청난 세계가 또 있음을 깨닫게 됩니다.

이러한 참 진실을 깨닫게 되니 스스로 겸손해지면서 우주자연의 섭리와 순리에 따르게 됩니다.

요즘 산속에서 나홀로 도를 닦으며 무위자연법(無爲自然法)으로 살아갑니다.

배고프면 음식을 먹고, 먹고 나면 명상기도를 하고, 기도가 끝나면 돌멩이 한 개를 주위와 돌탑을 쌓고 그리고 잠이 오면 잠을 잡니다.

나는 우주자연의 일부이니 자연과 더불어 함께 살아갑니다.

나는 이제부터 우주자연의 섭리와 순리에 따라 도리로 살아갑니다.

더불어 함께 살아가는 방법을 배우고 또한 하나씩 터득해 나아갑니다.

요즘은 날씨가 무더운 한 여름철이니 산속의 옹달샘에 많은 고마움을 느낍니다. 아무리 날씨가 무더워도 이곳 산속의 옹달샘 물은 차가울 정도로 시원하고 옥청수만큼이나 깨끗합니다. 아무 때나 목이 마르면 옹달샘 물을 그냥 마실 수 있고, 아무 때나 몸이 가렵거나 땀이 흐르면 옹달샘 물을 그냥 끼얹을 수 있습니다. 아무리 많이 퍼 써도 샘물이 마르지 않고 아무리 많이 사용해도 물 값 달라고 하지 않으니 옹달샘은 나의 보물 1호이며 나의 생명수입니다.

이곳 옹달샘 물의 신[水神]과 대화를 나눠 보니, 이곳 옹달샘은 본래 그 이름이 '약천샘'이라고 합니다.

아주 옛날에는 이곳의 약천샘 물로 질병을 많이 고쳤고 이곳 약천샘 속에는 '업구렁이 신(神)'이 살고 있어서 지난날 이곳에서 산 기도를 한 사람들은 이곳 업구렁이 신이 재물재수를 많이 주었고 그리고 질병을 고치는 신유약사의 신통력도 많이 주었다고 귀띔으로 가르쳐주면서 모든 것은 인연을 따라 운때가 있으니 그 운때가 되면 이곳 옹달샘의 비밀을 다 알 수 있게 될 것이라고 합니다.

그렇지만, 나는 호기심이 발동해서 옹달샘 속에 살고 있다는 업구렁이 신(神)을 직접 만나보려고 불러내어 봅니다.

신(神)을 신통력으로 움직일 수 있기 때문에 나는 신통력으로 신안(神眼)을 열고서 주술을 외웁니다. 옹달샘에서 물안개가 피어오르고 그 물안개 속에서 시커먼 검은색의 커다란 구렁이가 기다란 두 갈래 혀를 날름거리면서 스르르~하고 모습을 나타냅니다.

나는 물의 신[水神]께서 하신 말씀이 사실이구나 하고 생각하면서 기왕에 업구렁이 신을 불러냈으니 조금 전 물의 신께서 가르쳐주신 업구렁이 신의 능력을 조심스레 물어봅니다.

"괴물처럼 생긴 커다란 구렁이는 누구시온지요?"

"이곳 천등산의 업구렁이 신(神)이니라."

"업구렁이 신은 그곳에서 얼마 동안이나 계셨는지요?"

"이곳 천등산 약천샘이 생기면서부터이니까 대충 천년쯤 되느니라."

"이곳에서 산 기도공부를 하고 있는 이 사람에게 무슨 능력과 어떤 재수를 주실런지요?"

"수백 년 만에 이곳 약천샘을 찾아왔으니 하늘 법칙에 따라 미래운명 예언의 신통력과 평생 쓰고 남을 만큼의 재물을 줄 것이니라."

"업구렁이 신과 함께 나타난 황금색 두꺼비는 또한 어떤 존재인지요?"

"황금색 두꺼비는 업두꺼비 신이고, 역시 재물과 재수 그리고 병 고침의 신통력을 다스리는 신이니라."

"그렇다면 이 사람에게 병 고침의 신통력과 재물재수를 함께 내려주시는 것이온지요?"

"그것뿐이 아니라 예언의 능력과 선지자적 능력(先知者的 能力)까지 내려줄 것이니라."

"더 가르쳐 줄 것이 있으면 오늘 모두 다 가르쳐 주실런지요?"

"차차로 운때가 되면 다 가르쳐 줄 것이니라."

"오늘 또 하나의 비밀을 가르쳐주셔서 고맙고 감사할 뿐이옵니다."

고개 숙여 인사를 드리고 나니, 업구렁이 신과 업두꺼비 신은 순식간에 없어져버리고 옹달샘 위의 물안개도 서서히 사라져 버립니다.

나는 오늘 또 하나의 신을 만나고 또 한 가지 천기의 비밀을 알아내면서 신들의 세계로 점점 들어갑니다.

이제 신들과 직접 대화를 주고받을 수 있는 신통력을 가지게 되었으니, 하나씩 천기의 비밀을 모두 밝혀낼 것입니다. 그리고 운때가 되면 하늘과 신들이 허락하는 범위 내에서 글로 남겨놓을 계획입니다.

필자는 이 책을 통하여 글자로 자신의 자전적 구도이야기를 계속 전개하면서 중간 중간에 천기의 비밀을 알박기로 삽입하여 필자의 글을 읽어주신 독자분들에게만 비밀로 하나씩 가르쳐 드릴 것입니다.

사람이 신들과 직접 대화를 나누면서 하늘의 비밀을 알아낸다는 능력은 매우 놀랄만한 엄청난 일입니다.

먼 훗날, 이 책의 내용들은 손재찬의 '운명작용이론'으로 불리어지게 될 것입니다.

다만, 이 글을 읽고 있는 독자분들께 양해 말씀을 드리고 싶은 것은 필자가 글쟁이가 아니기 때문에 글로 표현하는 것이 다소 서툴다는 것입니다.

필자는 비록 글 쓰기는 서툴지만 수정 없이 단번에 직감직필로 사실을 바탕으로 진실과 진리의 글을 써서 세상에 알릴 뿐입니다.

파란만장한 인생을 살아오면서 필자도 이제 나이가 들어보니, 보다 더 잘 살기 위해서는 아는 만큼 보이고 또한 알아야 속지 않으니 모르는 것은 반드시 배워야 하고, 하늘의 인과응보의 법칙과 우주자연의 섭리와 순리는 따라야 하지만 종교에 속지는 말아야 합니다. 자기 자신의 타고난 소질적 재주는 반드시 계발을 시켜주고 또한 타고난 운명과 운 흐름의 예측을 정확히 알고 살아야 함이 그 무엇보다도 가장 중요함을 진심으로 말하고 싶고 또한 사람들에게 꼭 가르쳐주고 싶어 이 글을 쓰게 되었습니다.

우리의 인생살이는 욕심대로 소망대로 잘 되지가 않습니다.

타고난 사주 팔자 운명도 모르고 살아가거나 또는 운(運) 예측도 모르고 살아가면 눈뜬 장님과 같게 됩니다.

그렇습니다.

우리는 운명작용이론과 법칙을 꼭 알아야 합니다.

사람에게는 각자 자기 전생(前生)의 존재가 현재의 자기 영혼으로 들어와 있고, 부모님에게서 유전인자적 몸을 물려 받았으며, 전생의 인과작용과 핏줄의 인과작용으로 인하여 현생의 삶의 질이 결정되어 버리기 때문에 모든 사람은 태어나면서 이미 운명이라는 것을 가지고 태어나고, 또한 삶을 살아가면서도 운이라는 것이 하늘 법칙에 따라 정확하게 작용한다는 메시지를 지금 이 책을 읽고 있는 독자분께만 비밀로 꼭 가르쳐 드리고자 합니다.

남들보다 더 잘 살려면 진실된 지식 습득과 정확한 정보입수에 빨라야 하니 세상살이는 아는 만큼 보이기 때문입니다.

그렇습니다.

이 책을 끝까지 읽어보면 이 책 한 권에 1억원의 가치를 부여한다는 필자의 주장에 공감을 하게 될 것이며 '가정상비 책(冊)'이라는 것도 아시게 될 것입니다.

이 책은 성공·출세·부자 그리고 행복을 성취하는 실제 체험의 자전적 지식과 지혜 그리고 무엇보다도 천기의 비밀들을 담고 있는 실제 체험적 지혜서입니다.

실제 체험으로 얻은 경험지식과 신통지혜 그리고 진리의 깨우침은 정말로 귀중합니다.

이제, 천기(天氣) 초월명상 산(山) 기도로 신통까지 해보니 사람에게 가장 중요한 것은 '하늘법칙'이라고 꼭 말해주고 싶습니다.

"세상의 이치는 아는 만큼 보이고 준비하는 만큼 얻는다."

필자는 이제부터 신통력으로 신(神)들과 대화를 나누면서 '하늘법칙'에 대해 모두 다 알아낼 것입니다.

접근 금지의 비밀에 싸여 보통사람들은 결코 알아 낼 수도 없고 알 수도 없는 신(神)들의 세계와 영혼의 세계의 실제 사실 이야기를 펼쳐나가면서 이 책을 읽는 독자에게만 모두 다 가르쳐 드릴 것입니다.

제11장
내 영혼의 전생(前生)을 알게 된다

신통력의 첫 관문인 경계의 벽을 뚫고 나서부터는 신안(神眼)의 눈이 열리고, 귀가 열리고, 말문이 열려서 언제든 기도할 때마다 신(神)들과 직접 대화를 나눌 수 있게 되었습니다.

무엇이든 의문이 있을 경우에는 기도 중에 직접 신령님께 질문을 드리고 또한 답을 얻을 수 있습니다.

하늘 문(天門)을 열고 통신(通神)을 하여 신통력을 얻은 이후부터는 커다란 육환장 지팡이에 삿갓을 쓴 스님과 말을 타고 큰칼을 든 장군이 매일 같이 꿈속에도 명상삼매 기도 중에도 나타납니다.

오늘도 어제처럼 돌 제단 위에 정한수를 떠올리고, 촛불을 켜고, 향을 사르고 그리고 동서남북 사방으로 절을 한 번씩 하고 토굴 안으로 들어오면서 이렇게 마음을 먹습니다.

'오늘은 삿갓 쓴 스님과 큰칼 든 장군의 정체를 꼭 밝혀내야지!'

커다란 투명창문을 사이에 두고 돌탑과 돌 제단을 향해 토굴 안에서 정성껏 큰절 3번을 올리고 조용히 방석 위에 앉습니다.

두 다리는 오므려 포개어 가부좌로 앉고, 허리는 쭉 펴서 반듯하게 세우고, 이제부터 두 손은 손바닥을 위로 하여 양쪽 무릎 위에 올려놓고, 두 눈은 지그시 감고, 마음은 편안히 하고, 호흡은 처음에는 깊고 길게 하다가 차츰 고르게 하고, 생각은 눈썹과 눈썹 사이의 명궁을 통하여 우주공간에 두고, 의식을 점차로 가라앉혀 갑니다.

몸과 마음 그리고 의식이 아주 편안해집니다. 점점 더 깊이 천기초월 명상에 집중을 하면서 내 영혼과 하늘과의 주파수 사이클을 맞추며 몰입해 들어갑니다. 이내 하늘의 천기와 직통을 하면서 손끝과 발끝 그리고 머리끝에서부터 몸의 중심 쪽으로 찌르르~ 찌르르~ 찌르르~하는 기(氣)흐름의 전율이 쫙~ 뻗쳐옵니다. 한참동안 고감도의 전율이 찌르르~ 쫙~하고 여러 차례 계속되면서 몸뚱이가 공중에 붕~뜨는 무중력을 느끼면서 무아의 황홀경이 됩니다.

고감도 기(氣) 흐름의 이 쾌감과 황홀감은 이 세상 어느 것과도 비교할 수 없을 만큼 최고의 지극 지고 지락의 상태입니다.

황홀경의 정점에서 무한대의 고요 정적이 오고 그리고 순간, 모든 것이 정지하면서 시간과 공간이 없어집니다. 이제 서서히 하늘 문이 열리고 내 의식체는 신들의 세계 저승의 세계로 경계의 벽을 뚫고 들어갑니다.

오늘도 삿갓 쓴 스님과 큰칼 든 장군과 함께 머리칼과 눈썹과 수염이 기다랗고 하얀 백발노인 산신령님이 두꺼운 책을 들고 어제처럼 또 나타납니다.

책을 손에 든 백발노인 산신령님은 어제처럼 오늘도 내가 쌓아올리고 있는 돌탑 위에 걸터앉으시고, 삿갓 쓴 스님과 큰칼 든 장군은 내 곁에 앉습니다. 이 두 분의 모습을 자세히 들여다보면 나이와 의복차림새만 다를 뿐 내 얼굴과 거의 똑같이 닮아 있습니다.

요즘에 와서는 이러한 점이 굉장히 궁금합니다.

내 나이 17살쯤부터 지금까지 오랜 세월 동안 언제나 똑같은 모습으로 가끔씩 내 꿈속에 나타나고, 결국에는 나를 산으로 데리고 들어오고, 지금은 꿈속에서나 명상 중에 매일같이 나타나서 나를 돕고 또한 나를 수호해 주는 정체불명의 두 분이 정말 궁금합니다.

오늘은 이 궁금증을 꼭 풀어야 하겠습니다.

천기초월명상 속에서 이제 막 책을 펼치시는 백발노인 산신령님께 먼저 질문을 여쭙습니다.

"산신령님! 공부하기에 앞서 저에게는 오랜 세월 동안의 궁금함이 있사온데 오늘은 그 궁금함을 풀게 해주실런지요?"

"제자야! 무엇이 그리도 궁금한가?"

산신령님! 지금 제 곁에 함께 앉아있는 제 얼굴과 똑같이 생긴 삿갓 쓴 스님과 큰칼 든 장군은 누구이온지요?"

"제자야! 운때가 되면 가르쳐 줄 것이니라."

"산신령님! 궁금함이 기도공부에 장애가 되오니 지금 가르쳐주실런지요?"

"제자야 산 기도공부는 순서가 있고 또한 모든 것은 운때가 있다고 하였느니라."

"산신령님! 기도공부의 장애는 즉시 없애버려야 한다고 생각되옵니다."

"제자야! 운때에 따른 공부 순서가 있는데, 별도의 과외공부를 하겠다고 약속하면 가르쳐 줄 수 있느니라."

"산신령님! 그렇게 할 것을 약속드립니다."

"제자야! 잘 들을지니 너 자신이니라."

"산신령님, 제 자신은 따로 여기 있사온데 제 자신이라니요?"

"제자야! 과거 또 과거 전생의 너 자신이니라."

"산신령님! 좀 더 상세히 가르쳐주실런지요?"

"제자야! 잘 들도록 하여라!"

"예. 잘 들도록 하겠습니다."

"너는 과거 1,000년 전에는 하늘의 '천왕승'이라는 하늘나라 천상의 스님이었고, 또한 과거 600년 전에는 이곳 천등산 탑사골에 있었던 탑사(塔寺)의 '주지스님'이었고, 이곳의 옹달샘은 그때에 네가 물 마시던 그 약천샘이었느니라.

지금은 불에 타서 없어지고 그 흔적으로 돌기둥만 남아 있지만 과거 600년 전, 너는 이곳 천등산 탑사에서 주지스님으로 있을 때에 굉장한 법력과 도력을 얻고 도승이 되어 열반하였느니라. 그리고는 또다시 하늘나라 천상세계로 올라가 '제석천궁'의 제석천왕 곁에서 '칠성장군'으로 300년 동안 천상세계의 장군신 역할을 하다가 더 수도하고 수행해서 초월해탈 자유자재를 이루겠다고 스스로 원을 세우고 또다시 인간세계로 태어나 내려왔느니라.

다시 사람 몸으로 환생한 너는 네 영혼의 바람이나 운명도 모르고 다른 길로만 가더구나. 자기 영혼의 바람과 자신의 운명도 모르고 인생길을 걸어가니 방황하고 실패하고 손해보고 좌절하고 고생하고 고통받는 등등 온갖 불운과 불행만 따를 뿐이었느니라.

예를 들어, 몸뚱이는 하나뿐인데 그 몸뚱이 속에 주인으로 들어와 있는 자기 영혼의 바람과 그리고 현실적인 자신의 추구가 각각 다른 길을 선택한다면 하나뿐인 몸뚱이는 과연 어느 길로 갈 것인가?를 한 번쯤은 깊게 정말로 깊이 생각해 볼 필요가 꼭 있느니라.

자기 영혼의 바람과 자기 현실의 추구가 서로 다른 사람은 절대로 성공적인 삶을 이룩할 수가 없느니라.

네 몸뚱이의 주인으로 들어와 있는 과거 전생 너의 영혼의 바람은 최고의 득도로 초월해탈 자유자재이고, 너의 현실적인 추구는 보통 사람들처럼 성공출세해서 부자가 되어 잘 먹고 잘 입고 잘 쓰고 소비하면서 물질적으로 잘 사는 것이었으니 하나뿐인 그 몸뚱이만 이제껏 고통받고 고생하였느니라.

더군다나 소질과 적성도 모르고, 인생진로 방향도 모르고, 성공출세운도 모르고, 금전재물운도 모르고, 결혼운도 모르고, 각종 운때·운수·운세와 운명도 모르고 살아가니 실패와 고통만 따르고 더욱 고생만 하였느니라.

제자야! 너의 운명은 사람으로 태어나기 전부터 너의 영혼의 바람과 하늘의 법칙에 따라 17살쯤부터 꿈속으로 미리 계시를 해주었듯이, 일찍이 동진출가(童進出家)해서 수도수행자의 길로 나아갔어야 했느니라.

이제라도 깨닫고 제 길로 들어섰으니 잘 되었느니라.

지금, 네 옆에 함께 앉아있는 삿갓 쓴 스님과 큰칼 든 장군은 과거 또 과거 전생의 너 자신이었느니라.

과거 전생 너의 영혼들과 함께 이곳 천등산에서 한 10년 정도만 도를 닦으면 과거 전생의 상근기가 있으니 삼천대천세계 우주자연의 진리를 다 터득하고 깨쳐서 너의 영혼의 바람인 초월해탈 자유자재를 이룩할 수 있을 것이니라. 잘 알아들었는가?”

“예, 잘 알아들었습니다. 하지만, 하나 더 궁금함이 있사온데 가르쳐 주실런지요?”

“물어보도록 하여라!”

“저의 과거 전 전생까지 모두 알고 계시는 산신령님은 대체 누구이시고, 또한 저와는 어떤 인연이 있는지 가르쳐 주실런지요?”

“제자야! 운때가 되면 다 알게 될 것이니라.”

“산신령님! 기왕 말씀이 나왔으니 지금 가르쳐 주실런지요?”

“제자야! 잘 듣도록 하여라!”

“예, 잘 듣도록 하겠습니다.”

“네가 이미 알고 있다시피 나는 이곳 천등산의 산신령이고 너하고는 특별한 인연이 있으니, 너와 나는 과거 600년 전에 이곳 천등산 탑사에서 함께 수도했던 도반 친구였느니라.

너는 열반하면서 도가 높아 하늘나라로 올라가고 나는 또 다른 인연 법에 따라 이곳 천등산의 산신령이 되었느니라.

과거 전생의 도반 친구가 이곳 천등산을 인연 명기로 하여 인간계의 사람으로 다시 환생한다고 해서 기다렸고, 그동안 타고난 운명의 길을 잘못 가길래 염려는 되었으나 너의 팔자 운명이 반드시 이곳 천등산으로 또 다시 입산하도록 되어 있기에 지금껏 너를 기다렸느니라.

옛날 옛적에 함께 수도했던 도반 친구여! 내가 친구의 천기초월명상산 기도공부를 힘껏 도와주겠노라. 하지만, 꼭 한 가지 지켜주어야 할 것이 있으니 인간계와 신계와는 엄연한 구분과 규칙이 있는 법이니라.

친구는 지금 사람의 몸으로 그리고 수도수행자의 몸으로 또한 신(神) 제자의 몸으로 다시 태어나고 입산을 했으니 철저히 배우는 자세의 마음가짐과 태도를 갖추어야 하느니라. 잘 알아들었는가?"

"예, 잘 알아들었습니다."

"그럼, 이제부터 책을 펴도록 하여라!"

"예……"

나는 나이가 600살이나 된다는 백발노인 천등산 산신령님과 옛날 옛적의 탑사(塔寺, 오래전에 화재로 불타 없어지고 현재는 절터의 흔적으로 돌기둥만 덩그러니 남아 있음)에서 함께 수도 수행했던 도반 친구였다는 것이 믿어지지 않지만, 나는 그 말씀들을 받아들여 믿기로 합니다. 왜냐하면 ① 탑사의 흔적으로 절터와 함께 돌기둥이 현재까지 남아있고 ② 약천샘 옹달샘이 그대로 존재하고 ③ 삿갓 쓴 스님과 큰칼 든 장군이 나이와 의복 차림새만 다를 뿐 행동과 얼굴이 내 모습과 똑같이 닮았고 ④ 내 운명을 정확히 맞추고 ⑤ 내 영혼이 내 몸속에서 그러하다고 대답을 하고 ⑥ 현재 산 기도공부를 배우는 입장이기 때문에 이곳 주인인 천등산 산신령님의 말씀들을 그대로 믿기로 합니다.

나는 신통력으로 내 영혼의 전생을 알게 되고, 타고난 나의 운명과 내 몸뚱이 속에 주인으로 들어와 있는 내 영혼의 바람을 모두 알게 되었습니다.

그렇기 때문에 나는 앞으로 어떻게 살아야 할지 그리고 무엇을 해야할지 삶의 목표와 방법이 확실해짐을 스스로 깨달아집니다.

지금, 이 글을 읽고 있는 독자분께 질문을 드립니다.

"당신은 누구입니까?"

필자는 당신의 마음과 영혼에게 직접 이 질문을 드리는 것입니다.

영적인 존재 혼(魂)이 사람 몸속에 들어와 있으면 영혼(靈魂)이라 부르고 사람 몸속에서 빠져나가면 혼령(魂靈)이라 부르며, 혼(魂)이 이승과 저승을 왔다 갔다 할 뿐입니다.

당신의 몸속에 주인으로 들어와 있는 당신의 영혼이 누구인지 꼭 알아야 함을 진심으로 충고합니다.

왜냐하면, 과거가 현재가 되고 현재는 미래가 되며 혼령은 영혼이 되고 다시 영혼이 혼령이 되며 또다시 혼령이 영혼이 되기 때문입니다.

당신의 영혼을 알면 전생을 알게 되고, 전생을 알면 인과의 법칙으로 타고난 현생의 운명을 정확히 알 수 있게 되기 때문입니다.

이것이 삼생(三生)의 인과법칙(因果法則)이니 이것을 알면 누구나 잘 살게 되고 행복(幸福)해질 수 있다는 진실(眞實)과 진리(眞理)를 가르쳐 드리는 바입니다.

제12장

하늘과 자연의 순리를 따르며 간소하게 산다

필자는 지금 첩첩산중 깊고 높은 겨울철의 산속에서 나홀로 천기초월명상으로 산(山) 기도공부를 하며 도(道)를 닦고 있습니다.

올 겨울은 유난히도 춥고 눈도 많이 내립니다.

추운 겨울철 산속의 움막집 토굴은 아궁이도 없고, 온돌도 없고, 보일러도 없고, 전기난로도 없고, 전기장판도 없고, 화로도 없습니다.

식사는 아침과 저녁으로 하루 두 끼니만 생식(生食)을 하고 있습니다. "하루에 2번 식사는 정말로 좋다"라고 가르쳐 드립니다.

생쌀과 생콩을 물에 불려 두었다가 생솔잎 산미나리와 함께 먹고, 요즘 겨울철에는 약초뿌리와 칡뿌리를 캐먹기도 합니다.

이곳 첩첩산중 깊고 높은 산속의 토굴은 산 아랫마을로부터 4km쯤 떨어져 있고 산 높은 곳에 위치하고 있기 때문에 전기시설을 설치할 수도 없고, 또한 스스로 고행을 해야 하기 때문에 필요하지도 않습니다.

수도수행생활을 할 경우에는 반드시 불편함과 고행이 동반되어야 하고 항상 정신과 마음이 깨어 있어야 합니다.

이곳은 전기가 들어오지 않으니 전기밥솥도 없고, 전자레인지도 없고, 냉장고도 없고, 세탁기도 없고, TV도 없고, 오디오도 없고, 라디오도 없고, 컴퓨터도 없고, 전화기도 없습니다. 또한 가스시설이 없으니 가스레인지도 없습니다. 또한 침대도 없고, 장롱도 없고, 소파도 없습니다.

문화문명의 혜택이라고는 조금도 없고 또한 필요하지도 않습니다.

스스로 선택한 고행적 수도수행 생활이기 때문에 모든 불편함을 감수하면서 묵묵히 잘 적응해 살아가고 있습니다.

단 한가지, 두문불출 산 기도 중에는 산 밖으로 나갈 수가 없으니 몸이 아프거나 병이 들면 어쩌나 하고 조금은 걱정이 됩니다. 하지만 유서까지 써 놓고 유언까지 남기고 목숨을 하늘에 맡겨 버렸기 때문에 괜찮습니다.

이미 시간 개념도 잊어버렸습니다.

그냥 하늘과 자연의 순리를 따르며 단순하고 간소하게 살아갑니다.

일체의 가구도 없고 가전제품도 없고 살림도구도 없으니 5평 크기의 원룸식 토굴이지만 주거공간은 넉넉합니다.

사람은 단순하게 살수록 또한 간소하게 살수록 정신과 마음의 여유가 생기고 또한 자유롭게 살아갈 수가 있습니다.

사람은 조금 불편함을 느껴야 건강에 좋으니, 짧은 거리는 걸어서 다녀야 하고 더울 때는 그 더위를 또는 추울 때는 그 추위를 겪으면서 적응도 해보고 인내할 줄도 알아야 정신과 육체가 강인해집니다.

사람은 신체적으로 정신적으로 자유로워야 하고 진정으로 자유로워지려면 단순하고 간소하고 검소해야 합니다.

일을 많이 벌이면 결코 자유로워질 수 없습니다.

신경 쓸 일이 많으면 결코 행복해질 수 없습니다.

나는 지금, 첩첩산중 깊고 높은 추운 겨울철의 산속에서 따뜻한 불도 없이 움막집 토굴에서 간소하게 자연인으로 살아가면서 나 홀로 고행을 하며 도를 닦고 있지만 마음과 정신은 자유롭고 평안합니다.

다만, 요즘 겨울 날씨가 산이 높기 때문에 너무나도 추워서 몸을 자주 씻지를 못하니 가끔 몸이 가려워 명상삼매에 방해를 조금 받을 뿐입니다.

나의 산속 일상생활이 천기초월명상으로 도를 닦는 일인데 몸이 가려워 방해를 받습니다.

그렇기 때문에 오늘은 잠자리에서 일어나면서 '오늘은 꼭 몸을 씻어야겠다'고 마음을 먹어 봅니다.

토굴 밖에는 산 전체가 하얀 눈으로 덮여 있습니다.

토굴 지붕도 하얀 눈 모자를 쓰고 있고 돌탑도 하얀 눈 모자를 쓰고 있고 나무도 하얗고 온 천지가 하얗습니다.

날씨가 몹시 추우니 먼저 기(氣)체조로 몸을 따뜻하게 열을 냅니다.

나 홀로 살아가고 있는 산속인지라 그냥 옷을 홀랑 다 벗어버리고 알몸으로 옹달샘으로 갑니다.

옹달샘은 꽁꽁 얼음이 얼어 있습니다.

옹달샘 가에 놓아둔, 늘 사용하는 돌멩이로 얼음을 깨부숩니다.

얼음이 둥둥 떠 있는 옹달샘 물을 한 바가지 떠서 먼저 손과 얼굴을 씻습니다.

다음으로 팔과 다리에 물을 적시고 가슴과 배에 물을 적시고 나서 어금니를 악물고 근육에 힘을 주면서 얼음이 둥둥 떠 있는 얼음물을 한 바가지 가득 떠서 내 몸뚱이에 확~ 끼얹었습니다.

"아흐~ 차가워!"

맨손으로 몸을 문지르고 또 얼음물을 끼얹고 또 몸을 문지르고 또 얼음물을 끼얹었습니다.

발가벗은 맨 몸뚱이에서 김이 무럭무럭 피어오릅니다.

살갗이 빨갛게 변하고, 몸뚱이가 달달~ 떨리고, 이빨이 다각다각~ 소리를 내고, 얼음물을 끼얹은 머리칼은 금세 얼어서 부석부석합니다.

더군다나 찬바람이 한 번 휘몰아치니 더 이상 참을 수가 없어 물기를 닦지도 못하고 후다닥~ 토굴 속으로 뛰어 들어옵니다.

물기를 닦고 얼른 옷을 입고 나서 동상에 걸리지 않기 위해 계속 몸을 움직이고 내공으로 또 기체조를 합니다.

눈 덮인 산속의 토굴 밖 옹달샘에서 얼음이 둥둥 떠 있는 차가운 얼음물로 한 목욕이지만 몸을 씻고 나니 몸과 마음이 개운합니다.

산 기도공부를 할 때에는 여름철이나 겨울철이나 항상 몸을 깨끗이 해야 하고 또한 몸이 가렵지 않아야 합니다.

특히, 명상기도를 할 경우에는 가려움으로 인한 방해를 받지 않아야 합니다.

비록 눈 덮인 겨울 산속의 차가운 얼음물로 한 목욕이지만 내 몸뚱이를 씻게 해 준 옹달샘에 또 고마움을 느낍니다.

요즘은 겨울 날씨가 계속 맹추위로 영하 10도 정도의 영하권으로 내려가니 깊고 높은 겨울 산속에서 추위로 인하여 명상삼매에 방해를 받습니다.

불도 없는 겨울 산속에서 '이 추운 겨울철을 어떻게 견디어 낼까?' 하고 궁리를 합니다.

이렇게도 궁리를 해보고 저렇게도 궁리를 해봅니다.

궁리하며 생각하는 중에 오늘 처음 보는 어린아이 동자신(童子神)이 불쑥 뿅~하고 나타납니다.

사람의 나이로 치면 7살쯤 되어 보이고 머리칼이 앞머리 부분만 조금 자라나 있으며 초롱초롱한 눈망울을 하고 있습니다.

그 동자신이 먼저 말을 건네옵니다.

"형아! 비닐을 이용해 봐!"

나는 어린아이 동자신에게 꾸지람을 합니다.

"동자야! 너 조그만 꼬마가 왜 어른한테 반말이냐?"

그러자 오히려 초롱초롱한 눈빛을 더욱 빛내면서 말대꾸를 합니다.

"나 동자신은 성장이 멈춰서 이렇게 어리지만 나이는 150살이고 또 신(神)이기 때문에 반말을 쓰는 거야."

"좋아, 그렇다 치고 왜 어른한테 형이라고 부르는 거냐?"

"형아는 나이는 어른이지만 아직 장가를 안 가서 형이라 부른 거야."

나는 계속 동자신한테 당하면서 또 묻습니다.

"좋아, 그렇다 치고 너는 대체 누구냐?"

"이곳 천등산 산신동자(山神童子)야."

"그래, 무슨 비닐을 어떻게 해보란 말이냐?"

"형아가 토굴을 만들 때 비닐이 남아서 밑바닥에 여러 겹으로 깔아뒀지 않아?"

"아참 그렇지, 그런데 그것을 어떻게 알았지?"

"신(神)들은 사람들이 말하는 것과 행동하는 것을 어느 때고 어디서고 항상 지켜보고 있기 때문에 모두 다 알고 있어."

"그래, 그 비닐로 어떻게 해보라는 것이냐?"

"형아! 비닐자루를 만들어서 양쪽 끝을 묶고 비닐자루 속에 들어가 있으면 안 추울 거야."

"아참 그렇겠군! 그럼 동자 말대로 해볼까."

"형아! 산 기도공부 열심히 해!"

말이 끝나자마자 산신동자는 순간 뿅~하고 사라져 버립니다.

신(神)들은 시간과 공간을 초월하여 언제 어디서든 필요하면 모습을 드러낼 수가 있고, 기운(氣運)으로 힘을 작용시킬 수가 있습니다.

동자신이 가르쳐 준대로 해보기 위해 토굴 밑바닥의 자리를 걷습니다.

움막집 토굴을 지을 때에 땅바닥에서 올라오는 냉기와 습기를 막기 위해 땅바닥에 비닐을 깔고, 그 위에 마른 나뭇잎과 마른 풀잎을 깔고, 또다시 그 위에 비닐을 깔았습니다. 그러고 나서 맨 나중에 담요를 깔았는데 그때에 비닐이 남아서 담요 밑에 여러겹으로 접어 깔아 뒀던 것입니다.

바닥자리 담요를 걷고 비닐을 꺼내어 2m 정도만큼 자릅니다.

시골농촌의 농사용 비닐은 이중, 두 겹으로 되어 있습니다.

비닐을 손으로 비벼서 두 겹을 분리하고 한쪽 끝을 끈으로 묶고 공기를 넣으니 동자신이 가르쳐 준대로 비닐자루가 됩니다.

"그래, 바로 이것이야!"

오늘은 명상기도에 들어가기 전에 먼저 용변을 보고 기도 준비를 다 하고 나서 한쪽 끝을 묶은 비닐자루 속에 들어가 가부좌로 앉습니다.

그리고 얼굴과 머리만 밖으로 내어놓고 목 부위에서 다른 한쪽 끝을 끈으로 묶고 비닐자루 속에 들어앉아서 명상기도를 하니 아무리 겨울 날씨가 추워도 체온을 빼앗기지 않으니 덜 춥습니다.

이러한 방법으로 눈 덮인 깊고 높은 겨울 산속에서 영하 10도의 맹추위를 견디어 냅니다.

보통 사람들은 산 기도를 할 때에 대다수가 실패를 당합니다.

너무 추워서 또는 너무 무더워서, 너무나 배가 고파서, 너무나 외로워서, 너무나 무서워서, 너무나 지루해서, 또는 허주(虛主, 잡귀신)가 들려 미쳐버려서 등등 각종 구실과 핑계 그리고 자기 잘못으로 인하여 대다수가 실패를 당합니다. 또한, 60갑자 일진법 60일 중에서 기도발이 잘 받는 일진날을 못 맞추거나 기도방법이 잘못되어 대다수가 기도 실패를 당합니다.

그러나 나는 그럼에도 불구하고 산 기도를 성공적으로 계속해 나아가고 있습니다.

첩첩산중 깊고 높은 겨울 산속에서 나 홀로 산 기도공부의 도닦는 겨울살이가 정말로 춥고 배고프고 외롭고 쓸쓸합니다.

너무나도 고통스럽습니다.

그러나 나는 고통을 인내하면서 계속해 나아갑니다.

성공을 위해 강인한 의지와 신념으로 계속 나아갑니다.

결코 나태하지 않고 멈추지 않고 계속 정진해 나아갑니다.

더 큰 성공을 위하여 더 높은 곳을 향해서…….

제13장

생긴 모양에 따라 각각의 운(運)이 다르다

모진 추위의 겨울철이 지나갑니다.

이제 계절이 바뀌어 또다시 봄이 시작됩니다.

겨울 동안의 매서운 추위 속에서 죽은 듯하던 나뭇가지 끝에 새움이 트기 시작하고 산수유 꽃이 피고 진달래꽃이 또 피어납니다.

자연의 섭리와 법칙은 참으로 오묘하고 또한 정확합니다.

4계절의 변화가 뚜렷한 대한민국 한반도 우리 땅은 참으로 수도(修道)하기에 좋은 곳이라 생각합니다.

4계절 변화의 자연현상이 생로병사, 성주괴공, 생주이멸의 자연의 법칙 참진리를 잘 가르쳐줍니다.

4계절의 뚜렷한 변화가 말 없는 말과 들리지 않는 소리로 우주자연의 철학과 섭리 및 진리의 도(道)를 가르쳐 주기 때문입니다.

개소리 닭소리 사람소리가 전혀 들리지 않는 첩첩산중 깊고 높은 이곳 천등산 산속에도 또다시 봄이 시작됩니다.

앞으로 오랜 세월을 이 산속에서 나 홀로 살아가야 하기 때문에 내 스스로 채소를 가꾸어보기로 합니다.

사람은 그 어떤 어려운 환경에 처할지라도 반드시 적응을 할 줄 알아야 하고 또한 스스로 자립심을 길러 반드시 자주독립의 자존을 할 줄 알아야 세상살이 삶을 당당히 주인으로 살아갈 수 있습니다.

나는 스스로의 생존을 위해서 잠깐씩 운동 삼아 토굴 아래편의 산비탈을 텃밭으로 사용하기 위해 개간을 합니다.

괭이로 땅을 파고 또 땅을 파 나갑니다.

여러 날 동안 계속하여 괭이로 산비탈을 텃밭으로 개간을 합니다.

나무뿌리와 풀뿌리를 골라내고 돌멩이를 골라내고 두렁과 이랑을 만들면서 산속에 나의 작은 텃밭을 만듭니다.

물이 흐르는 옹달샘 아래편의 습지에는 자연 야생의 산미나리가 자라고 있으니, 내가 만든 텃밭에는 배추씨·무우씨·당근씨·오이씨·옥수수씨 등등 생식으로 먹을 수 있는 것으로 채소씨를 심습니다.

비닐봉지로 물을 길어와 물을 뿌려 주면서 잘 보살피니 싹이 나고 줄기와 잎이 나면서 내 작은 텃밭에 채소가 자라고 있습니다.

산속의 텃밭에 푸른 채소가 탐스럽게 잘 자라고 있습니다.

산새들이 몰래 뜯어먹고 산토끼도 몰래 뜯어 먹습니다.

싸릿대나무를 베어오고 칡넝쿨을 베어와 울타리를 만들어봅니다.

싸릿대나무로 울타리를 만들어 빙~둘러쳐 놓으니 산토끼 녀석들은 막을 수 있으나, 산새들은 공중으로 침투하니 막을 수가 없습니다.

산새들은 조금만 뜯어먹으니 그냥 내버려둡니다.

그러면서 내년에는 텃밭을 더 크고 넓게 만들고 더 많은 채소를 가꾸어 산토끼와도 함께 나누어 먹어야겠다고 큰마음을 내어봅니다.

사람의 마음은 작게 쓰면 한없이 작아지고, 좁게 쓰면 한없이 좁아지고, 크고 넓게 쓰면 한없이 크고 넓어집니다.

"세상살이 일체유심조(一切唯心造) 마음작용이라."

나는 도를 닦으니 크고 넓게 마음을 잘 쓰기로 합니다.

희망을 꿈꾸며 크고 넓은 마음으로 나 자신을 바꾸어 나아갑니다……

이제 계절이 바뀌어 또다시 신록의 초여름입니다.

깊고 높은 산속에서 나 홀로 도를 닦으며 하루 한 개씩 돌을 주워와 쌓고 있는 돌탑의 높이가 이제 조금씩 올라갑니다.

산 아래편에 피어있는 아카시아 꽃향기가 바람을 타고 이곳까지 올라오니 산 전체가 아카시아 꽃향기로 너무나 향기롭습니다. 야생초의 풀향기도 너무나 싱그럽습니다.

요즘은 풀 향기와 아카시아 꽃향기 속에서 백발노인 천등산 산신령님께 한창 신나게 얼굴과 손금 그리고 머리·목·어깨·등·가슴·배·허리·엉덩이·팔다리·발금 등등 사람의 생김새를 직접 보고 운(運)을 판단하는 '관상술' 공부를 배우고 있습니다.

산신령님께 직접 '관상술'을 배워보니 정말로 사람의 운명은 얼굴과 손금 그리고 몸통 전체 각각 부위의 생김새에 따라서 운이 다르게 흐르고 또한 정확하게 나타나고 있음을 확인합니다.

사람은 태어날 때 각각의 전생과 조상핏줄 인과의 법칙과 인연의 법칙에 따라서 운명이라는 것을 각각 다르게 타고나고, 또한 삶을 살아가면서도 운이라는 것이 각각의 음양오행 법칙에 따라서 정확하게 작용을 하기 때문에 자기 자신의 타고난 운명과 운 흐름의 예측을 반드시 알아둬야 합니다.

자기 자신을 포함하여 각각 사람의 각각 부위의 생김새에 따른 운을 살필 줄 알아야 세상살이 삶을 더욱 잘 살게 될 것입니다.

어떤 경로를 통하든 수많은 책들 중에서 이 책을 접하고 지금 이 글을 읽고 있는 독자분께서는 삶을 살아가면서 최대의 행운(幸運)을 만난 것입니다.

지금, 필자의 글을 읽고 있는 행운의 당신께 일생일대 최고의 선물(膳物)을 드리도록 하겠습니다.

이 부분은 책 본문의 글 속에 숨겨서 비밀로 살짝 가르쳐 드리는 것이니 이 책을 구입한 독자분들만 몰래 꼭 배워두길 진심으로 바라는 바입니다.

이제부터 자기 자신과 가족 그리고 친구의 얼굴모습을 떠올리면서 또는 밑줄을 그으면서 천천히 이해를 하면서 읽어 주시길 바랍니다.

그럼, 사람의 각각 생김새에 따른 성격분석과 운(運)을 가르쳐 드리겠습니다.

사람 얼굴의 생김새는 상·하·좌·우가 반드시 균형과 조화를 이루어야 합니다.

만약, 얼굴의 어느 한 부위에 특징이 있으면 그 부위를 의미하는 특징적 운이 반드시 나타나고 또한 작용하게 됩니다.

사람 얼굴의 생김새가 사각형인 사람은 대체로 실행력이 있고, 둥근형이면 원만하고, 역삼각형이면 머리가 영리합니다.

사람은 이마가 잘 생겨야 복과 운이 따릅니다.

이마 위쪽의 양끝이 벗겨지면 두뇌가 명석하고, 이마가 직선으로 각이 지면 실행력이 강하고, 이마의 중앙이 튀어나오면 오만하고, 이마의 하부와 눈썹 뼈가 튀어나오면 투지력이 강합니다.

이마에 주름살 한 개가 수평으로 기다랗게 생기면 고집과 의지가 강하고, 이마에 주름살 세 개가 길고 가지런하게 생기면 정신력이 풍부합니다.

이마가 너무 낮거나, 너무 좁거나, 잔주름살이 헝클어져서 못생기면 대체로 복과 운이 안 따르고 고생이 많게 됩니다.

여성의 이마가 남성처럼 잘 생기면 기가 강해서 팔자가 사납게 되고, 여성의 이마에 흉터가 생기면 운이 나빠지고 남편복이 없게 됩니다.

특히, 공직자로 출세하려면 이마가 잘 생겨야 합니다.

눈썹은 눈보다 길고 가지런하고 청수(淸秀)해야 귀상이며 길상이고, 반대로 눈썹이 너무 짧거나, 중간에 끊어진 듯 하거나, 헝클어져 있거나, 혼탁하면 천상이고 흉상입니다.

눈썹이 길면 정이 많고, 눈썹이 짧으면 고독합니다. 눈썹이 일자형은 강직하고, 초승달형은 총명하고, 삼각형은 지략이 뛰어나고, 눈썹 끝이 치켜 오른형은 용맹하고, 눈썹 끝이 내리처진형은 나약합니다. 양 눈썹 사이가 넓은 사람은 마음이 느긋하며 속이 넓고, 양 눈썹 사이가 좁은 사람은 마음이 조급하며 속이 좁습니다.

특히, 두 눈썹의 높이가 크게 다르면 가정환경과 육친 운이 나쁘고 자기 본위적이고 처신의 태도가 나빠서 인생중년에 큰 실패와 고생이 따르게 됩니다.

눈빛이 살아있어야 생명력이 강하고 성공출세운이 따르게 됩니다.

눈은 맑고, 빛나고, 크기가 적당하고, 균형이 잡히고, 흑백이 분명하고, 안정감이 있어야 길상입니다. 반대로 눈이 혼탁하거나, 빛이 없거나, 힘이 없거나, 너무 크거나, 너무 작거나, 너무 쑥 들어가거나, 균형이 없거나, 흑백이 분명치 않거나, 살 기운이 흐르거나, 흰자위가 너무 많이 보이거나 등등은 흉상입니다.

눈이 쌍꺼풀형이면 사치하고, 외꺼풀형이면 내실합니다.

눈 꼬리가 치켜 오르면 기가 세고, 내리처지면 기가 약합니다.

눈에 흰자위가 많이 보이면 성질이 나쁘고 흉액을 당하게 됩니다.

다툴 때에 눈을 까뒤집어 흰자위가 많이 보이거나 또는 평소에도 흰자위가 많이 보인 사람은 그러하지 않도록 꼭 충고를 합니다.

아래 눈꺼풀이 팽팽하게 부풀면 성격이 좋고 또한 이성적 성감이 좋으니 이러한 사람을 애인 삼으면 좋습니다.

위 눈꺼풀에 주름살이 많으면 성욕이 강하고 바람기가 많습니다.

눈 꼬리 주름살이 뚜렷하게 상·하 두 갈래로 갈라지면 마음씨는 착하지만 부부별거와 이별이 따릅니다.

특히, 타고난 사주에 도화살과 끼가 들어있는 여성이 쌍꺼풀 수술을 하면 도화살과 끼 그리고 사치 허영심이 더욱 발동을 해서 결혼운이 치명적으로 나빠질 수 있으니 쌍꺼풀 수술을 하기 전에 반드시 운명전문 도사를 찾아가 꼭 운명상담을 받고 쌍꺼풀 수술 여부와 '개운관상 쌍꺼풀 성형수술'을 하도록 꼭 충고하는 바입니다.

눈에 붉은 핏줄이 한 가닥으로 기다랗게 눈동자를 꿰뚫으면 반드시 큰 사고를 당하거나 죽음이 따릅니다.

눈빛이 흐트러지면 영혼이 떠날 준비를 하니 죽음이 따릅니다.

특히, 눈 꼬리 근처에서 옆으로 머리털이 나있는 곳까지의 부위에 손톱 크기만한 '거무스레한 반점'이 생기면 98% 확률로 청춘에 홀아비가 되고 청상과부가 되어 인생살이가 고독하고 고생이 많게 됩니다(이 '거무스레한 반점'은 젊을 때 생기기 때문에 늙어서 생기는 저승반점하고는 구별이 됩니다).

눈 꼬리 근처에 손톱크기만한 '거무스레한 반점'이 생긴 사람은 반드시 젊은 나이에 배우자를 잃기 때문에 그 배우자를 '생명보험'에 즉시 가입시켜 두길 진심으로 충고합니다(98% 확률로 배우자 사망보험금을 타 먹을 수 있습니다).

귀가 잘 생겨야 수복운(壽福運)이 따릅니다.

귀가 크면 마음이 넉넉하고, 귀가 작으면 변덕이 많습니다. 귀가 단단하면 활동적이며 적극적이고, 엷으면 소극적이며 정서적이고, 가운데 부분이 튀어나오면 개성과 자기주장이 강합니다. 귀가 윤택하면 명예와 귀운이 따르고, 거무튀튀하고 어두운 색이면 빈천이 따르고 건강이 나쁩니다.

특히, 귀 아래편 귓불의 살집이 두툼하고 엷은 홍색으로 윤택하면 건강과 운세가 좋으니 귓불이 잘생긴 사람을 배우자감으로 선택하면 좋고, 귀 고리 구멍을 여러 개 뚫은 여성은 수명운·재물운·남편운을 나쁘게 하니 이러한 여성을 아내감으로 선택하지 말 것을 꼭 충고합니다.

광대뼈가 솟으면 기력이 강합니다.

광대뼈가 앞으로 솟으면 양성적(陽性的)으로 기력이 강하고, 광대뼈가 옆으로 뻗치면 음성적(陰性的)으로 기력이 강합니다.

특히, 광대뼈가 살집이 없이 너무 튀어나오면 빈천이 따르고, 여성은 과부가 되기 쉬우니 이러한 사람을 배우자감으로 선택하면 안 됩니다.

코가 잘 생겨야 명예와 재물운이 따릅니다.

코는 적당한 크기로 곧고 깨끗하고 윤택해야 좋습니다. 그러나 코가 너무 크거나, 너무 작거나, 너무 높거나, 너무 낮거나, 너무 길거나, 너무 짧거나, 콧등이 움푹 꺼지거나, 코끝이 뾰족하거나, 콧날이 옆으로 휘거나, 콧등의 중간이 튀어오르거나, 콧등에 흉터가 생기거나, 콧방울이 너무 빈약하거나, 코가 지저분하거나 등등은 나쁘고 흉상입니다.

코가 높으면 자존심이 강하고, 코가 낮으면 자존심이 약하고, 코가 길면 고지식하고, 코가 짧으면 대충적이고, 코끝이 둥글면 소탈 원만하고, 코끝이 뾰족하면 고상 예민하고, 그리고 코가 너무 작거나 움푹 꺼지면 자존심과 주체의식이 약하고 결혼운이 나쁩니다.

콧등의 중간이 튀어오르면 상충하여 다툼이 많고 콧날이 옆으로 휘거나 또는 콧등에 흉터가 생기면 결혼운이 나쁘게 됩니다.

특히, 코끝이 둥글고 윤택하고 콧방울에 살집이 좋고 힘차게 잘 생기면 의지력과 재물운이 따르니 이러한 사람을 배우자감으로 선택하면 좋습니다. 그러나 반대로 콧날이 옆으로 휘거나 콧등에 흉터가 있거나 콧등이 튀어오른 사람을 배우자감으로 선택하지 말 것을 꼭 충고합니다.

또한 특히, 성격이 강한 여성과 고집이 센 여성이 코 성형수술로 코를 잘 못 더 높이면 오히려 운명이 나빠질 수도 있으니 코 성형수술을 하기 전에 반드시 운명전문 도사를 찾아가 꼭 운명상담을 받고 코성형수술 여부와 '개운관상 코성형수술'을 하도록 거듭하여 꼭 충고하는 바입니다.

인중이란 코밑의 도랑을 가리키는데 단정하고 길게 생기면 좋습니다.

그러나 인중 도랑이 너무 짧거나, 너무 가늘거나, 옆으로 휘거나, 거슬린 듯 굽거나, 흉터가 생기거나 등등은 나쁘고 흉상입니다. 인중이 길면 호인(好人)이고 두령운(頭領運)과 장수운(長壽運)이 따르고, 인중이 짧으면 빈천하고 수명이 짧고, 인중 도랑이 옆으로 굽으면 거짓말을 잘하고 부부 이별운이 따르고, 인중에 검은 기색이 나타나면 반드시 죽음이 따릅니다.

법령주름살이란 콧방울의 위쪽 부위에서 시작하여 입 양쪽 옆으로 뻗어 내린 주름살을 가리키는데 이 주름살은 나이가 들면서 점점 뚜렷하고 기다랗게 생겨야 합니다.

어른의 법령주름살이 넓고 기다랗게 잘 생기면 의지가 강하고 생활력과 사회 직업운이 좋음을 나타내지만, 반대로 어른의 법령주름살이 좁고 짧게 생기면 생활력과 사회 직업운이 나쁨을 나타냅니다. 어른의 법령주름살이 너무 짧거나, 너무 좁거나, 희미하거나, 끝이 입으로 들어가는 모양으로 생기면 흉상입니다.

법령주름살이 이중으로 생기면 일 고생이 많고 생활력이 강합니다.

특히, 법령주름살이 넓고 기다랗게 잘생긴 어른은 의지가 강하고 근면 성실하고 직업운이 좋으니 믿어도 좋습니다.

입이 큰 사람은 생활력이 강하고 일복이 많고, 입이 작은 사람은 세심하고 소심합니다. 그리고 입술이 두툼하면 정이 많고, 입술이 엷으면 냉정합니다. 양쪽 입 끝이 미소지을 때처럼 항상 위쪽으로 올라간 모양으로 생긴 사람은 처세와 처신을 잘하고 운을 좋게 만들어갑니다. 그러나 반대로 양쪽 입 끝이 아래쪽으로 내리처진 모양으로 생긴 사람은 고집이 강하고 처신이 나쁘고 또한 천복을 흘러버리니 다툼과 실패가 따르고 부부이별이 따르게 됩니다.

특히, 입이 삐뚤어 지거나 양쪽 입 끝이 아래쪽으로 내리쳐진 모양으로 생긴 여성을 아내감으로 선택하면 함께 망하게 되니 꼭 조심하길 바라고, 이러한 여성은 자신의 입 모양을 스마일형으로 빨리 바꾸기를 진심으로 꼭 충고합니다.

볼은 적당히 두툼하고 윤택해야 부하운과 재물운이 따릅니다.

그러나 너무 두툼하게 생기면 고집불통이 되고, 움푹하게 들어가거나 주름살이 생기면 전반적으로 운세가 약합니다.

특히, 볼이 움푹하게 들어간 모습으로 생긴 사람을 배우자감으로 선택하지 말 것을 꼭 충고합니다.

턱이 잘 생겨야 생활의 안정과 말년운이 좋습니다.

턱은 적당히 둥그스름하고 튼튼하고 균형이 잡히고 깨끗해야 길상입니다. 그러나 턱이 너무 뾰족하거나, 너무 내밀거나, 너무 들어가거나, 너무 짧거나, 좌우 균형이 틀어지거나, 빈약하거나 등등은 흉상입니다. 턱이 둥그스름하면 성격도 둥글며 원만하고, 턱이 네모형으로 각이 지면 실행적이고, 턱이 뾰족형은 예민하며 소심하고, 턱이 내민형은 적극적이며 정열적이고, 턱이 깎인형은 소극적이며 감정적이고, 턱 끝이 패인형은 집념과 정력이 강하고, 턱 끝이 울퉁불퉁형은 엄격하고, 귀 아래의 위 턱이 붉거진형은 과격하고, 턱이 튼튼하게 생기면 체력과 의지력이 강하고, 이중 턱 모양으로 생기면 생활의 안정이 따릅니다.

턱은 적당히 둥그스름하면서 잘 생겨야 생활의 안정과 말년운이 좋게 됩니다.

특히, 턱 모양이 너무 뾰족하거나, 너무 짧거나, 위 턱이 너무 불거진 사람을 배우자감으로 선택하지 말 것을 꼭 충고합니다.

또한 특히, 체력이 약한 사람과 의지력이 약한 사람이 턱 성형수술로 턱 뼈를 깎아내어 턱을 작고 가늘게 만들면 더욱 허약해지고 가난하게 되고 말년운이 나쁘게 되니 턱 성형수술을 하기 전에 반드시 운명전문 도사를 찾아가 꼭 운명상담을 받고 턱 성형수술 여부와 '개운관상 턱 성형수술'을 하도록 거듭하여 꼭 충고하는 바입니다.

예쁘게만 뜯어고친다고 반드시 운이 좋아지는 것은 결코 아닙니다.

술집에 다니는 화류계 여성(花柳界女性)들은 모두가 예쁘지만 결혼운이 나쁘다는 현실적 진실과 사실을 분명히 알아야 합니다.

얼굴 성형수술을 하고자 할 경우에는 반드시 관상 전문가에게 자기의 타고난 운명을 정확히 감정과 진단을 먼저 받아보고 그리고 '개운관상성형수술'을 해야 얼굴 성형수술로 운까지 함께 좋은 쪽으로 바꿀 수 있다는 진실을 분명히 가르쳐 드리는 바입니다.

이제부터 여성들은 미용성형수술을 할 경우에는 반드시 관상학적 '개운 관상성형수술'을 더 중요시해야 할 때입니다.

각각 개인의 사주팔자 운명과 운이 다른데도 어느 탤런트 배우처럼 성형수술을 해달라거나 또는 성형외과 의사의 일률적인 잘못된 기준이나 엉터리 제안에 절대로 속지 마시길 모든 여성들에게 진심으로 거듭 충고를 하는 바입니다.

그리고 사람의 얼굴을 볼 때에는 미(美)와 추(醜)를 보기보다는 복(福)과 운(運)을 더욱 중요하게 보아야 하고, 사람을 선택할 경우에는 복운(福運)이 좋은 사람을 선택해야 함을 꼭 가르쳐 드립니다.

결혼과 자녀 생산 그리고 자식 복까지 고려한다면 정말로 중요합니다.

또한 남성들이 여성을 선택할 경우에는 얼굴보다는 몸매를, 몸매보다는 피부를, 피부보다는 마음씨를, 마음씨보다는 복(福)이 있는 여성인지 또는 운(運)이 좋은 여성인지를 잘 보고 선택을 잘해야 합니다.

평생 동안 내 전용 성생활을 해야 하고 또한 믿고 함께 살아가야 할 배우자를 선택할 경우에는 정말로 신중 또 신중해야 함을 진심으로 거듭 충고 드리는 바입니다.

그리고 사람 얼굴의 기색은 항상 매우 중요하니 얼굴에 누르스름하게 뜬 황색이 생기면 큰 질병이 따르고, 어두운 암청색이 생기면 큰 근심이 따르고, 어둡고 붉은 암적색이 생기면 큰 사고가 따르고, 하얗게 뜬 백색이 생기면 큰 슬픔이 따르고, 어둡고 검은 암흑색이 생기면 죽음이 따르게 됩니다.

이러한 기색(氣色)이 얼굴의 어느 부위에 발현(나타남)하면 그 부위와 그 기색에 해당하는 운이 반드시 따르게 되니, 항상 세면할 때나 화장을 하고 지울 때 자기 자신의 얼굴을 잘 살피는 지혜가 꼭 필요함을 이 책을 읽는 독자에게만 특별히 가르쳐드리는 바입니다…….

필자는 지금 첩첩산중 깊고 높은 천등산 산속에서 나홀로 초월명상 산 기도로 천기(天氣)공부를 하면서 도(道)를 닦고 있습니다.

오늘은 기도발이 너무나 잘 받아 공부 진도가 많이 나아갑니다.

기도공부를 끝마치고 명상삼매 상태인 천기초월명상에서 깨어나는데 몸이 굳어서 꼼짝할 수가 없습니다. 너무 오랜 시간을 가부좌로 앉아 있어서 몸뚱이가 그대로 굳어 버렸습니다.

그대로의 상태에서 의식으로 팔의 혈을 눌러 팔을 풀고, 그리고 서서히 팔을 움직여 가부좌로 굳어 있는 다리를 내 손으로 다리의 혈을 눌러 다리를 풀고, 서서히 허리를 풀고 몸을 움직여봅니다.

그리고 나서 막 일어서려는데 이게 웬일입니까?

가랑이 사이 사타구니와 엉덩이가 축축하게 젖어 있습니다. 하도 오랜 시간을 명상삼매 상태로 앉아 있어서 생리현상으로 자신도 모르게 오줌실례를 했나 봅니다.

찜찜한 기분으로 엉거주춤하며 일어서는데 이번에는 뱃속에서 꾸르르~ 하고 배고픔의 천둥소리가 납니다.

바지를 벗고 속옷도 벗고 아랫도리만 발가벗은 모습으로 어색하게 걸으며 옹달샘으로 갑니다.

우선 물 한 바가지를 떠서 벌컥~벌컥~ 들이키며 굶주린 배를 물로 채웁니다.

옹달샘 물로 시장끼부터 달래고 아랫도리를 씻으면서 명상삼매 천기초월명상에 들어있던 시간을 어림잡아 계산해보니 이틀 동안을 꼼짝도 않고 절구통 바위처럼 가부좌로 앉아 있었던 것입니다. 아마도 기도발이 잘 받아서 명상삼매에 너무 깊이 들어갔었나 봅니다.

명상삼매 천기초월명상에 깊이 들어가면 모든 것이 정지하고 시간과 공간의 벽이 없어지고 나 자신까지도 없어져버립니다.

이것이 무아의 상태이고 경지입니다(일반참선법과 단전호흡 및 요가는 무아의 경지가 안 됩니다).

명상삼매에 깊이 들어가면 바로 곁에서 대포를 쏘고 천둥이 쳐도 그 소리가 안 들리고, 잠시 동안이라고 생각하는데도 10시간, 20시간이 금세 지나가 버립니다.

이 글을 읽고 있는 독자분 중에도 재미있는 게임이나 놀이 등등의 무슨 일에 깊이 몰두하여 푹 빠져있을 때는 다른 생각이 안 나고 다른 소리도 안 들리고 배고픈 줄도 모르고 하던 경험을 한두 번쯤은 겪은 적이 있었으리라 생각합니다.

이처럼 명상삼매에 깊이 들면 무아 절대의 고요정적 속에서 모든 것이 정지하고 시간과 공간의 개념이 모두 없어져 버립니다.

모든 종교와 기도의 최고 단계가 '무아의 경지'에 도달하는 것입니다.

필자는 첩첩산중 깊고 높은 천등산 산속의 토굴 안에서 깊은 명상삼매의 '천기초월명상법'으로 인간계와 신령(神靈)계 간의 경계의 벽을 뚫고 들어가 나이가 600살인 천등산 산신령님으로부터 직접 가르침의 방법으로 '관상술'과 '관심법'을 배웠습니다.

이렇게 신(神)들로부터 영적으로 직접 전수받은 관상법을 '신통관상술(神通觀想術)'이라 합니다.

풍수지리학도 관상법의 범주에 들기 때문에 신통관상술의 능력을 지니면 풍수지리를 잘 볼줄 알게 됩니다.

천기공부의 한 과목으로 들어있는 관상법과 관심법은 세상살이에서 활용범위와 실용가치가 매우 높다고 생각합니다.

우리의 삶은 처음부터 끝날 때까지 사람을 만나고 또한 사람과 거래를 하는 대인관계 속에서 살아가야 합니다. 그러하기 때문에 성공출세를 하고 싶거나 부자가 되고 싶은 사람은 사람과 사물을 제대로 볼 줄 알아야 하고, 또한 우리의 삶은 태어날 때부터 죽을 때까지 운이 작용하기 때문에 관상술과 관심술로 사람을 잘 판단할 줄 알아야 하고 앞날의 예측을 잘 할 줄 알아야 합니다.

어느 개인의 정확한 운명감정 또는 운명 예언을 점(占)칠 경우에 객관적 판단기준의 자료가 될 수 있는 것이 바로 얼굴과 손금 그리고 몸통 전체의 생김새에 나타난 운(運)입니다.

얼굴과 손금 그리고 몸통 전체의 생김새에는 그 사람 개인운명의 고유 암호가 정확하게 나타나 있다는 진실을 분명히 가르쳐드리는 바이니 독자분들은 꼭 잘 배워두고 그리고 많이 활용하길, 또한 이 책을 잘 보관하면서 늘 참고하길 진심으로 거듭 충고하는 바입니다.

한 번 배워서 평생 동안 사용할 수 있는 기술이라면 꼭 배워둘 만한 가치가 있고, 책 1권 구입의 적은 비용과 2~3일에 배울 수 있는 것이라면 최소 비용으로 최대 이득을 얻는 투자효용의 경제원리에서 최고의 투자가 될 것이라고 확신을 하는 바이니 필자가 저술한 책을 읽은 후, 읽을 만한 가치가 있다고 생각되면 사랑하는 자녀·친구·친척·부하직원들에게 자신이 읽은 필자의 저술 책을 또는 새 책을 추가로 많이 구입을 하여 선물을 해주거나 또는 꼭 한 번 읽어보라고 많이 권유해 주시길 진심으로 바라는 바입니다.

필자는 책 내용의 가치로 승부할 뿐 결코 상업적인 광고나 홍보는 하지 않음을 원칙으로 하기 때문입니다.

진정한 가치는 스스로 그 가치를 발휘할 것입니다.

필자가 도필(道筆)로 쓴 이 책 내용의 활용성과 실용적 가치를 하나하나 증명해 드리겠습니다.

제14장
보이지 않는 운(運)이 우리를 다스린다

필자는 지금 첩첩산중 깊고 높은 천등산 산속에서 산(山) 기도 공부를 하며 천기학(天氣學)을 배우고 있습니다.

나이가 600살인 산신령님으로부터 천기초월명상법으로 관상술을 배우고 또한 명리학을 배우고 있습니다.

천간·지지·음양·오행·상극·상생·삼합·육합·삼형·자형·상충·상파·상해·원진·귀문관·상문·조객·역마·화개·도화·백호·12신살·대장군·삼살·방위살·생기·복덕·천의·유혼·절체·절명·귀혼·화해·천록·안손·식신·증파·오귀·합식·진귀·퇴식·관인·복단·공망·주당·용신·격국·대운·육갑·육효·육임·팔괘·구궁·둔갑 등등을 배우고 또 배워 나아갑니다.

시간을 잊고 날짜를 잊고 계절을 잊고 세월을 잊고 살아갑니다.

토굴 밖 숲속의 나무를 보면서 계절의 변화를 알고 세월의 흐름을 짐작할 뿐입니다,

계절이 바뀌고 또 바뀌고 서너 번 바뀌어 추운 겨울이 되었습니다.

겨울철은 '생로병사·생주이멸·성주괴공' 우주자연의 법칙에 따라 사·공·멸에 해당하니 겨울철이 되면 모두가 사(死)하고 멸(滅)하고 공(空)하게 됩니다. 즉, 우주자연의 만물은 태어나면 자라고 늙고 죽는다는 것이고, 만들어지면 사용되고 닳고 소멸된다는 이치입니다.

우주자연의 만물과 만사가 다 이러할진대, 사람도 죽을 때가 되면 당연히 죽어야 하고 또한 죽게 됩니다.

'생자(生者)는 필멸(必滅)이라.' 즉, 살아있는 것은 반드시 죽게 된다는 자연의 이치입니다.

첩첩산중 깊고 높은 겨울철의 산속에서 앙상한 나뭇가지를 바라보며 우주자연의 원리와 섭리 그리고 순리를 깨치면서 우리 인간의 죽음을 생각해 봅니다.

인간은 누구나 우주자연의 원리와 섭리가 작용하는 운명의 법칙에 따라 운때가 되어 저승사자가 명부를 들고 데리러오면 누구든지 따라가야 하고, 또한 하늘의 명부에서 이름을 빼버리면 죽을 수밖에 없거나 또는 죽어야 합니다.

그러할 때 그 사람 한평생 인생살이의 성공과 실패의 기준은 죽음을 잘 준비한 사람과 죽음을 준비하지 못한 사람으로 나눌 수 있습니다.

"가장 성공적인 삶은 가장 잘 죽는 것입니다."

죽을 때에 또는 죽음을 맞이할 때에 원한이나 미련이 없이 편안하게 잘 죽는 죽음을 일컫습니다.

누구든 어떻게 살아왔든 죽음을 맞이할 때는 정말로 편안한 마음과 편안한 모습으로 잘 죽을 줄 알아야 합니다.

보람있는 삶을 살거나 하늘의 도를 깨치면 편안한 마음과 편안한 모습으로 잘 죽을 수 있고 또한 잘 돌아가게 됩니다.

　원한이나 미련이 없이 편안하게 잘 죽어야 그 사람의 영혼이 좋은 곳으로 갈 수가 있고, 영혼이 좋은 곳으로 잘 돌아가야 그 자신과 가족 또는 자손들 모두가 함께 좋게 되는 것입니다.

　인간으로 태어난 사람은 어떻게 살든지 간에 죽을 때에는 절대로 원한이나 미련이 없이 편안하게 잘 죽어야 함을 분명히 가르쳐 드립니다.

　그러나 꿈속에서라도 저승사자를 무서워하는 사람이나, 저승사자에게 안 끌려가려고 하는 사람이나, 삶에 미련을 가진 사람이나, 죽음에 억울함을 느끼는 사람이나, 죽음이 무서운 사람 등등은 분명히 인생을 잘못 살아온 사람들입니다.

　그리고 그렇게 나쁘게 죽음을 맞이한 사람들의 죽음이나 죄를 많이 지은 사람의 죽음, 교통사고와 화재사고 등등의 각종 사고로 비명횡사를 당하고 죽는 죽음, 그리고 각종 암으로 죽거나 또는 뇌사상태·각종 불치병 등등 눈을 뜨고서 서서히 한(恨) 많게 죽는 죽음, 귀신병과 정신병으로 특별 격리되었다가 죽는 죽음, 그리고 상문살(喪門煞)·동토살·동목살·동법살·급살(急煞) 그리고 자살 등등으로 갑자기 죽는 죽음은 전생(前生)의 삶과 현생(現生)의 삶을 잘못 살아서 그 인과 응보로 벌을 받는 죽음입니다.

　그렇게 전생의 삶과 현생의 삶을 잘못 살아 인과응보로 벌을 받아 죽는 죽음은 또다시 다음생[來生]으로 이어지니, 그렇게 한 많은 죽음을 당한 그 영혼들은 죽은 후 귀신(鬼神)으로 전락되어 불쌍한 혼령으로 구천세계를 떠돌게 된다는 사실과 진실을 꼭 알고 있어야 합니다.

이 대목에서 필자는 운명학 분야에서 세계 최초로 이론으로 정립한 '영혼과 혼령 인과작용이론'을 공개하면서 이 글을 읽는 독자분들께만 천기(天氣)의 비밀을 또 가르쳐드리고자 합니다.

태어날 때 신체적 불구자로 태어나거나 또는 소아마비·뇌성마비 등등에 걸리거나 또는 어릴 때 죽는 죽음과 비명횡사 등등의 큰 불운과 큰 불행은 자기 영혼의 전생업보와 핏줄 내림의 조상업보 때문이라는 것입니다.

또한 어릴 때 죽은 영혼이나 젊어서 죽은 영혼은 본래 수명의 나이가 될 때까지 일정기간의 세월 동안은 절대로 저승세계를 못 들어가고 중음의 구천세계를 떠돌게 된다는 것입니다. 즉, 10살쯤이나 20살쯤의 어린 나이 또는 젊은 청춘에 교통사고, 화재사고, 익사사고, 불치병 등등의 비명횡사(非命橫死)로 죽음을 당하거나 또는 자살로 죽게 되면 약 40~50년 이상 오랜 세월동안 그 영혼은 저승세계를 못 들어가고 중음세계(中陰世界)인 구천세계를 떠돌아 다니다가 본래 수명의 나이가 되어야 저승세계로 들어갈 수 있게 되거나 또는 영혼의 기 소멸(氣消滅)로 사라진다는 것입니다.

한편, 사람으로 태어나서 나이가 육십갑자 60살 이상 70·80·90·100살 이상 수명장수를 누리다가 편안히 죽는 죽음을 맞이한 영혼은 곧바로 저승세계로 잘 들어갈 수 있으니, 이렇게 잘 죽은 영혼에게는 49재·천도재·진오기굿·씻김굿·추도식 등등 그 어떤 종교의식도 필요없다는 것입니다.

혹시 이 글을 읽고 있는 독자분 중에는 무녀(巫女) 또는 법사나 스님에게 조상점(祖上占)을 쳐보거나 또한 천도제·진오기굿·씻김굿·조상굿 등등의 굿이나 제를 올리는 경험을 해 본 사람도 있을 것입니다.

원한 많은 조상을 풀어주는 조상굿 또는 천도재를 여러번 해 주었는데도 자꾸 반복된 원한 많은 조상의 나쁜 애기가 또 나오는 것은 어린 나이 때 또는 젊은 나이 때 또는 억울하고 한 많게 죽은 영혼은 본래 수명의 나이가 될 때까지는 아무리 굿이나 제를 해주어도 저승세계를 못 들어가고 해원천도(解冤薦度)가 안 된다는 하늘의 법칙이 있기 때문입니다.

이러한 진실과 사실현상적 '비밀이론'은 필자가 세계 최초로 연구발표한 바 있고, 이 책에도 또다시 글자로 적시해서 공개발표를 해 드립니다.

필자의 이러한 이론과 이 책의 내용에 대해서 틀린 부분을 발견할 수 있는 심령학자·스님·목사님·신부님 등등의 종교인이 있으면 누구든 언제라도 공개적으로 이의를 제기해 주시길 바랍니다.

신과 영혼 및 혼령에 대해서는 신통력을 지닌 사람만이 가장 잘 알 수 있으니 신을 대상으로 신앙하는 모든 종교에서는 신통력을 지닌 사람이 최고인 것입니다.

이 글을 읽고 있는 독자 여러분은 지금까지 눈으로 볼 수 있는 것만 믿으려고 할 것이고 또한 많은 사람들도 그러할 것입니다. 그러나 눈에 안 보이는 기운(氣運)이 눈에 보이는 것들을 살아있게도 하고, 죽이기도 하고, 다스리고 있다는 진실을 알아야 한다는 것입니다.

생명과 영혼을 가지고 태어난 우리 인간은 각 사람 개인의 운명(運命)이라는 것을 가지고 태어나고, 운명이라는 눈에 보이지 않는 힘은 반드시 하늘 법칙에 따라서 작용을 하게 되니 각각의 사람은 ① 자기 영혼의 전생업작용 ② 자기 핏줄의 조상업작용 ③ 영혼과 혼령의 동기감응작용 ④ 풍수지리의 환경작용 ⑤ 음양오행의 역리작용 등등이 인과응보와 관계성의 법칙에 따라서 반드시 항시 작용한다는 것이 필자의 '운명작용이론'입니다.

이 비밀이론 중에서 자기 핏줄의 조상업작용과 영혼과 혼령의 동기감응작용은 핏줄이라는 하늘의 '천륜법칙(天倫法則)' 때문입니다.

핏줄이라는 천륜의 법칙은 정확한 하늘법칙으로 진실과 진리입니다.

하늘법칙에 따른 진실과 진리는 변할 수도 없고 변해지지도 않습니다.

핏줄은 천륜의 하늘법칙으로 작용을 하기 때문에 조상님과 후손 그리고 부모님과 자식 간의 핏줄적 유전현상과 핏줄적 관계성 현상이 살아있는 사람과 죽은 자 간에 핏줄의 운(運)법칙으로 항시 작용을 한다는 것입니다.

이러한 핏줄의 운(運)법칙을 '유전학적 핏줄운내림 작용법칙'과 '핏줄 동기감응 작용법칙' 그리고 '영혼과 혼령의 영적 작용법칙'이라고 필자는 논문에서 명명을 하였고, 특히 '동기감응 작용법칙'이 가장 강하게 작용하는 분야는 풍수지리학의 음택인 조상 산소 묘터와 생전 자기 자신의 가묘터라는 진실을 가르쳐 드립니다.

좋은 땅 명당자리에 조상님 산소 또는 생전 자기 자신의 가묘를 잘 만들면 신기하게도 발복을 하게 되니 풍수지리학을 믿는 사람들은 대복(大福)과 대운(大運)을 잡으려고 지금도 좋은 땅 명당자리를 찾아다니고 있고, 특히 고위직의 관료와 정치인 그리고 부자들은 명당터 몇 평에 수천만원 또는 수억원의 비밀거래를 하기도 합니다.

필자는 이 책을 펴내고 있는 현재 전국에 약 20만평의 땅을 소유하고 있으며 50개 정도의 용도별 명당터를 가지고 있습니다.

　다이아몬드가 크기는 작아도 그 가치성 때문에 값이 비싸듯, 좋은 땅 명당터는 작아도 그 가치성 때문에 값이 비싸고 매우 귀중하게 여깁니다.

　경제논리에서 명당터 몇 평에 수천만원 또는 수억원을 투자해서라도 그 이상의 복과 운을 만들어내면 큰 이득을 보기 때문입니다.

　필자도 운때에 맞추어 수년 전에 우리 조상님의 묘소를 고향 생가가 있는 마을 옆 '삼태산 와우형' 자리로 새로이 이장을 해서 잘 모셔드리고, 또한 필자가 현재 직접 등기소유를 하면서 가지고 있는 수많은 명당터 중에서 훗날 사용할 것은 남겨두고, 특별한 곳에 나무로 사람모양을 깎고 사주성명과 부적을 새겨넣고 그리고 살아생전에 본인 자신의 가묘를 평장으로 만들어 표시해두고 1년에 한 번씩 제를 올리니 그 이후부터 명당터 기운이 정확하게 발복이 되어 집안 형제들이 모두 다 성공을 하고 필자 자신도 현재 이 시대 최고 정신세계의 영적 스승 도인(道人)이 되고 있는 것입니다.

　이 책은 일반 독자층을 대상으로 하기 때문에 명당터 즉시효과와 집터·빌딩터·사찰터·공장터·가게터·묘터 그리고 살아생전 자신의 가묘비방 등등의 풍수지리에 대해서는 '터문제'가 있거나 '터감정'을 요청해오는 인연 닿는 특별한 사람들에게만 훗날 별도의 개별 기회를 약속드리고, 살아생전 자기 자신의 '가묘터 발복비법' 등등도 꼭 필요한 사람들에게는 훗날 별도의 만남기회를 꼭 약속드리면서 일반 독자분들을 위해 우리가 살아가면서 많이 나타나고 있는 현상적 진리를 예로 들면서 하나씩 또 가르쳐 드리고자 합니다.

이러한 핏줄 운(運)법칙이 두 번째로 강하게 작용하는 쪽은 질병과 불운 그리고 수명 등등의 '유전학적 핏줄운내림작용법칙'에 따른 핏줄 내림운(運) 현상이라는 것입니다.

핏줄적으로 아버지 할아버지 대(代)의 조상 중에서 간암·폐암·위암·대장암 등등의 불치병 암으로 죽은 조상이 있으면 그 후손이나 살아있는 가족 중에서 똑같은 현상의 질병이 또 나타납니다.

핏줄적으로 아버지 할아버지 조상 중에서 뇌혈관 질환·심장병·고혈압·중풍·당뇨병·정신병·천식·폐질환·각종 희귀병 등등의 난치병이나 불치병으로 죽은 조상이 있으면 그 후손이나 살아있는 가족 중에서 똑같은 현상의 질병이 또 나타납니다.

핏줄적으로 아버지 할아버지 조상 중에서 난봉꾼·사기꾼·도박꾼 또는 마약·술 등등의 중독자가 있으면 그 후손이나 살아있는 가족 중에서 똑같은 현상이 또 나타납니다.

핏줄적으로 어머니 할머니가 자궁암·유방암·갑상선암·췌장암 등등의 난치병·불치병으로 죽거나 또는 바람끼가 있으면 그 딸이나 손녀 중에서 똑같은 현상이 또 나타납니다.

핏줄적으로 어머니 할머니가 청상과부가 되거나 이혼녀가 되면 그 딸이나 손녀 중에서 똑같은 현상의 청상과부나 이혼녀가 또 생겨납니다.

핏줄적으로 어머니 할머니가 점쟁이 무녀(巫女)였으면 그 딸이나 손녀 중에서 또 무녀가 생기고, 또한 평생 동안 신(神)끼 때문에 삶의 고통을 당하게 됩니다.

핏줄적으로 조상이나 가족 중에서 교통사고·화재사고·익사사고·추락사고·폭발사고·집 나가 죽은 객사 등등의 각종 사고로 비명횡사 죽음을 당하거나 술·마약·도박 등등의 중독자가 되거나 또는 막다른 최후수단의 자살 등으로 원한 많게 죽게 되면 그 후손이나 살아있는 가족 중에서 똑같은 현상의 사고와 불운이 또 나타납니다.

특히, 자살사망·옥중사망·정신병사망·비명횡사사망·뇌사사망·암질병사망과 치매·교통사고·술중독·홀아비와 과부·이혼·신(神)끼는 가족력과 유전인자적 핏줄운내림이 가장 강하게 나타납니다.

또한 부모형제자식 중에서 원한 많게 죽은 그 시점이 가까울수록 남아있는 가족들에게 강하게 나타남을 꼭 가르쳐 드립니다.

이러한 현상은 너무나도 무서운 진실이고 사실들입니다.

그리고 핏줄적으로 아버지 할아버지가 사업가이면 그 후손 중에 또 사업가가 생겨나고, 아버지 할아버지가 법조인이면 그 후손 중에 또 법조인이 생겨나고, 아버지 할아버지가 예술인이면 그 후손 중에 또 예술인이 생겨나고, 아버지 할아버지가 교육자이면 그 후손 중에 또 교육자가 생겨나고, 아버지 할아버지가 기술자이면 그 후손 중에 또 기술자가 생겨나게 됩니다.

그리고 핏줄적으로 아버지 할아버지 조상님이 장수(長壽)한 집안은 그 후손도 장수하는 사람이 많게 되고, 아버지 할아버지 조상님이 단명한 집안은 그 후손도 단명(短命)하는 사람이 많게 됩니다.

그리고 핏줄적으로 남자는 아버지계(父系)를 따라서 대체로 나타나고, 여자는 어머니계(母系)를 따라서 대체로 나타납니다.

이처럼 유전인자적 핏줄내림 속에는 운(運)내림이 함께 한다는 비밀적 진리와 진실을 꼭 가르쳐 드리는 바입니다.

이처럼 핏줄내림현상과 핏줄동기감응작용현상은 정도의 차이만 있을 뿐 거의 정확하고 전생업작용보다 핏줄업작용을 더 많이 타고난 사람은 99%까지도 조상 핏줄내림운 현상이 나타날 수 있습니다(이러한 집안과 사람들은 운명진단을 통하여 반드시 사전에 미리 알아내야 함).

DNA유전인자까지는 과학(科學)이지만, 조상 핏줄내림 속의 운(運)내림 현상 진리는 '초과학(超科學)' 영역입니다.

필자가 이론정립으로 학설화시키고 있는 '운명작용이론'은 아직까지의 현재 과학으로는 그 증명이 불가능한 초과학입니다.

물질과학이 아무리 발전을 해도 과학으로 영혼과 혼령을 만들 수는 없는 것이기 때문에 핏줄내림업의 현상적 진실을 과학으로는 결코 막아낼 수가 없으니 우리는 각자의 자기 영혼의 개선과 진화를 위한 노력을 자기 스스로 해야 합니다.

핏줄내림 속의 운내림 현상 진리는 초과학의 영혼과 혼령 사이의 천륜적 천기작용법칙이기 때문에 그 어떤 과학자도 이 분야에는 문외한(門外漢)이 될 수밖에 없는 것입니다.

필자는 영혼과 혼령을 연구하는 심령세계와 운명학을 연구하는 운명 분야에서는 독보적 실력을 갖추고 있는 박사 위의 도사(道士)입니다.

박사 학위는 인간이 수여하지만, 도사 학위는 하늘이 수여를 합니다.

이 글을 읽고 있는 독자분과 모든 사람들은 이제부터 일반적인 과학과 초과학을 구별할 줄 알아야 합니다.

현재의 과학수준으로는 그 증명을 해낼 수도 없고 또한 할 수도 없는 초과학분야인 살(殺)·업(業)·영혼(靈魂)·혼령(魂靈)·신(神)·운명(運命) 등등과 관련해서는 모두가 경외심과 겸손함을 가져주시길 진심으로 바라는 바입니다.

지금 필자는 이 글을 써 내려가면서 답답함을 느낍니다.

필자의 답답함을 솔직히 말씀드리면, 필자가 알고 있는 진실과 진리를 글로 표현하는데 전문 글쟁이가 아니어서 다소 서툴기 때문입니다. 그러나 서투른 글 솜씨이지만 이 글들은 남에게 대필을 시키지 않고 필자가 직접 직감직필법으로 수정 없이 단번에 쓰면서 사실과 진실 그리고 진리를 세상에 말하고자 하는 것입니다.

이 책은 필자가 실제 체험한 천기누설의 자전이야기이지만, 이야기를 전개하면서 중간 중간에 알박기로 신령세계와 천기의 비밀작용들을 비밀로 가르쳐 드리면서 진짜 행복 추구의 잘 살기 위한 처세 방법 기술을 가르쳐 드리는 삶의 참 지혜서임을 밝혀 드립니다.

인생을 살아가면서 삶의 진짜 방법과 운명을 바꾸어줄 수 있는 '동기부여'의 이 한 권의 책과의 만남은 커다란 행운입니다.

열심히 노력한다고 해서 또는 욕심을 부린다고 해서 모두가 성공출세를 하고 부자가 되고 행복해질 수 있는 것은 결코 아닙니다.

태어날 때 복(福)을 못 타고 태어나고 살아가면서 운(運)까지 나쁘면 아무리 욕심을 부린들, 아무리 노력을 한들, 안 되는 사람은 안 되는 것입니다.

그렇기 때문에 '운명작용이론'의 비밀법칙들을 꼭 알아야 합니다.

진실과 진리는 바꿀 수도 없고 바뀌어지지도 않는 것입니다.

일·월·화·수·목·금·토 그리고 산·물은 우주자연에너지의 근원이고 해·달·별이 존재하는 한 하늘과 자연의 법칙은 계속 존재할 것이고 하늘과 자연의 법칙을 이론화하는 것이 주역이며, 필자가 독자적으로 더욱 연구한 것이 필자의 '太山손도사 운명작용이론'입니다.

필자는 이 책으로 '太山손도사 운명작용이론'을 공개 발표하면서 인연 닿은 독자분들께만 삶의 가장 중요한 운명정보를 제공해 드리는 것입니다.

이 책을 읽은 후 단 한 사람이라도 좋은 쪽으로 사고방식과 의식이 개선되고 좋은 쪽으로 운명과 인생이 바뀌어질 수 있다면 필자는 손가락이 불어트더라도 서툰 글이지만 글을 쓸 것이고 또한 책으로 전달시켜 드릴 것입니다.

세상은 아는 만큼 보이니 진리와 지혜는 계속 배워 나아가야 합니다. 부족하거나 모르는 것은 반드시 배워야 합니다.

필자는 실제체험의 입산수도 득도해탈의 자전이야기를 계속 펼쳐 나아가면서 이 책에 사실과 진실 그리고 진리만을 기록할 것이며, 이렇게 책으로 만남도 귀한 인연이라고 생각하고 또한 이 책을 구입해주신 것에 대한 보답으로 이 글을 읽고 있는 독자분 모두를 반드시 성공·출세시켜드리고 부자가 되게 해드리고 행복하게 해드릴 것입니다.

필자와 인연(因緣)이 닿은 사람에게는 반드시 그렇게 해드릴 것입니다.

제15장
죽음까지도 각오하고 마지막 시험을 통과한다

다시 천등산 산(山) 기도의 상황현실로 들어갑니다.

필자는 첩첩산중 깊고 높은 천등산 산속에서 도를 닦고 있습니다.

계절이 바뀌고 또 바뀌고 여러 번 바뀌어갑니다.

오늘도 깊은 명상삼매에 들어가 천기초월명상으로 인간세계와 신령세계간의 경계의 벽을 뚫고 신령계의 세계로 들어갑니다.

오늘도 어제처럼 삿갓 쓴 스님과 큰칼 든 장군이 백발노인 산신령님을 모셔옵니다.

두꺼운 책을 손에 들고 계신 백발노인 산신령님께서는 어제처럼 오늘도 내가 쌓아올리고 있는 돌탑 위에 높이 걸터앉으시고, 삿갓 쓴 스님과 큰칼 든 장군은 나와 똑같이 하여 내 곁에 앉습니다.

한창 신나게 천기공부(天氣工夫)를 하는 중에 산신령님께서 목이 마르다고 하시기에 나는 물을 뜨러 옹달샘으로 갑니다.

옹달샘으로 걸어가다가 무심코 뒤를 돌아보니 내가 그대로 토굴 안에 명상삼매(瞑想三昧)로 앉아있는 것입니다.

　나는 순간 놀라고 하도 신기해서 토굴 안에 앉아 있는 나를 보기도 하고, 옹달샘으로 물을 뜨러 걸어가고 있는 또 다른 나를 보기도 하며, 둘이 된 나를 번갈아 보면서 갸우뚱거리며 바가지에 옹달샘 물을 떠옵니다.

　둘인 나를 번갈아 보며 물을 떠오다가 한눈을 팔고 발이 돌부리에 걸려 넘어지려는 순간, 장군이 나를 부축을 하고 물바가지는 이미 백발노인 산신령님의 손에 들려있습니다.

　이 모든 상황을 가부좌로 앉아 깊은 초월명상의 삼매경에 들어있는 또 다른 내가 모두 지켜보고 있는 것입니다.

　"나도 이제 유체이탈(幽體離脫)을 하는 건가?"

　"나도 이제 신통술과 도술을 부리는 건가?"

　나는 방금 전 상황을 분석하면서 돌이켜 생각을 해봅니다.

　개소리 닭소리 사람소리가 전혀 들리지 않는 첩첩산중 깊고 높은 천등산 산속의 토굴에서 한 번도 산(山) 밖을 나가지 않은 두문불출로 한 5년쯤 도(道)를 닦으니 내 모습은 머리칼이 길게 자라서 등허리까지 내려오고, 수염도 길게 자라서 앞가슴까지 내려오고, 다 헤진 누더기 옷차림을 하고 있습니다.

　꿈속이 생시인지 생시가 꿈속인지 구분이 없어지고, 명상이 평상시인지 평상시가 명상인지 구분이 없어집니다.

　산속에서 한 5년쯤 토굴 기도로 도를 닦으니 앉아서 만리(萬里)를 보고 서서 구만리(九萬里)를 볼 수 있는 등등 별의 별 신기한 일들이 일상처럼 벌어지고 있습니다.

지금은 수도(修道)생활 7단계의 시험까지 통과를 하고 기도공부에 가속도가 붙어서 진도가 잘 나아가고 있습니다.

하지만, 처음 산 기도를 시작할 때는 신령세계와 인간세계 사이 경계의 벽을 뚫는 통신(通神)을 하기까지의 고통과 그 후 단계 단계의 모든 장애와 시험을 통과하면서의 엄청 힘든 고행이 계속되어 왔습니다.

오랜 세월 동안 인적이 끊겨 개소리 닭소리 사람소리가 전혀 들리지 않는 첩첩산중 깊고 높은 산속에서 오직 나 혼자만 살고 있는데 기이한 여러 가지 일들이 벌어지곤 합니다.

캄캄한 어두운 밤중에 토굴 밖의 숲 속에서 응아~응아~ 하고 울어대는 산고양이 울음소리와 소쩍~소쩍~ 하고 울어대는 소쩍새의 울음소리는 머리칼이 쭈뼛쭈뼛 거꾸로 서는 무서움과 애간장을 녹이는 구슬픔을 느끼게 하고, 또한 한밤중 저승세계가 가장 많이 열리는 시간 때 밤 12시경에 천신기도를 하기 위해 옹달샘으로 정한수 물을 뜨러 갈 때, 또는 100m 거리쯤 멀리 떨어져 있는 화장실 뒷간을 캄캄한 어두운 밤중에 다녀올 때에 머리카락을 풀어헤치고 하얀 소복차림의 여자 귀신이 불쑥 나타나면 정말로 머리칼이 거꾸로 섭니다.

그리고 신안(神眼)과 영안(靈眼)이 열리면서부터는 밤낮 구분이 없이 어느 때고 귀신과 혼령들의 모습 그리고 신(神)들의 모습이 보이니 시도 때도 없이 섬뜩섬뜩합니다.

죽은 혼령들의 모습은 사람으로 살면서 ① 가장 성공할 때의 모습 ② 평상시 삶의 모습 ③ 죽을 때의 모습 등등으로 상황과 필요에 따라 달리해서 보여지고 또한 나타나기도 합니다.

혼령과 귀신들의 모습을 실제로 보면 목이 잘려 피가 철철 흘러내리는 목 없는 귀신, 대나무 죽창에 찔려서 피를 흘리고 다니는 귀신, 총맞은 자리에 구멍이 뻥 뚫리고 피를 흘리고 다니는 귀신, 농약을 마시고 구역질을 하면서 흰 거품을 흘리고 다니는 귀신, 목에 밧줄을 매달고 혀를 늘어뜨리고 다니는 귀신, 온몸에 불이 훨훨 타서 뜨겁다고 소리소리 지르며 뛰어다니는 귀신, 춥다고 덜덜 떨고 다니는 귀신, 배고프다고 손을 벌리고 다니는 귀신, 시집 못가서 발가벗고 다니는 처녀귀신, 따돌림 받고 굶어 죽은 할멈 귀신, 히죽거리며 돌아다니는 미친 귀신, 하얀 소복차림에 눈에 쌍심지를 켜고 다니는 원한 귀신 등등으로 불쑥불쑥 보이고 나타납니다.

또한 신령님의 모습도 실제로 보이고 불쑥불쑥 나타납니다.

눈이 하나뿐이거나, 머리가 두 개이거나, 다리가 세 개이거나, 팔이 여러 개이거나, 머리에 뿔이 생겨 있거나, 눈이 왕방울만큼 크거나, 키가 하늘 높이 만큼 커다랗거나, 어깻죽지에 날개가 달려 있거나, 머리는 사람이고 몸통은 짐승의 모습 등등 기이한 모습을 하고 있기도 합니다.

그리고 천둥·번개·폭풍·회오리가 칠 때 신(神)들의 성난 모습이 눈을 뜨고서 생생히 직접 보이기도 합니다.

때로는 하늘의 신령님들께서 귀신들에게 명령을 내려 나의 산 기도공부(山祈禱工夫)를 시험하기도 합니다.

그러나 무슨 시험 무슨 시험해도 추위와 배고픔 그리고 외로움의 시험이 가장 힘들고 고통스럽습니다.

그렇기 때문에, 산속에서 도닦는 공부는 100일을 넘기기가 힘이 듭니다. 그러나 나는 벌써 5년 동안을 버텨내고 있습니다.

이처럼 한 사람의 도사(道士)가 만들어지기까지는 엄청난 하늘의 시험과 오랜 세월의 고통과 인내가 따르는 수행수도 생활을 해야 하는 것입니다.

산속에서 도(道) 닦는 공부는 단계 또 단계의 별의별 장애와 시험을 다 겪으면서 반드시 이겨내고 또한 통과를 해야 합니다.

단계 단계의 장애를 이겨내고 시험을 통과하면서 공부와 도(道)의 정도가 점점 높아가게 됩니다.

아주 옛날 하늘의 사명에 따른 도(道)의 교조인 노자·석사모니·예수님·달마·소태산·강증산·상월처럼······.

계절이 바뀌고 또 계절이 바뀌어 나아갑니다.

오늘도 하루가 그냥 지나갑니다.

요즘 며칠 동안은 계속 명상삼매에 깊이 들지를 못하니 천기초월명상이 안 되어 산신령님으로부터 영적 개인교습을 받지 못하고 있습니다.

자만심과 교만심의 정신해이로 인한 마장(魔障)에 걸려서 7번째 단계의 시험에 걸리고 말았습니다.

마음으로는 명상상매에 들어가야 한다고 하면서도 정신이 해이해져 잘 되지가 않습니다. 내 스스로 내 점(占)을 쳐보니 신(神)들의 시험 마장에 딱 걸려들었습니다.

이쯤에서 신(神)들의 마장에 걸리면 대부분 미쳐버리거나, 병신 또는 폐인이 되어버리기도 하는 등등 엄청난 고생을 치러야 합니다.

내 삶을 이렇게 두 눈 뻔히 뜨고 또다시 실패할 수는 없습니다. 정상이 저기쯤 보이는데 여기서 중도 포기는 절대로 있을 수 없습니다.

몸부림을 치고 울부짖으며 잘못과 실수의 원인을 분석하면서 초심의

원칙으로 돌아갑니다.

처음 입산했을 때처럼 다시금 약쑥을 뜯어와 짓이겨 쑥물을 만들어 약쑥물 목욕을 하고, 향을 부수어 물에 담그고 향물을 우려내어 향물 목욕을 합니다. 또한 기도처 주위에 약쑥을 태워 약쑥 연기를 피우고, 굵은 소금을 사방으로 뿌리고, 맑은 물 청수를 사방으로 뿌립니다.

매일 여러 번씩 몸을 씻고 매일 기도처를 정화(淨化)합니다.

다시금 싸릿대나무 회초리를 준비합니다.

회초리를 손에 들고 팔을 어깨너므로 높이 들어 내 등짝을 내 손으로 내리치면서 자만과 교만으로 해이해진 마음과 정신을 다잡아보려고 무진 애를 씁니다.

혹시나 부정이 타서 그런가 하면서 부정풀이도 해 봅니다

또다시 내 스스로 내 점(占)을 쳐보니 역시 신(神)들의 마장에 단단히 걸린 것을 알겠습니다.

운이 좋을 때는 아무리 딴 짓거리를 해도 잘 나아가지만, 운이 나쁠 때는 아무리 노력을 해도 잘 안 되고 오히려 더 꼬이고 엎친 데 덮치기도 합니다.

하늘이 벌을 내리거나 또는 시험과 시련을 줄 경우에는 꼭 나쁜 운때를 고르니, 대부분 나쁜 운때에 손해·실패·사고발생·이혼·구설수·망신살·관재수·좌천·명퇴·큰 질병·죽음 등등을 당하게 됩니다.

그렇기 때문에 운세와 운수 그리고 운때를 미리 알고서 사전에 그 준비 및 대비와 대응을 잘해야 합니다.

그러나 나는 지금 사전대비를 잘못하여 하필이면 나쁜 운때에 신들의 마장에 걸려 정말 미쳐버릴 만큼이나 괴롭고 고통스럽습니다.

해이된 정신과 마음을 다잡아 보려고 내 팔뚝을 내 이빨로 물어뜯으며 몸뚱이에 긴장을 주면서 또다시 시도를 해봅니다.

연이틀 간격으로 오른쪽 팔뚝을 물어뜯고, 왼쪽 팔뚝까지 물어뜯으면서 몸뚱이에 긴장감을 점점 가중하다가 결국에는 내 이빨로 내 팔뚝의 살점을 뜯어내고야 맙니다.

양쪽 팔뚝을 메리야스 속옷을 찢어서 감싸고 묶어놓으니, 무더운 여름날 자기 이빨에 살점이 뜯겨나간 상처는 덧이 나서 퉁퉁 붓고 농이 생기고 짓무르기 시작합니다.

삶의 고통은 육체의 고생보다 마음고생이 더욱 힘이 든 것 같습니다.

나는 지금 신(神)들의 시험 마장으로 인해 너무나 지쳐있습니다.

하루 한 끼니씩 생식(生食)으로 먹는 음식까지 끊고 단식을 합니다.

나는 지금 너무나도 후회가 막심합니다. 자만심과 교만심이 나쁘다는 것을 깜박했고, 나쁜 운때에 대한 사전대비를 하지 못했습니다. 항상 깨어있지를 못하고 방심의 빌미를 준 것입니다.

잠시 동안 한때 한 번의 실수가 엄청난 대가를 요구하고 있습니다.

나쁜 운때에 신들의 계획된 마장의 시험에 걸려들었기 때문에 이런 방법을 써보고 저런 방법을 써보지만 제대로 통하지가 않습니다.

"오! 내 인생이 여기서 끝나버리다니, 유서까지 써놓고 산 기도를 들어왔는데……."

이제 나로서는 최후의 방법을 쓸 수밖에는 없습니다.

최선의 노력을 하는 것은 잘 살려고 하는 것이고, 잘 살려고 하는 것은 행복하기 위해서이며, 궁극의 행복은 마음과 영혼의 평안함이니 이제 생각과 바람의 가치를 바꾸어 버립니다.

"그래, 차라리 초월을 해 버리자!"

"차라리 편안하게 잘 죽는 죽음을 선택해 버리자!"

"내 영혼을 자유해탈의 평안함으로 이끌어 버리자!"

"산 기도의 궁극적인 목적은 삶과 죽음을 뛰어넘은 내 영혼의 해탈 자유를 얻기 위함이었으니까……."

나는 이제 집착의 끈을 모두 다 놓아 버리려고 합니다.

기진맥진한 육신을 이끌고 기어가다시피하여 옹달샘으로 갑니다.

옹달샘 물로 마지막 목욕을 하고, 빨아둔 새 옷으로 갈아입고, 길게 자란 머리칼과 수염을 정갈하게 쓰다듬고, 평안한 얼굴 표정을 짓고, 그리고 가부좌의 명상할 때 모습으로 앉아서 내 영혼을 좋은 곳으로 인도하고자 스스로 의지적 죽음의 의식을 나홀로 쓸쓸히 치르고 있습니다.

나는 해탈열반경과 함께 천국극락왕생 주술진언을 계속 외우고 또 외웁니다.

"내 영혼아! 내 영혼아! 태어남과 죽음을 초월해 버리자. 영원한 해탈 열반 자유로 가자꾸나. 하늘나라 9품 연화대로 천국극락왕생을 하자꾸나. 천국극락왕생진언~옴 마리 다리 훔바탁 사바하! 해탈열반자유! 해탈열반자유! 해탈열반자유!……."

이렇게 가부좌로 앉아서 내 영혼을 내 의지에 따라 하늘나라의 최고 높은 9품 연화대로 천국극락왕생을 시킬 수만 있다면, 스스로 해탈열반의 경지로 끌어올려서 영원한 자유와 자재를 이룰 수만 있다면, 그렇게만 죽을 수 있다면 가장 성공하는 삶이려니 또한 정말로 가장 멋스럽게 죽음을 맞이하는 것이려니 생각하면서 해탈열반경과 천국극락왕생 주술진언을 계속 외웁니다.

나는 나의 자유의지에 따라서 죽음을 선택하고 그리고 좌탈입망(座脫立亡) 방법의 가부좌로 앉아 경문과 진언을 밤낮으로 외우면서 가장 잘 죽는 죽음을 실행하고 있습니다.

이제 서서히 나의 의식이 가물가물해집니다.

신(神)들의 마장에 걸린지 21일 만에 가부좌로 앉아서 좌탈입망의 모습으로 스스로 죽어버립니다.

"아!……"

내 영혼은 몸뚱이를 빠져나가 길을 떠나갑니다.

다른 사람들은 죽을 때 저승사자가 데리러 오기도 하고, 또는 조상님이 마중을 나오기도 한다는데, 나에게는 저승사자도 나타나질 않고 조상님도 나타나지 않습니다.

[사람은 죽을 때에 저승세계로 인도해주는 안내자가 없으면 저승세계를 못 들어가고 중음의 구천세계를 떠도는 유령귀신이 되어버리기 때문에 저승사자 또는 선망조상(先亡祖上) 등등 안내자가 꼭 마중을 나와야 합니다.]

이윽고 커다란 강이 눈앞에 나타납니다.

나는 '저 강만 건너면 되는구나!' 하고 생각하면서 강을 막 건너려고 하는 순간 하늘에서 눈부신 흰빛이 내 앞으로 쭉~ 뻗어옵니다(신령세계의 빛은 ① 흰색 빛 ② 파란색 빛 ③ 붉은색 빛의 3종류로 크게 나누고 빛의 색깔과 밝고 어두움에 따라 구분을 할 수 있으니 눈부시게 밝은 흰색 빛을 최상급 신령의 빛이라 합니다).

나는 하늘에서 내게로 비춰온 눈부신 흰 빛 속으로 들어갑니다.

'이 눈부신 흰 빛은 천국극락 하늘나라로 인도하는 빛이구나!' 하고 생각하면서 흰 빛을 타고 하늘나라로 올라갑니다.

12궁 33천의 하늘나라로 올라가니 금은칠보로 장식한 궁궐이 나타납니다. 궁궐을 바라보니 궁궐 앞에 '제석천궁(帝釋天宮)'이란 현판이 황금색 빛깔로 빛나고 있습니다.

황금색으로 빛나는 궁궐 현판을 유심히 바라보니 언젠가 본 듯한 모습입니다.

내가 전생(前生)에 살던 하늘나라의 그 제석천궁입니다.

반가운 마음으로 제석천궁의 대문을 확~ 밀치고 들어섭니다.

궁궐 안 맞은편 정면의 높은 자리에 앉아 계시는 '제석천왕(帝釋天王)'님께서 뇌성같은 큰 소리로 호통을 치십니다.

"그대는 천등산으로 다시 돌아가도록 하라! 10단계까지의 시험을 통과해서 6신통 8해탈을 꼭 이루도록 하라! 아직, 하늘나라에 올 때가 아니니라! 그대의 몸뚱이에 악령이 들어가기 전에 속히 천등산으로 다시 돌아가도록 하라!……"

나는 하늘나라 제석천궁까지 올라갔다가 제석천왕님의 호통소리만 듣고, 다시 수도처인 천등산으로 되돌아옵니다.

아직도 내 몸뚱이는 토굴 안에서 가부좌의 모습으로 그대로 앉아 있습니다.

악령과 귀신들이 몸뚱이에 들어가지 못하도록 하늘의 신장들이 갑옷을 입고 창검을 들고 내 몸뚱이를 지키고 서 있습니다.

내 육신의 모습은 기다란 머리칼과 기다란 수염에 다 헤져 꿰맨 누더기 옷을 입고, 메리야스 천으로 양쪽 팔뚝을 감싸 묶고, 기진맥진한 모습으로 앉아 있습니다.

내 영혼이 득도해탈과 초월자유를 이루기 위해서는 몸뚱이가 있어야 도를 계속 닦을 수 있기 때문에 또다시 몸뚱이 속으로 쑥~들어갑니다.

또다시 삿갓 쓴 스님과 큰칼 든 장군이 나타납니다.

삿갓 쓴 스님이 처음 보는 약초를 손에 들고 보여주면서 약초가 있는 곳의 지형을 가르쳐 줍니다.

큰칼 든 장군이 나를 부축하고 산신령님도 나를 부축하여 일으켜줍니다. 나는 삿갓 쓴 스님과 큰칼 든 장군 그리고 산신령님과 신장들의 부축과 도움으로 기진맥진한 몸을 이끌고 가서 약초를 뜯어옵니다. 뜯어온 약초를 짓이겨 팔뚝 상처에 싸매고 그리고 약초 즙을 몇 모금 마시면서 기운을 차려봅니다.

신들의 시험에 내 스스로 의지적 죽음이란 배수진을 치고 최후방법의 초강력 대응법을 쓰니 또 한 단계의 시험을 통과시켜줍니다…….

이처럼 마지막 방법으로 죽을 힘을 다하여 덤비거나 또는 죽음을 각오하고 버티면 안 되는 것이 없습니다.

나는 죽음을 경험하면서 자만심과 교만심이 얼마나 나쁜가를 뼈저리게 후회하며 이제부터는 마음을 더욱 다잡아 철저히 경계를 합니다.

값비싼 대가를 치르면서 계속 정진과 겸손을 배우며 나아갑니다.

"실수와 실패로부터 배울 줄 아는 사람만이 큰 성공을 이룰 수 있고 또한 큰 사람이 될 수 있다"

라고 꼭 가르쳐 드리는 바입니다.

제16장
산(山)속에서 자연과 함께 자연생식으로 산다

계절이 바뀌고 또 바뀌면서 세월이 흘러갑니다.

시간 개념을 잊어버리고 살아가니 자연의 변화를 보면서 세월의 흐름을 짐작할 뿐입니다.

하루 한 개씩 돌을 주워와 쌓고 있는 돌탑이 이제는 내 키의 두 배 높이까지 올라갑니다.

돌탑을 쌓기 위해 가까운 곳에 있는 돌은 다 주워 와 버렸으니, 돌 한 개를 주워오려면 멀리까지 가서 주워 와야 합니다.

쌓고 있는 돌탑이 높이 올라갈수록 나의 도(道)도 함께 올라갑니다.

신령님으로부터 직접 개인교습을 받는 영적 가르침은 명상삼매로 들어가 천기초월명상 속에서 이루어지고, 신(神)들의 계시와 공수는 어느 때고 주어지며, 평상시가 명상이고 명상이 평상시로 되면서 평상시와 명상의 구분이 없어지고 행주좌와가 일여합니다.

의식의 집중만하면 보이지 않은 것을 볼 수 있고, 들리지 않은 소리를 들을 수 있으니 모든 존재물의 참 모습과 운(運)을 다 알아낼 수 있습니다.

신통력은 시간과 공간을 초월하기 때문에 산(山)속에 들어앉아 신안(神眼)으로 바깥세상을 볼 수 있고, 지구 반대편과 우주공간도 볼 수 있으며, 먼 옛날의 과거도 볼 수 있고 또한 먼 훗날의 미래도 볼 수 있습니다.

선지자적 또는 예언자적 신통능력은 특별한 사람만 할 수 있고, 신통능력을 지니면 우주만물의 진실과 진리 그리고 운명(運命)을 다 알아 낼 수 있습니다.

이제 도(道)의 7단계까지 올라서니 신선(神仙)처럼 살아갑니다.

머리칼은 길게 자라서 등허리까지 내려오고, 수염도 길게 자라서 앞가슴까지 내려오고, 다 헤진 누더기 옷에 눈빛만 신비하리만큼 빛을 내고 있습니다.

원시 자연인처럼 모습을 하고 그냥 그대로의 자연 속에서 무위법으로 자연과 함께 살면서 나홀로 도(道)를 닦아 이제 독성(獨成)으로 나아갑니다.

옛날옛적에 부처님과 수도인들이 산(山)속에서 홀로 도(道)를 닦는 것처럼……

계절이 바뀌어 이곳 산속에도 수확의 가을철입니다.

오늘은 망태기를 젊어지고 산열매를 따러갑니다.

오랜 세월 동안 나 홀로 천등산 깊고 높은 산속에 살면서 기도처를 중심으로 생활반경 이내의 산중턱 마당바위까지 산길을 만들어 놓았습니다.

산꼭대기까지도 산길을 만들어 놓았고, 저쪽 작은 봉우리까지도 산길을 만들어 놓았습니다.

이곳 천등산은 한반도의 남쪽 땅 끝 전라남도 고흥(高興)에 위치하고 남해바다 해안가에 해발 555m 높이로 불쑥 솟아 있습니다.

한반도의 백두대간이 남쪽으로 뻗으면서 지리산 노고단에 기(氣)를 뭉치고, 한 줄기 기맥(氣脈)이 계속 남쪽으로 고흥반도까지 따라 내려오면서 남해바다 바닷물을 만나 용호(龍虎)가 합작으로 이곳 천등산(天登山)을 만들어놓으니 엄청난 기(氣)가 하늘로 솟구치고 있습니다.

필자는 이 책을 통하여 풍수지리학계와 사람들에게 지금까지 숨겨진 비밀 한 가지를 공개하고자 합니다.

이곳 천등산(天登山, 하늘로 오르는 산)의 바로 앞에는 또 하나의 높은 산인 유주산(榆朱山, 고흥군 도화면 구암리 소재)이 남해바다 해안가에 나란히 우뚝 솟아 있습니다.

그 유주산의 산꼭대기에는 높이 6m 가로 6m 세로 6m 정도의 커다란 돌탑이 납작한 돌만 사용하여 정사각형 모양으로 만들어져 있다는 것입니다.

이 고을에서는 이 돌탑을 한반도 가장 남쪽에 위치한 봉화대라고 합니다. 하지만 필자가 신(神)들께 확인을 해보니 이 돌탑은 본래가 신(神)들께 제사를 올리는 신단(神壇)이라고 합니다.

한반도 중심선의 남쪽 땅 끝 남해바다 해안가 높은 유주산에 우리나라에서 자연석으로 쌓아올린 가장 커다란 신단이 왜 이곳에 있을까?

우리나라에 하나뿐인 우주선 발사대가 왜 이곳에 생길까? 우리나라의 남쪽 땅 끝에 위치한 이곳의 지명이 왜 고흥(高興)일까? 등등 관심이 있는 분들은 천등산의 기(氣) 흐름과 유주산 꼭대기에 납작한 돌로 쌓아올린 엄청난 크기의 커다란 신단을 꼭 한 번 답사하여 직접 확인해보시길 바랍니다…….

가을철의 쾌청한 날씨에 경치도 구경할 겸 망태기를 짊어지고 천등산 산꼭대기로 올라갑니다.

천등산 산꼭대기에 올라와 사방을 한 바퀴 둘러봅니다.

산꼭대기 위에서 남쪽을 바라보니 유주산 너머로 망망대해의 남해바다와 다도해 해상국립공원이 보이고, 서쪽을 바라보니 녹동(도양)항구와 녹동–제주를 왕래하는 카페리호 큰배가 보이고, 그리고 남서쪽 사이로 바다 위에 소록도(小鹿島, 작은 사슴 섬)와 거금도·금당도·시산도 등등의 섬들이 보이고 푸른 바다 위에 소록연륙교와 거금 연도교의 교각이 하늘높이 우뚝 솟아 보이고, 북쪽을 바라보니 고흥읍과 봉황산·말봉산이 보이고, 동쪽을 바라보니 산봉우리가 나란히 8개 솟아있는 팔영산과 고흥 나로우주발사대 시설이 저 멀리 보입니다.

남해바다 해상국립공원 전라남도 고흥군 녹동항구 앞의 국립 특수시설 관광지로 유명한 '소록도'섬과 '나로 우주발사대'는 우리나라의 유명한 관광명소이기도 합니다.

다도해 남해바다와 섬들의 경치가 너무나 아름답습니다.

천등산 산꼭대기에서 사방을 한 바퀴 빙 둘러 경치를 구경하고 저쪽 작은 봉우리로 향하면서 산길을 따라 걸어갑니다.

7년 동안의 오랜 세월을 이곳 산속에서 살다보니 능선과 골짜기의 지형을 손바닥 들여다보듯 구석구석까지 모두 알고 있습니다.

어디에 가면 무슨 열매가 있고 또 어디에 가면 무슨 약초가 있는지 모두 다 압니다.

저쪽 작은 봉우리를 향하여 산길을 따라 가면서 지난해에 그곳 골짜기에서 산머루와 산다래 그리고 으름 열매를 많이 따와서 잘 먹었기 때문에 올해도 또 그쪽으로 갑니다.

칡넝쿨이 이리저리 얽혀있고 머루넝쿨과 으름덩굴 그리고 다래넝쿨이 나뭇가지 사이에 얽혀 있습니다.

망태기에 작은 포도송이처럼 생긴 산머루 열매를 따서 담고, 작은 바나나처럼 생긴 으름 열매를 따서 담고, 산다래 열매도 따서 망태기에 담습니다. 산열매를 이삼일 먹을 만큼만 잘 익은 것으로 골라 따서 망태기에 담아 짊어지고 토굴로 돌아옵니다.

토굴로 돌아오는 길에 휘파람 소리와 함께 산신동자신(山神童子神)이 불쑥 나타납니다.

"형아! 가르쳐 줄까? 말까?"

"동자야! 무슨 일인데 선택을 하라는 거냐?"

"형아가 사탕 사준다고 약속을 하면 또 중요한 것을 가르쳐 줄텐데."

"그래, 사탕 사줄 테니 말을 해보거라!"

[어린아이 동자신은 사탕을 좋아하고 어른 신(神)은 술을 좋아하며 모든 신령님은 떡·과일 그리고 생화(生花) 꽃을 좋아합니다. 그리고 신과의 약속은 반드시 지켜야 합니다.]

"형아! 약속을 했으니 이쪽으로 따라와 봐!"

산신동자가 나를 따라오라고 하더니 저만치 보이는 숲 속의 작은 바위 쪽으로 나를 데리고 갑니다. 앞서 걸어가고 있는 산신동자가 바위아래에서 멈춰 서더니 또 말을 건네옵니다.

"형아! 이 근처에 보물이 있는데 그것이 뭐~게?"

"동자야! 사탕을 사준다고 약속했으니 그냥 가르쳐 주거라."

"형아! 보물이 있는 장소까지 왔으니 뚝딱 점(占)을 쳐봐."

산신동자가 자꾸 보물이 있다고 해서 나는 의식을 집중하여 신안(神眼)을 열고 주위를 살펴봅니다.

서서히 신안(神眼)으로 주위를 살펴보니 양지 바른 곳의 나무 아래에 산삼(山蔘)이 보입니다.

의식의 집중을 풀고 산신동자한테 보물을 찾았노라고 말을 합니다.

"동자야! 그 보물이라는 것이 산삼이 맞지?"

"형아! 산신할아버지께서 오늘 일러주라고 해서 가르쳐준 거야."

"동자야! 항상 고맙구나."

"형아! 사탕 사준다는 약속은 꼭 지켜야 해!"

할 말이 끝나자 산신동자는 순간 뿅~하고 사라집니다.

조금 전에 신안으로 보았던 지점에서 빨간 열매가 달려있는 산삼을 발견합니다. 주위를 자세히 둘러보니 5그루나 자라고 있습니다.

그 중에서 가장 큰 것으로 하나만 조심스레 캐어 산열매가 담겨있는 망태기에 함께 넣고 토굴로 돌아옵니다.

이곳 깊은 산속에는 나 혼자만 오랜 세월 동안 살고 있고 또한 산삼이 있는 곳의 위치도 나 혼자만 알고 있으니, 가끔 필요할 때 하나씩 캐 먹기로 하고 나머지 4그루는 그냥 그대로 놔둡니다.

나는 이곳 천등산에서 가끔 산삼을 캐 먹습니다. 지금까지 20여 뿌리나 캐 먹었습니다.

가끔씩 산신동자신이 불쑥 나타나서 산삼이 있는 곳을 가르쳐 줍니다. 또한 식물도감과 동의보감에도 없는 약초를 가르쳐주고 생약초 사용법도 가르쳐 줍니다. 모든 것이 언젠가는 필요할테니 나는 신(神)들이 가르쳐준 것들을 모두 배워 둡니다.

가을철의 산은 온갖 산열매가 무르익으니 먹을 것이 풍성합니다.

옹달샘이 있는 토굴 주위의 산 아래쪽 숲속에는 자생하고 있는 밤나무가 많습니다. 밤알을 따러 나무에 올라가지 않아도 익으면 밤송이가 저절로 벌어지면서 잘 익은 밤알이 땅에 떨어지니 그냥 주워오기만 하면 됩니다.

낙엽 사이에 숨어버린 밤알은 다람쥐 몫으로 내버려두고, 눈에 보이는 것만 주워와도 충분히 먹고도 남습니다.

나는 산속에서 도를 닦으며 생식(生食)을 하기 때문에 요즘처럼 가을철에는 산속에 있는 온갖 산열매로 늘 끼니를 해결하고 있습니다.

온갖 열매가 풍성하고 온갖 단풍이 울긋불긋 하니 몸도 마음도 여유롭고 풍족함을 느낍니다.

우리의 삶이 가을철의 산만 같으면 좋으련만 하고 작은 소망을 가져 봅니다……

제17장
나의 정신과 몸속에 임금왕(王) 자 부적을 넣는다

계절이 바뀌고 또 바뀌어 갑니다.

오늘도 어제처럼 옹달샘에서 물 한 그릇 떠와 돌 제단 위에 정한수를 올리고, 촛불을 켜고, 동서남북 사방으로 시계방향(오른쪽)으로 돌면서 절 한 번씩을 올립니다. 토굴 안으로 들어와 커다란 투명창문을 사이에 두고 토굴 속에서 돌탑과 돌 제단을 향해 정성스럽게 큰절 3번을 올리고 초월명상으로 천기기도공부(天氣祈禱工夫)를 하기 위해 조용히 방석 위에 앉습니다.

두 다리는 오므려 포개어 가부좌로 앉고, 허리는 쭉 펴서 반듯하게 세우고, 두 손은 손바닥을 위로 하여 양쪽 무릎 위에 올려놓고, 두 눈은 지그시 감고, 마음은 편안히 하고, 호흡은 처음에는 깊고 길게 하다가 차츰 고르게 하고, 생각은 눈썹과 눈썹 사이의 명궁(命宮) 앞이마를 통하여 우주공간에 두고, 의식을 가만히 가라앉힙니다. 몸과 마음 그리고 의식이 아주 편안해지면서 고요해집니다.

점점 더 깊이 명상기도에 집중하면서 몰입을 해 들어갑니다.

하늘의 천기(天氣)를 직통으로 통하며 내 몸속의 기혈(氣血)이 모두 일시에 뚫리기 시작합니다.

천기가 기경맥을 타고 내 몸속으로 들어오면서 손끝과 발끝 그리고 머리끝에서부터 몸의 중심쪽으로 찌르르~하고 강하게 흘러들어옵니다.

고감도의 전율이 쫙~하고 온 몸에 퍼집니다.

명궁 앞이마가 멍~해지면서 뜨거워집니다.

몸뚱이가 공중에 붕~ 뜨는 무중력을 느낍니다.

엄청난 기(氣)흐름의 쾌감과 황홀감이 찾아옵니다.

한바탕 기흐름의 소용돌이 반응이 끝나면서 무한대의 고요정적으로 이어지고 무아의 지경에 이르면서 시간과 공간이 없어집니다.

이제 초월명상(超越瞑想)에 들면서 내 의식체는 자유로이 경계의 벽을 뚫고 하늘문[天門]을 열고 신(神)들의 세계로 들어갑니다.

처음 산 기도를 시작할 때는 이 과정이 엄청나게 힘이 들고 오랜 세월이 걸렸지만, 한 번 벽을 뚫고 처음 하늘문[天門]을 열고부터는 세월이 흐르면서 경험을 통한 요령이 생겨 이제는 간단히 초월명상에 들 수도 있고 하늘문을 열 수도 있습니다.

오늘은 산신령님이 여느 때와는 다른 모습을 하고서 근엄하게 먼저 말씀을 하십니다.

"제자야! 오늘은 천지인(天地人)의 삼합일(三合日)로 특별한 날이니 이곳 천등산에서 천년에 두세 번 정도 일어날 수 있는 이상한 현상이 발생할 것이니라. 오늘 공부는 쉬도록 할 테니 돌아가서 오시(午時, 낮 12시경)에는 정신을 바짝 차려야 할 것이니라."

이렇게 말씀을 하시고는 그냥 사라져 버리십니다.

나는 초월명상을 풀고 토굴 밖으로 나옵니다.

하늘을 올려다보면서 천기(天氣)를 직접 살피니 서쪽 하늘에서부터 시커먼 검은 구름이 서서히 몰려오고 갑자기 바람이 불기 시작합니다.

점점 더 검은 구름이 하늘을 덮고 바람이 거세게 불어 닥칩니다.

이젠 하늘이 온통 검은 구름으로 뒤덮이고, 바람은 더욱 거세게 불면서 돌풍(突風)으로 변합니다.

산신령님께서 천 년에 두세 번 정도의 이상한 현상이 일어날 것이라고 해서 내 몸뚱이를 토굴 밖의 커다란 소나무에 밧줄로 단단히 묶고, 계속 하늘을 올려다보며 직접 천기(天氣)를 관찰합니다.

산 전체가 어두운 밤처럼 캄캄해집니다.

하늘을 올려다보고 있는 내 몸뚱이에 소름이 돋으면서 정체불명의 두려움을 느끼고 천지(天地)가 온통 정체불명의 공포로 휩싸입니다.

하늘과 땅 그리고 산 전체가 어두운 밤처럼 더욱 캄캄해지면서 무엇인가 금방 터질 것만 같습니다.

이윽고, 서쪽 하늘에서 번갯불이 번쩍~하고 빛을 내더니 잠시 후 천둥소리가 우르르 꽝~하고 천지가 뒤흔들리는 뇌성이 칩니다. 그러자 곧 후드득~ 소리와 함께 굵은 빗방울이 퍼붓더니 금세 폭풍(暴風)으로 돌변합니다.

나 홀로 살아가고 있는 첩첩산중 깊은 산속인지라 덜컥 겁이 납니다.

서쪽 하늘에서 시작한 번갯불과 천둥소리가 점점 가까워오더니 이젠, 바로 머리 위에서 번갯불이 또 번쩍~하면서 엄청난 큰소리의 천둥소리가 머리 위에서 우르르 꽝~하고 천지를 또 뒤흔듭니다.

거세게 불어대던 폭풍이 난데없이 회오리바람 기둥을 만듭니다.

회오리바람 기둥은 공포의 화신처럼 무엇이든 닥치는 대로 하늘 높이 빨아올리면서 파괴를 합니다.

커다란 소나무에 밧줄로 묶여있는 내 몸뚱이가 소나무와 함께 요동을 치는가 싶더니 움막집 토굴을 하늘 높이 빨아올려서 날려버리고 옹달샘 물을 하늘로 빨아올립니다.

하늘과 옹달샘 사이에 회오리바람 용오름현상의 물기둥이 하늘 높이 생기면서 천년 동안이나 옹달샘 속에 살고 있다던 커다란 구렁이가 물기둥을 타고 하늘로 승천(昇天)을 합니다.

하늘의 번개신(神)과 천둥신(神)이 번갯불과 천둥소리로 땅의 업구렁이 신(神)이 하늘에 못 올라오도록 막아섭니다.

천년 묵은 업구렁이신(神)은 두 갈래의 혀끝에서 불을 내뿜으며 하늘로 승천하려고 서로 싸움을 벌이고 있습니다.

[필자는 신안(神眼)으로 천둥 번개와 폭풍토네이도 속에서 성난 신령들의 모습을 생생히 보았고 지금도 늘상 목격을 합니다.]

사생결단으로 하늘과 땅의 신(神)들이 싸우고 있습니다.

낮 오시(午時)가 지나가면서 업구렁이신이 힘에 밀리고 있습니다. 하늘과 옹달샘 사이에 하늘 높이 만들어진 회오리바람 물기둥 용오름을 타고 하늘로 승천을 하려던 업구렁이신이 피눈물을 뿌리면서 서서히 땅으로 떨어지고 맙니다.

구렁이가 하늘로 승천을 하려면 또다시 수백년을 기다려야 합니다.

구렁이가 신들끼리의 싸움에서 패하자 천둥·번개·비바람이 모두 잠잠해지기 시작합니다.

날씨가 개이자 커다란 소나무에 묶여있는 밧줄을 풀고 옹달샘으로 달려갑니다.

옹달샘 가까이 가니 옹달샘 속에 살고 있는 업구렁이신(神)이 깊숙이 모습을 감추고는 기진맥진한 음성으로 말씀을 건네옵니다.

"제자야! 천년 동안의 내 소원 한 가지만 들어주겠는가?"

"업구렁이신이여! 말씀을 해주실런지요?"

"옛날 옛적에 도력(道力)이 높은 고승이 나를 구렁이로 만들어서 이곳 옹달샘에 가두어 놓고 옹달샘 옆의 큰 바위 밑에다 부적비방을 해두어서 아직까지 하늘로 승천을 못하고 있느니라. 옹달샘 옆 큰 바위 밑에 비방으로 해둔 그 부적을 파내어 없애 줄 수 있겠는가?"

"도력이 높은 고승께서 그렇게 하셨다면 무슨 연유가 있을 텐데 그 연유를 가르쳐 주실런지요?"

"제자야! 나는 옛날 옛적에 이 고을에서 제일 부자였느니라. 그때 절에 계신 도력(道力)이 높은 고승이 부자가 가난한 절에 시주(施主)도 하지 않고 또한 착한 일(善行)도 하지 않는다고 내가 죽는 날 내 영혼을 잡아다가 이렇게 구렁이로 만들어 이곳 옹달샘 속에 가두어놓았느니라. 그동안 이곳에서 천년 동안 벌을 받고 또한 수도하면서 산 기도하는 신제자들에게 신통력과 재물 재수를 베풀면서 인간으로 살 때의 욕심부리고 잘못한 죄를 많이 뉘우쳐 왔느니라."

"천년 동안이나 벌을 받고 또한 많이 뉘우치고 착한 일을 많이 베풀었다고 하셨으니 이 산 주인이신 산신령님께 여쭙고 나서 판단을 내리겠습니다."

옹달샘에서 업구렁이신과 대화를 나누고 있는 사이 이미 산신령님께서 오셔서 말씀을 들으며 지켜보고 있습니다.

"산신령님! 옹달샘 속에 살고 있는 업구렁이신의 부탁을 들어줘도 되는지요?"

"제자야! 이제는 들어줘도 되느니라. 그동안 큰 신통력을 가진 큰 제자를 찾기 위해 오랜 세월 동안 이곳에서 기다려왔느니라."

나는 이참에 신(神)과 거래를 한번 해보려고 합니다.

사람은 어떤 존재하고든 또는 누구하고든 협상과 주고받는 거래를 잘할 줄 알아야 성공출세 부자가 될 수 있습니다.

나는 감히 신(神)과 협상 거래를 벌입니다.

"업구렁이신이여! 옹달샘 옆 큰 바위 밑에 비방을 해둔 부적을 꺼내어 없애주면 나에게 큰 것으로 무엇을 주실런지요?"

"제자야! 이 세상에서 최고의 신통관상술(神通觀相術)과 큰 재물을 얻을 수 있는 재수를 주겠노라. 하지만 한 가지 조건이 있으니 도(道)를 공부하는 제자는 절대로 재물을 좇지 말고 재물이 부수입으로 따라오게끔 하고 또한 신(神)들이 재수로 준 재물은 착한 일에 쓰도록 해야 할지니, 제자가 그렇게 하겠다고 약속을 하면 이 업구렁이신도 약속을 하겠노라."

"약속을 드리겠습니다. 비방을 해둔 부적은 어떤 모양인지 그리고 꺼내서 어떻게 하면 되는지요?"

"비방을 해둔 부적은 금(金)으로 되어 있으며 부적의 앞면에는 구렁이를 계속 붙잡아 둘 수 있는 특수능력의 하늘 글자가 새겨있고, 뒷면에도 특수한 능력을 발휘하는 글자가 새겨있느니라. 앞면의 글자는 바위에 갈아서 없애버리고, 뒷면의 글자는 제자의 앞가슴에 똑같은 모양으로 새겨 넣도록 하여라!"

"부적 뒷면에 새겨진 글자는 무슨 글자이고 또한 어떤 능력이며 그리고 어떻게 사람의 가슴에 똑같은 모양으로 새겨 넣으라는 말씀이신지요?"

"우주만물의 기운(氣運)과 신(神)을 움직일 수 있는 특별한 부호와 함께 임금 왕(王) 글자가 새겨진 부적이니라. 똑같은 모양으로 제자의 앞가슴에 새겨 넣어야 할지니 그 방법은 부적을 꺼내어주고 나면 스스로 그 답을 얻을 수 있을 것이니라."

"숨겨둔 부적을 꺼내어 없애주면 이후에 업구렁이신(神)께서는 어떻게 되는지 말씀해 주실런지요?"

"또다시 수백 년을 기다려 천지인 삼합(天地人三合) 날짜에 하늘로 승천(昇天)하게 될 것이니라. 비방을 해둔 부적의 힘으로부터 풀려나면 그렇게 될 수 있느니라. 그리고 훗날 제자가 이곳 천등산을 하산(下山)한 후에도 가끔씩 이곳 천등산 옹달샘을 찾아오면 찾아올 때마다 한 가지씩 꼭 재수를 줄 것이니라."

"그 모든 말씀들이 틀림이 없는지요?"

"신(神)들은 거짓말을 하지 않느니라."

귀신(鬼神)들은 가끔 거짓말을 하지만, 신령(神靈)들은 거짓말을 하지 않기 때문에 나는 그대로 믿습니다.

"잘 알겠습니다."

업구렁이신과 약속을 다짐받고 나서 옹달샘 옆 큰 바위 밑을 괭이로 파기 시작합니다.

산신령님이 증명을 서주시고 또한 옆에서 가르쳐주십니다.

어른 키만큼의 깊이로 땅을 파니 바위 밑에 네모로 생긴 조그마한 돌상자가 나타납니다.

돌상자를 꺼내어 뚜껑을 열어보니 어린아이 손바닥만한 크기의 금(金)으로 만든 둥그런 판 모양의 부적이 들어 있습니다.

실제로 확인이 되니 너무나 놀랍습니다.

이 부적(符籍) 하나가 욕심 많은 부자를 죽을 때에 구렁이로 만들어 버리고 또한 천년 동안이나 가두어 둘 수 있다니 말입니다.

업구렁이신이 가르쳐준 대로 그 부적의 앞면을 바위 돌에 갈고 갈아서 부적 글자를 지워버립니다.

부적 글자를 지워버리자 옹달샘 속에서 황금색 금두꺼비들이 뛰어나오더니 내 몸에 마구 달라붙습니다.

금두꺼비들에게 말을 건넵니다.

"금두꺼비들은 누구이고 무슨 연유로 이렇게 옹달샘 속에서 뛰어나와 내 몸에 달라붙는가?"

"우리들은 업두꺼비들이고 업구렁이신(神)이 이제부터 제자를 따라다니면서 재수를 도와주라고 해서 도와주려고 그러는 거야."

참으로 신기하기도 하구나 하고 생각하면서 어떻게 해야 부적 뒷면에 새겨진 임금 왕(王) 글자 부적을 똑같은 모양으로 내 가슴에 새길 수 있을까 하고 여러 날 동안 궁리를 합니다.

신(神)들의 싸움 통에 날아가 버린 토굴의 지붕 수리를 다 끝내고 오늘도 토굴 안에서 방석 앞에 놓아둔 부적을 또 바라보고 있습니다.

그런데 이상한 일이 눈앞에서 벌어지고 있습니다.

두꺼비들이 금(金)으로 만들어진 손바닥 크기만한 둥그런 판 모양으로 생긴 부적을 등에 업고 또한 받쳐들고 하면서 돌 제단 위의 촛불이 켜있는 쪽으로 옮겨갑니다.

돌 제단 위에 촛불을 켜는 촛불방은 비바람이 불어도 촛불이 꺼지지 않도록 납작한 돌과 황토 흙 반죽으로 좌·우·뒤·윗면은 모두 막고 앞면 한쪽만 터놓았습니다.

여러 마리의 두꺼비들이 부적을 돌 제단 위로 옮기고 다시 촛불이 켜있는 윗면의 납작한 돌 위에 얹어놓습니다.

나는 그 광경을 계속 신안(神眼)으로 지켜보다가 드디어 답을 얻습니다.

"그렇지! 부적이 금(金)으로 되어 있으니까 불에 달구어 내 앞가슴의 살에 지지면 똑같은 모양으로 흉터가 생기면서 내 몸속에 그대로 새겨 넣을 수가 있겠구나!"

나는 천등산 옹달샘 옆 큰 바위 밑에 천년 동안이나 숨겨놓은 금부적(金符籍)을 불에 달구어 내 앞가슴에 낙인을 찍듯 하늘천문부호와 함께 임금 왕(王) 글자 부적을 그대로 새겨 넣습니다.

천등산 산신령(天登山山神靈)님과 신(神)들이 지켜보는 앞에서 신의 가르침대로 그대로 이행을 합니다.

이러한 모험적 행위는 신과 신통력에 대한 내 스스로의 믿음과 신념을 확신하기 때문입니다.

필자는 이 글을 읽는 독자분들께 확신으로 말씀드립니다.

스스로의 신념과 의지력은 엄청난 능력을 발휘하게 되고, 신에 대한 믿음은 불가능을 가능케 한다는 것을!

"나는 할 수 있다. 나도 해낼 수 있다. 꼭 해 낼거야!"

라고 자기 암시를 하면서 스스로의 신념과 의지력으로 도전을 하고 불타는 열정과 끝까지 버티는 끈기력을 가지면 이 세상 무엇이든 할 수 있고 또한 성공할 수 있습니다.

나약한 사람은 이 핑계 저 핑계를 대면서 행동을 하지 않거나 또는 쉽게 포기해 버립니다.

그러나 강인한 사람은 '그럼에도 불구하고'라고 하면서 모든 어려움을 인내하고 극복하여 꼭 성공을 이루어냅니다.

지금 이 글을 읽고 있는 독자분이여!

이제부터 당신은 어떤 사람이 되시겠습니까?

'그럼에도 불구하고 해냈다'라고 하는 강인한 사람이 되어 반드시 성공출세하고 부자가 되어 꼭 행복한 삶을 살아갈 수 있도록 즉시 의식개혁(意識改革)부터 하시길 진심으로 충고드리는 바입니다.

"세상만사는 일체가 유심조라."

마음이 바뀌면 생각과 의식이 바뀌고, 생각과 의식이 바뀌면 삶이 개선되고 개운이 되고, 개운이 되면 비록 타고난 사주팔자운명이 나쁠지라도 누구나 성공출세를 할 수 있고 부자가 될 수 있고, 그리고 행복할 수 있다는 것을 진심으로 가르쳐 드리는 바입니다.

[필자의 앞가슴 한복판에는 그때 천등산에서 새겨 넣은 임금 왕(王) 글자 부적(符籍)의 흔적이 현재까지도 선명하게 남아 있음을 증명합니다.]

제18장

깊은 산(山)속의 옹달샘을 보호한다

계절이 또 바뀌어 산(山) 기도 생활 8년째입니다.

처음 입산할 때 산신령님께서 산 기도 기간을 10년 정도라고 말씀하시더니 8년 전에 해주시던 그 말씀이 주변 환경 변화를 볼 때 적중할 것 같습니다.

세상 만사와 모든 존재물의 운명은 인과와 인연의 하늘법칙에 따라 삼생(三生)을 통하여 또는 수십 년 전에 또는 수백 년 전에 또는 수천 년 전에 이미 모두 예정되어서 예정된 운명의 프로그램대로 진행되고 있다는 신령님의 가르침이 점점 더 신뢰가 갑니다.

지금까지 신령님의 가르침은 모두 다 들어맞고 있습니다.

신령님의 가르침에 따라 천기(天氣)를 공부하면서 모든 존재물의 생긴 모양과 이름에 따른 기운작용(氣運作用)을 배웠습니다. 내가 산 기도공부를 하고 있는 이곳 천등산(天登山)의 이름을 풀이하면 '하늘로 오르는 산'이란 좋은 의미와 기운을 나타내고 있습니다. 이처럼 이름에는 그 이름에 따른 기운이 형성되고 또한 운명으로 정확히 작용한다는 것입니다.

그렇기 때문에 기업·회사·빌딩·상품·가게 등등의 이름을 짓는 '상호작명'과 사람의 이름을 짓는 '성명작명'은 굉장히 중요합니다.

이름은 처음 지을 때 정말로 잘 지어야 하는데, 잘 지은 이름은 평생 동안의 기운을 좋게 만들어 가기 때문입니다.

사용하고 있는 이름이 나빠서 운이 안 좋을 경우에는 반드시 '개운법(開運法)'으로 즉시 개명(改名)을 해주어 좋은 이름으로 바꾸어 줘야 합니다.

그러나 사람 얼굴의 골격 형성이 완성될 쯤의 나이 14살 이상으로 성장을 해버리면 이름을 바꿔준다고 해서 운명이 바뀌는 것은 아닙니다.

또한, 21살 이상 성인이 된 사람이 개명을 하여 운명이 좋아진 사람은 거의 없다는 것입니다.

21살 이상 성인이 된 사람은 이름을 바꾸는 개명(改名)보다는 사주팔자 운명 속의 '업살소멸개운법(業殺消滅改運法)'이 더욱 효과적일 수 있습니다.

상호이름이 나빠서 영업이 안 될 경우에는 상호개명은 꼭 필요합니다.

운이 안 좋은 사람은 개명을 하든 또는 업살소멸을 하든 반드시 한 가지는 선택하여 '개운법'으로 운을 바꾸어줘야 하고 개운을 하기 전에 반드시 '운명진단'부터 받아야 함을 가르쳐 드립니다.

모든 이름은 처음 지을 때 잘 짓는 것이 중요하고 별명·아호·예명·세례명·법명 등등 함께 불러주는 이름도 중요하니 꼭 잘 지어야 합니다.

이 책은 불특정 다수를 대상으로 하기 때문에 어린 아기 작명·개명 그리고 상호작명 등등은 훗날 필요할 때 개별 약속을 분명히 말씀드리고, 객관적인 이름과 이야기를 하도록 하겠습니다.

유명한 상품 및 상호 또는 유명한 사람 등등의 이름을 분석해보면 신비하리만큼 정확함을 알 수 있습니다.

그렇기 때문에 작명은 전문가에게 부탁을 해야 하며, 이름 하나 잘 지어 성공출세를 하고 부자가 될 수 있다면 그렇게 꼭 해야 합니다.

특히, 오래된 옛 지명은 이미 그 이름에 따른 기운이 계속해왔기 때문에 나는 이곳 천등산(天登山)에서 최고의 득도(得道)와 신통해탈(神通解脫)을 이루고 반드시 하늘로 오르게 될 것입니다.

지금 이 글을 읽고 있는 독자분 중에 혹시 도(道)를 공부하는 사람이나, 신(神)을 공부하는 사람이나, 신(神)을 대상으로 깊은 신앙생활을 하고 있는 종교인들은 이 책의 이야기 현장이고 또한 필자가 산(山) 기도공부를 한 대한민국 한반도 남쪽 땅끝 전라남도 고흥군에 위치하고 있는 천등산 답사를 꼭 한 번 해보시길 진심으로 권유합니다.

전라남도 고흥반도의 남쪽 남해안에 위치하고 있는 천등산(天登山)은 고흥군의 도화면·풍양면·포두면 등 3개면(面)으로 나누어져 있고 산꼭대기가 행정구역으로 나누어지는 분기점이 되고 있습니다.

그런데 이곳 천등산이 산불예방과 철쭉꽃 관광 및 등산로 개발이란 명분으로 도화면 신호리 탑사골과 풍양면 사동리 뱀사골 사이에 자동차가 통행할 수 있는 임도(林道, 산길)가 뚫리고 있습니다. 현재는 공사를 하고 있는 모습이 직접 눈의 시야에는 보이지 않지만, 앞쪽 산골짜기 저 멀리 능선 너머 아래편과 뒤쪽 산 고개 너머 저 멀리 반대쪽 아래편의 양쪽 끝에서부터 중장비들에 의해 나무들이 베이고 땅이 파헤쳐지는 모습들이 신안(神眼)으로 다 보입니다.

이로 인해 이곳 천등산 산신령님께서 엄청 진노(震怒)하고 계십니다.

나무들도 쓰러지면서 비명(悲鳴)을 지릅니다.

산짐승들이 자기들의 생활터전을 침범한다고 시위를 합니다. 온갖 생물들이 일방적 파괴의 괴력에 총궐기로 저항을 합니다.

그렇지만 사람들은 이를 보지 못하고 듣지를 못하고 있습니다.

나는 너무나도 안타까움을 느끼고 있습니다.

이곳 천등산도 다른 지역의 관광지 산들처럼 개발바람이란 못된 바람이 불어 닥쳐 개발계획의 예정된 운명에 따라 자연훼손이 진행되고 있습니다.

천등산 임도(산길)를 뚫는 공사가 여러 달을 지나니 이제 저 멀리 산골짜기 아래편에서 공사하는 모습이 시야에 보이기 시작합니다.

산신령님께서 나에게 잠시 산 아래편 공사현장에 내려가 기왕에 공사가 진행 중이니 산길의 방향이라도 다른 쪽으로 설계변경을 요구해보라고 하십니다.

산신령님께서 시키시는 대로 산 아래편 공사현장까지 내려갑니다.

한창 임도(산길)를 뚫는 작업을 진행 중인 공사현장 사람들은 인적이 없는 깊은 산속에서 원시인처럼 모습을 하고 나타난 내 모습을 보고는 기겁을 하고 작업을 모두 멈추는 것입니다.

공사현장 책임자에게 나의 신분을 밝히고 임도(산길)의 설계도면과 설명을 부탁하니 산신령님의 말씀대로 임도가 옹달샘을 관통해서 산고개를 넘어가게 되어 있음을 확인합니다.

공사현장 책임자에게 산신령님의 말씀을 전달하면서 설계변경을 요구하니 이미 결정이 되어 공사가 진행 중이기 때문에 설계변경은 불가능하다고 합니다.

산신령님의 진노와 옹달샘이 훼손되어 없어지게 되는 것을 어떻게든 해결해 보려고 궁리를 하면서 이런저런 얘기를 꺼내며 지혜를 발휘합니다.

'즉석에서 기적을 보여주면 관계기관과 공사시행자에게 보고가 들어가게 되고 또한 중간 설계변경도 가능하겠지'라고 생각을 하면서 공사현장 책임자와 공사진행 앞날의 사고발생을 정확히 점(占)을 쳐주고 그로 하여금 스스로 설계변경을 하게끔 유도를 계획합니다.

내 모습이 원시 자연인처럼 머리칼과 수염은 기다랗고 다 헤져 꿰맨 옷을 걸치고 눈은 상대를 꿰뚫는 도사(道士)의 모습이니 나는 용기를 내어 처음으로 사람을 상대로 점(占)을 쳐보기로 합니다.

"내가 한마디 당신의 점(占)을 쳐봐도 되겠습니까?"

"예, 한마디 해 보십시요!"

나는 보이는 대로 느끼는 대로 자신있게 말을 해 봅니다.

"공사현장 책임자 당신의 얼굴을 보니 당신의 전생은 기술자로 보이고 아버지는 술병으로 죽었고 당신도 지금 술병에 걸려있는데 혹시 맞습니까?"

"예! 맞습니다요."

"당신의 얼굴 관상만으로 간단히 운명을 볼 때 현재 하고 있는 기술자직업이 가장 적합하고 당신의 수명은 59세쯤이고 결국 술병으로 죽게 될 것입니다. 아버지가 술병으로 죽었고 당신도 술병으로 죽으면 당신 아들도 술병으로 죽게 될 가능성이 높습니다."

"술을 워낙 좋아해서 알코올 중독까지 되면서도 끊지를 못하고 있으니 어떻게 하면 되는지요?"

"그것은 술병으로 죽은 당신 아버지의 핏줄운내림작용 때문이니 당신자신이 강한 의지로 당장 술을 끊든지 또는 술병으로 죽은 아버지 혼령을 해원천도와 영혼치료를 동시에 해 주든지 양자택일을 꼭 해야 해결이 될 것입니다. 자기 자신과 자식을 위한다면 핏줄나쁜운내림현상은반드시 해결을 해야 할 것입니다."

"예! 잘 알았습니다. 꼭 그렇게 하겠습니다."

나는 사람을 상대로 처음으로 점을 쳐보고 상대가 '맞습니다. 알았습니다'라고 답하는데 혹시나 틀리면 어떨까? 하고 긴장과 집중을 하니 등골에서 땀이 쭉쭉~ 흘러내리고 있습니다.

공사 현장 책임자와의 얘기를 듣고 있던 건설 중장비 포클레인 기사가 곁에서 간단하게 자기 운명도 좀 봐달라고 부탁을 해 옵니다.

나는 포클레인 기사의 나이만 물어보고 신안(神眼)으로 그 사람의얼굴을 보면서 아주 짤막하게 점(占)을 쳐줍니다.

"포클레인 기사 당신의 얼굴을 보니 당신은 전생 업살(前生業殺) 때문에 성질과 성격이 너무 강하여 인간 덕이 없고 토목공사하러 다니면서 죽은 이들의 묘와 땅을 함부로 마구 파헤쳐서 동토살을 맞아 3년전에 외동아들이 죽고 부인은 집 나가버린 것으로 보이는데 혹시 맞습니까?"

"예! 딱 맞습니다요. 그럼 앞으로 제 인생은 어떻게 되겠습니까?"

나는 포클레인 기사의 이름을 한 번 물어보고 신안(神眼)으로 그 사람의 얼굴 관상을 보면서 또 답을 해 줍니다.

"당신의 운명은 앞으로 혼자 독신으로 살게 되고 수명은 68세까지이고 욕심과 재물운은 가지고 태어나서 집문서를 3개씩이나 소유하게 되지만 외롭고 쓸쓸한 죽음을 맞이하게 될 것입니다."

"앞날의 운명이 그렇게 되어 있다면 어떻게 하면 좋은지요?"

"당신은 전생업장 때문에 외로이 혼자가 되고 또한 성질과 성격이 강해서 그렇다고 했으니 당장 성질머리부터 고치고 항상 동토살을 조심하고 반드시 업장소멸을 해 가야 할 것입니다."

"전생업장이 그렇게도 무서운 것입니까?"

"전생업장을 타고난 사람은 현생을 마칠 때까지 평생 동안 업살작용 때문에 고통과 고생을 당하게 되니 정말 무서운 것입니다. 이것이 바로 인과응보(因果應報)의 정확한 법칙인 바, 반드시 업(業)과 살(殺)을 풀어주고 당장 성질머리를 고치고 착한 일을 많이 베풀어야 할 것입니다."

"예! 잘 알았습니다. 꼭 그렇게 하겠습니다."

나는 그 자리에서 즉석으로 공사현장 사람들의 운명을 짤막하게 봐주면서 포클레인의 포크 삽에 검은 군웅 혼령(軍雄魂靈)이 붉은 피를 흘리고 앉아 있는 모습을 신안(神眼)으로 보면서 우락부락하게 생긴 포클레인 운전기사에게 조심하라는 경고를 해줍니다. 그러면서 공사현장 책임자에게 결정적 쐐기를 박는 신수점(身數占)을 쳐줍니다.

"오늘부터 3일 훗날 사시경에 포클레인이 뒤집히고 운전하던 기사는 몸을 크게 다치는 위험이 보입니다. 지금까지의 내 점이 맞고 또한 3일 후의 사고발생 예언이 맞거든 당장 공사를 중지하고 관계기관과 공사시행자에게 그대로 보고를 해서 설계변경을 하도록 하십시요!"라는 말을 남기고 다시 산을 올라옵니다.

그로부터 3일 후가 되었습니다.

산신령님께서 다시 산 아래편의 공사현장에 내려가 보라고 하십니다.

신안(神眼)을 열고 산 아래편을 우선 살펴봅니다.

미리 앞날의 점을 쳐 주었던 그대로 사고가 발생했습니다.

산 아래편의 공사현장으로 다시 내려갑니다.

공사는 중지되었고 양복차림의 사람들이 여러 명 와 있습니다.

공사현장 책임자가 나를 보자마자 허겁지겁 뛰어오더니 급하게 말을 전해줍니다.

"도사님이 예언을 해 주신 대로 중장비 포클레인이 큰 사고가 나서 운전기사는 몸을 크게 다쳐 고흥병원으로 급하게 후송되었습니다. 그래서 모든 상황보고와 함께 공사시행이 군청이기 때문에 군수님과 지방 순시 중인 고흥 출신 국회의원님이 직접 현장조사를 나오셨습니다."

나는 군수님·국회의원님과 인사를 나누고 나서 확실한 믿음을 확인시켜 주고자 의원님께 먼저 말을 꺼냅니다.

"의원님의 운명과 출세운 점(占)을 쳐봐도 되겠습니까?"

"예, 한마디 해 보십시요!"

"의원님의 얼굴을 보니, 전생은 학자선비로 보이고 또한 조상님 중에 높은 관직을 지낸 분이 있으니 관록을 타먹는 공직이 잘 맞고 나이가 50대 초반에 틀림없이 광역시장에 선출, 당선될 것입니다. 혹시 금번 선거에 출마를 계획하고 계시는지요?"

의원님은 내 손을 덥석 잡더니 눈빛을 빛내면서 말을 합니다.

"도사님 말씀이 족집게처럼 꼭 맞습니다. 금번 선거에 출마를 하면 틀림없이 당선이 되겠습니까?"

"틀림없이 당선이 됩니다. 그리고 의원님은 50대 후반에 틀림없이 장관이 됩니다. 예정된 운명의 하늘문서에는 의원님의 이름 석 자 옆에 변호사·국회의원·광역시장 그리고 국무위원이라고 써 있고 의원님의 얼굴모습이 빈부귀천으로 분류할 때 귀상(貴相)이고 이마의 관록궁(官祿宮)이 환하게 빛나고 있으니 틀림없이 공직으로 큰 출세를 하게 됩니다. 정치적으로 적을 만들지 말고 큰 비전과 큰 마음과 큰 신앙심으로 덕을 쌓으면 60대 중반쯤에 국무총리까지도 가능할 것입니다."

"도사님! 무엇이든 말씀을 해주십시요. 도사님의 청원은 다 들어드리겠습니다."

"천기의 비밀은 운때까지 또는 목적과 목표를 이룰 때까지 반드시 감추어 비밀을 유지해야 합니다. 그리고 철저한 준비와 대비를 잘해야 합니다. 그렇게 할 수 있겠습니까?"

"예 꼭 그렇게 하겠습니다."

그러자 의원님과 군수님을 따라온 수행원들이 자기들의 운명도 한마디씩만 간단히 봐달라고 부탁을 해옵니다.

나는 이렇게 만나는 것도 인연법이거늘 하고 생각하면서 신안(神眼)으로 얼굴 관상을 보면서 한마디씩만 간단히 그들의 타고난 운명을 가르쳐줍니다.

그들은 나의 점(占)치는 능력을 지켜보면서 계속 감탄을 하고 또 감탄을 합니다.

나의 점치는 능력에 감탄을 하고 있는 그들을 보면서 나는 산(山) 기도공부의 진행 정도와 신통력을 스스로 점검을 해보고 확인을 하면서 다시금 삶의 보람을 느낍니다.

나는 오랜 세월만에 사람으로서의 보람을 느껴봅니다.

그리고 그 후, 천등산(天登山)의 자동차 임도(산길)는 산 능선과 산골짜기를 구불구불하게 휘감아서 옹달샘 옆 작은 능선 저쪽 편으로 약 100m 거리를 두고 지나가게 되었습니다.

이로써 천년 동안 유지되어온 천등산 산속의 옹달샘을 지키게 된 것입니다.

천등산의 운명 속에는 이곳 옹달샘이 훼손되어지게 되어 있었습니다. 그러나 나쁜 쪽으로의 운명을 미리 알고 설계변경과 공사변경을 하도록 하여 옹달샘을 지키게 된 것입니다.

우리 사람들의 운명과 인생도 마찬가지입니다.

사람의 운명은 각자의 타고난 사주 생년·생월·생일·생시의 프로그램으로 진행이 정해져 있지만 사전에 미리 알아낼 수만 있으면 정해진 프로그램을 바꿀 수도 있다는 것입니다.

예를 들면, 활시위를 떠난 화살은 쏘는 방향으로의 운명을 진행하면서 분명히 공중을 계속 날아가게 됩니다. 그러나 공중을 날아가고 있는 그 화살에 또 다른 화살을 쏘거나 또는 막대기로 때리거나 하여 정확하게 어떤 힘을 작용하면 화살의 진행방향을 바뀌게 할 수도 있다는 것입니다.

이처럼 사람의 운명은 분명히 타고난 사주팔자대로 예정되어 있지만 또한 바꿀 수도 있습니다. 운명을 좋은 쪽으로 바꾸려면 예정된 자기의 운명과 운을 미리 정확히 알아내야 합니다.

자기의 타고난 운명과 운을 '운명진단'(運命診斷-운명진단이란 용어사용은 2004년 필자의 저서 ≪천기소설 운≫이란 책에서부터 처음 사용되었으며 고유사용권 특허출원등록이 되어 있음을 알려드림)을 통하여 미리 알아내고 앞날에 대한 준비와 대비를 잘하는 사람은 성공·출세·부자가 될 수 있고 그리고 행복하게 살아갈 수 있다는 비밀 진실을 분명히 가르쳐 드리는 바입니다.

이 글들은 모두 사실(事實)이고 진실(眞實)이며 또한 진리(眞理)입니다.

필자는 이 책에 사실과 진실 그리고 진리만을 이야기 형식으로 기록하면서 많은 사람들에게 성공기술 지혜의 가르침을 주고자 합니다.

지금 필자의 이러한 글들을 읽고 있는 독자분은 정말 행운을 만난 것이고 또한 필자와 직접 만나게 되면 더욱 크고 더욱 값진 행운을 또 만나게 될 것이며, 이 책값의 천배 만배 억만배의 이득을 반드시 얻게 될 것입니다.

제19장
우리민족 동포들에게 호소를 한다

계절이 바뀌고 다시 봄이 되니 도닦는 공부가 9년째로 접어듭니다.

천등산 탑사골 깊고 높은 산속에서 나 홀로 도를 닦으며 무위자연법으로 살아가고 있습니다.

나의 산속 생활은 생기(生氣)를 먹고 살아가니 하루 이틀에 한 끼니만 생식(生食)을 하고도 잘 살아갑니다.

생식으로 한 끼니 먹고 한 번 명상에 들면 하루 이틀 동안 그대로 삼매경(三昧境)에 빠져 초월명상에 들어 있기도 합니다.

요즘은 생시와 꿈속 그리고 평상시와 명상의 구분이 없고 또한 좌선(坐禪)과 행선(行禪)을 구분하지도 않습니다.

행주좌와가 일여하고 차별심이 없으니 평등심과 선정으로 하루하루가 지극히 안정이 잘 되어 있습니다.

그리고 몸과 마음을 단순하고 간소하게 살면서 하늘의 섭리와 순리에 따라갈 뿐입니다.

나는 이제 신안(神眼)과 영안(靈眼) 그리고 도안(道眼)과 혜안(慧眼)이 열린 눈으로 우주자연(宇宙自然) 모든 존재물(存在物)의 참모습을 보면서 더불어 함께 살아갑니다.

나는 특별히 신통 관상법과 도술을 통달하고 있습니다.

사람의 얼굴을 보면 눈을 통해서 그 사람의 내면과 영혼 모습을 직접 볼 줄 알고 그 사람의 전생(前生)과 현생(現生) 그리고 내생(來生)까지 모두 알 수 있습니다. 또한 얼굴 생김새를 직접 보면서 객관적인 자세한 성격과 운까지 동시에 비교분석을 하기 때문에 보석감정사가 보석을 보면서 보석감정을 하듯 그 사람의 타고난 운명과 운세·운수·운때와 질병 그리고 각종 문제 등등을 종합적으로 정확히 운명감정 및 운명진단을 합니다.

나는 가끔 필요할 때는 유체이탈도 합니다.

천등산(天登山)에 들어와 한번도 산 밖을 안 나가는 두문불출 토굴생활 산 기도공부를 9년째 계속하면서 천기초월명상법(天氣超越瞑想法)으로 도를 닦아 스스로 도사(道士)가 되었습니다.

내가 도를 닦고 있는 천등산에 산불예방과 철쭉꽃 관광 및 등산로 개발이란 명분으로 자동차가 통행할 수 있는 임도(산길)를 뚫는 공사를 진행하던 중 사고가 발생하여 현장 포클레인 운전기사가 고흥병원에 입원을 한 후, 군수님과 지방순시 중인 국회의원 그리고 군청 직원들이 찾아오게 되고 또한 내가 점(占)을 쳐준 사실이 여러 사람들을 통해 입소문이 돌면서 이 깊고 높은 산속까지 가끔씩 외부사람이 찾아옵니다.

어떤 사람은 이 깊고 높은 산속까지 걸어서 땀을 흘리며 올라오기도 하고, 어느 사업가와 높은 공직에 있는 도지사님 그리고 도지사님의 친구인 어느 국회의원은 깊고 높은 산속에 있는 나를 만나보기 위해 4륜구동 지프차를 타고 서너 번 찾아오더니 아예 천등산 산꼭대기 근처에 헬기장까지 만들어 놓고 단골로 찾아오곤 합니다.

이곳 천등산에 자동차 임도(산길)가 완공되자 삼사일에 한 명 정도 찾아오던 외부사람이 이젠 매일 두세 명씩 찾아옵니다.

이 깊고 높은 천등산 8부 능선 옹달샘 토굴에서 나 홀로 수도수행을 하고 있는 도사(道士)를 찾아옵니다.

요즘은 찾아오는 외부사람들 때문에 수도수행생활에 방해를 많이 받고 있습니다.

그렇지만, 나는 산 기도 천기공부(山祈禱天氣工夫)는 이미 끝났고 또한 나의 신통력을 시험도 해볼 수 있기 때문에 인연법에 따라 고생스럽게 찾아오는 사람들을 거절하지는 않고 있습니다. 오히려 긍정적인 생각과 자비의 마음으로 많은 사람과 영혼들에게 가야 할 바른 길을 가르쳐 줄 수 있어서 보람을 느낍니다.

그러면서 힘들고 고생스럽게 이 깊고 높은 산(山)속까지 나를 만나보러 찾아오는 사람들이 자기 영혼의 전생과 자기 핏줄의 운(運)내림을 전혀 모르고 살아가고 있음을 확인하면서 안타까워합니다.

많은 사람들이 자기가 태어날 때 어떤 운명을 타고났는지도 모르고 또한 자기의 운이 어떻게 진행되고 있는지도 모르는 등등 운명작용이론을 전혀 모르고 그냥 열심히 노력만 하면 되는 줄 알거나 또는 행여나 하다가 운이 나쁜 사람들이 타고난 사주팔자운명의 프로그램에 따라 손해를 당하고, 실패를 당하고, 이혼을 당하고, 사고를 당하고, 불치병에 걸리고, 죽고 하는 등등 억울함을 당하게 되니 눈뜬 장님 같고 귀머거리 같아 너무나 안타까울 뿐입니다.

우리는 태어날 때 각자의 타고난 사주, 즉 생년·생월·생일·생시와 생김새 얼굴과 손금에 그 사람의 평생운명이 모두 나타나 있다는 진실을 알아야 합니다.

우리 모두는 각자의 소중한 삶을 살아가고 있습니다.

소중한 삶이기 때문에 정말로 잘 살아야 합니다.

필자는 모든 사람이 다 성공·출세·부유함·무병장수 그리고 행복하기를 바라는 진심 어린 마음에서 이 글을 쓰고 그리고 책으로 널리 알려 드리고자 합니다.

이 글을 읽고 있는 독자분은 이제부터 더욱 열린 마음으로 다른 분야의 지식과 다른 종교도 큰 마음으로 포용할 줄도 알아야 하고 때로는 모두 초월할 줄도 알아야 합니다.

필자는 이 책을 통하여 보편적 가치를 추구하면서 열심히 살아가고 있는 보통사람들에게 진심어린 충고를 꼭 전달하고 싶습니다.

보편적 가치를 추구하는 보통사람과 일반인들은 절대로 사상·이념이나 종교에 깊이 들어가지 말 것을 거듭 충고합니다.

마음그릇이 작은 사람들이 사상·이념이나 종교에 깊이 빠져들면 외눈깔 사람이 되어 버리고, 외눈깔 사람은 객관적이고 합리적인 사리판단력을 잃어버리며, 결국에는 그 사상·이념이나 종교에 미쳐버리기 때문입니다.

너무나도 귀중한 삶을 주인으로 사느냐 또는 노예로 사느냐 하는 것은 정말로 중요합니다.

특히 종교에 구속을 당하여 마음과 영혼 그리고 몸뚱이까지 노예가 되면 죽은 후에도 그 영혼은 노예가 되어 버리기 때문에 후회와 원한이 점점 쌓이게 되고 결국은 원한 귀신이 되어버리기 때문입니다.

죽은 후에 원한 귀신이 되느냐 또는 안 되느냐 하는 것은 평소의 지혜, 즉 마음 쓰기와 죽음에 임할 때의 마음준비에 달려있습니다.

마음 쓰기에 따라 극락 천당과 고통지옥을 뒤바꿀 수도 있습니다.

이 글을 읽고 있는 독자분은 이 시간부터 영원토록 마음공부도 함께 하여 지혜를 얻고 행복하시길 진심으로 충고 드리는 바입니다…….

필자는 지금 신안(神眼)과 영안(靈眼) 그리고 도안(道眼)과 혜안(慧眼)이 열린 상태이기 때문에 필요에 따라서 또는 생각의 집중만 하면 보이지 않는 모습을 볼 수 있고, 들리지 않는 소리를 들을 수 있고, 느끼지 못한 느낌을 느낄 수 있으니 무엇이든 알아낼 수가 있습니다.

인간계(人間界)와 신계(神界) 또는 이승과 저승세계 양쪽 모두를 훤히 꿰뚫고 있습니다.

요즘의 나는 생각과 바람의 차원이 도사(道士) 또는 도인(道人)의 경지에서 모든 것을 헤아리게 되었습니다.

생각과 바람의 차원이 크고 높아지니 우리 모두와 중생들을 구제해야 한다라고 스스로 나 자신이 바뀌어 갑니다. 그래서 그런지 죽은 사람의 혼령들이 너무나 많이 보입니다. 어떤 때는 토굴 밖에 수백명 또는 수천명의 혼령들이 모여들어서 자기들의 원한 좀 풀어달라고 하소연들을 해옵니다.

그들은 대부분 과거 일본의 점령 때 또는 6·25 한반도 남북전쟁 때에 억울하게 죽은 우리의 불쌍한 선조님들의 원혼(冤魂)들입니다.

내가 신령계(神靈界)에까지 큰 신통력을 지닌 도사(道士)로 벌써 입소문이 났나봅니다.

수많은 우리민족 선조님들의 원한 서린 아우성과 하소연에 매일 같이 시달리다가 힘이 들면 초월명상으로 들어갑니다.

초월명상 속에서 나의 자유의지에 따라 시·공을 초월한 유체이탈을 합니다.

하늘의 명기는 산을 통하여 땅에 내리니 나는 요즘 유체이탈로 동양권의 신령스런 영산(靈山)인 히말라야·태산·황산·구화산·후지산 그리고 백두산과 지리산에 자주 다녀옵니다.

중국 북경의 자금성과 일본 동경의 황궁에도 다녀옵니다.

지구차원적 명산(名山)의 명기(明氣)를 받으러 다니기도 하고, 또는 국가 차원적 기운 회복(氣運回復)을 위해 다니기도 합니다.

과거 일본이 우리나라 한반도를 강점하면서 한반도 금수강산(錦繡江山) 우리 산맥의 정기를 쇠말뚝으로 혈을 끊었듯이, 나도 내 손으로 일본 후지산의 정기를 끊으려고 쇠말뚝을 들고 쳐들어가기를 수없이 시도합니다.

하지만 그때마다 후지산 산봉우리에서 일본의 천황대신과 대일여래불 그리고 정체불명 검은 모습의 일본 고승(日本古僧)이 앞을 가로 막습니다. 나는 번번이 실패를 하지만 시도를 하고 또 시도를 하고 또 시도를 합니다.

(필자는 훗날에 실제로도 비행기를 타고 일본으로 건너가 일본 국내에서 쇠말뚝 3개를 준비해 후지산 정상 근처까지 몰래 올라간 적이 있습니다. 흰눈 덮인 후지산 산봉우리에서 흰눈을 파헤치고 땅속에다 쇠말뚝 3개를 쳐박고 산을 내려오려고 하는데 실제로도 후지산의 천황대신과 대일여래불 그리고 정

체불명 검은 모습의 일본 고승이 내 다리의 혈을 누르고 놓아주질 않았습니다. 그래서 꼼짝을 못하고 얼어죽을 것 같아 어쩔 수 없이 통한의 협상으로 기혈의 손상만 입고 눈물을 흘리면서 후지산을 내려온 사실이 있음을 증명합니다.)

나의 이러한 생각과 행동은 큰 신통력을 지닌 도사(道士)와 상극적 관계에 있는 나라신[國神]들 간의 기(氣) 싸움입니다.

나는 이러한 일들을 경험하면서 우리나라의 나라신[國神]과 나의 도력(道力)이 아직도 부족하고 약함을 뼈저리게 실감을 합니다.

지난날 우리 선조들을 많이 죽이고 우리 땅을 강점한 일본 사람과 일본 나라신[國神]을 이길 수 있을 때까지 나는 계속해서 도력과 법력을 더 쌓아 나아갈 것입니다.

어떠한 명분으로든 사람을 많이 죽인 나라와 민족은 억울하게 죽은 원한 귀신들의 저주와 하늘의 법칙인 인과응보로 반드시 벌을 받게 될 것이니 일본은 반드시 망하게 될 것입니다.

무고한 사람들에게 고통을 주고 죽이는 독재국가도 모두 망하게 될 것이고 자살폭탄과 테러로 무고한 사람들을 많이 죽게 한 종교단체와 나라도 모두 망하게 될 것입니다.

필자가 초월명상 중에서도 실제 행동으로도 일본과 후지산의 신을 이기지 못한 것은 우리나라의 나라신[國神]의 힘이 약하기 때문입니다.

이렇기 때문에 필자는 울분의 심정으로 부르짖고 또 부르짖고 싶습니다.

필자는 이 책을 통하여 7천만 우리민족 동포들에게 간절한 마음으로 호소를 하고자 합니다.

우리도 이제는 제발 우리의 것이 소중함을 깨달아 자기 자신이 종교 신앙으로 섬기는 신과 함께 우리나라의 나라신[國神]인 민족신(民族神)과 선조신(先祖神), 즉 하늘 천륜의 법칙인 우리민족의 시조, 자기 성씨의 시조, 위대한 공적을 남기신 위인과 호국장군 등등의 조상(祖上)님도 함께 잘 섬기자고 우리민족 동포들에게 피눈물로 간절히 호소를 드립니다.

우리나라 주변의 강대국인 일본과 중국 그리고 미국은 자기 나라의 조상신을 너무나도 잘 섬기고 있다는 진실과 사실을 알아야 합니다.

이제부터 우리도 우리의 조상신(祖上神)을 잘 섬기면 분명히 강해질 수 있고, 강해지면 부자 나라가 될 수 있습니다.

땅에서 강하면 하늘에서도 강해지고, 하늘에서 강하면 땅에서도 강해집니다.

'신(神)들은 섬김을 받을수록 더욱 강해지고, 핏줄을 통해 가장 강하게 작용한다'는 진실을 가르쳐 드립니다.

필자는 이러한 진실적 비밀진리를 7천만 우리민족 동포들의 양심과 심장을 향하여 호소하는 심정으로 알려드리는 바입니다.

이러한 메시지를 전달하면서 현재 상황에서 내가 해야 할 일을 내 스스로 찾아서 실행을 합니다.

필자는 이제 도사(道士)가 되었으니, 금수강산 이 땅에서 처참하고 억울하게 죽은 우리민족 동포 선조님들의 원한 서린 하소연들을 모른 체할 수가 없습니다. 금수강산 이 땅에서 억울하게 죽은 원혼들을 달래주고 천도시켜서 땅을 깨끗이 정화하는 일부터 시작을 하려합니다.

하늘의 기운이 대우주의 역(易)의 법칙에 따라 변화를 하고 있고, 지구의 기운(氣運)도 동쪽에서 서쪽으로 한 바퀴를 돌면서 다시 동쪽의 동양으로 오고 있으니, 그 변화의 운(運)맞이를 우리는 미리 준비해야 합니다.

지구의 기운은 2020년쯤 되면 동양 주도권시대가 시작됩니다.

필자는 하늘에서 신들이 인정하고 있는 국가 차원의 도인(道人)이고 도사(道士)이기 때문에 그러한 운맞이를 미리 준비하기 위해 우선 이 땅의 땅부터 깨끗하게 정화를 시키려고 합니다.

금수강산 이 땅에서 과거 일본의 강점 당시에 그리고 6·25 한반도 남북전쟁 당시에 처참하고 억울하게 죽은 우리의 불쌍한 선조(先祖)님들이 아직까지도 유령(幽靈)으로 전국 산천과 방방곡곡을 구름떼처럼 몰려다니면서 큰 사고들을 치고 다니는 원혼(冤魂)들을 그냥 내버려둘 수는 없습니다.

오죽이나 억울하면 원한귀신·좀비·수비 떼로 몰려다닐까 하고 생각도 해보지만, 영혼들의 세계는 인과(因果)의 법칙과 업(業)의 법칙 때문에 혼령으로서의 영혼은 자기 스스로 자기의 길을 바꿀 수가 없습니다.

죽은 사람은 자기 스스로 또는 자신의 능력으로는 자기의 길을 바꿀 수 없다는 하늘의 법칙 때문인 것입니다.

그렇습니다.

진실과 진리는 바꿀 수도 없고 바뀌어 지지도 않습니다.

나는 지금 수많은 원한귀신(怨恨鬼神)과 잡귀신(雜鬼神)들을 보고 있습니다.

'저 불쌍한 귀신(鬼神)으로 전락한 혼령들도 사람으로 살아있을 때에는 모두가 다 우리의 조상(祖上)님이셨는데' 하고 생각을 하면 너무나도 가슴이 찢어질 듯 아픕니다.

한 핏줄 동포끼리의 불행한 싸움통에 이름도 모른 산천에서 피를 흘리고 죽은 한 많은 저 원혼들(독자분 당신의 집안에도 한 사람쯤은 전쟁 때 죽은 조상이 있을 것입니다)이 아직까지도 구천(九天)을 맴돌며 이 나라 금수강산을 구름떼처럼 잡귀신 유령으로 떠돌아다니면서 대형 사고를 치고 온갖 재앙을 초래하는 저 원한 많은 혼령들을 독자 여러분들이여 어떻게 할까요?

사람으로 태어나서 불치병 또는 각종 사고 등등으로 비명의 한 많은 죽음을 당한 저 불쌍한 원귀·악귀·요귀의 원한 서린 저 원혼들(독자분 당신의 가족 중에도 한 사람쯤은 불치병이나 각종 사고로 원한 많게 죽은 가족이 있을 것입니다)도 구천을 맴돌며 이 나라 금수강산을 유령으로 떠돌아다니면서 수비·영산·좀비·잡귀신으로 전락하여 후손이나 살아있는 가족들에게 해코지를 하고 다니는 저 원한 맺힌 혼령들을 독자 여러분들이여 어떻게 할까요?

독자 여러분! 당신이라면 과연 어떻게 하시겠습니까?

필자는 지금 독자 여러분의 심장(心臟)과 양심(良心) 그리고 자비심(慈悲心)을 향하여 질문을 던지고 있습니다!

저 불쌍한 혼령들 속에는 내 조상님도 끼어있을 수 있고 여러분의 조상님도 끼어있을 수 있으며 모두가 우리의 선조님들인데 과연 독자 여러분은 어떻게 하시겠습니까?

당신도 죽으면 혼령으로 돌아가고 사람으로 살 때의 삶의 질에 따라서 잡귀신이 될 수도 있는데 과연 어떤 대답을 하시겠습니까?

지금, 당신의 대답을 신(神)들과 당신 조상(祖上)님 그리고 당신의 양심(良心)과 영혼(靈魂)이 바라보고 있는데 과연 어떤 대답(對答)을 하시겠습니까?

지금 바로 대답을 주저하시는 독자분께서는 이 책을 놓으십시요!

그리고 찾아가십시요!

당신의 친부모·친형제·친자매가 어떻게 살아가고 있는지 살펴보십시요!

당신의 조상님 묘소와 납골함이 잘 보존, 관리되고 있는지 살펴 보십시요!

당신의 조상님 제사(祭祀)와 추도식(追悼式)에는 정성껏 잘 참여하는지 자신을 돌이켜 살펴보십시요!

사람으로 태어나서 어떻게 살아왔고 또한 지금은 어떻게 살아가고 있는지 자기 자신을 생각해 보시길 바랍니다.

당신은 지금 누구입니까?

당신은 지금 어떻게 살고 있습니까?

당신이 지금 살고 있는 그 모습을 하늘과 조상님 그리고 당신 영혼이 두 눈을 부릅뜨고 지켜보고 있다는 진실을 알아야 합니다.

그렇습니다.

서구화를 닮아 가는 것이 결코 다 좋은 것은 아닙니다.

사람으로서의 도리를 따를 줄도 알아야 합니다.

자식과 후손으로서의 의무도 이행할 줄 알아야 합니다.

핏줄인연의 법칙은 하늘법칙이기 때문에 정말로 중요합니다.

핏줄은 천륜(天倫)이기 때문에 죽은 후에까지 연결되어 있고, 영혼은 죽지 않고 인연과 인과의 법칙에 따라 변화만 할 뿐이기 때문입니다.

죽음은 끝이 아니고 또 다른 시작이며 저승세계에서 볼 경우에 인간 세계가 오히려 저승인 것입니다.

그렇기 때문에 항상 하늘의 섭리(攝理)와 순리(順理)를 따라 도리를 지키며 살아가야 한다는 것을 진심(眞心)으로 가르쳐 드리는 바입니다.

필자는 이제 하늘에서 신(神)들이 인정하는 도사(道士)가 되었습니다.

저 수많은 혼령들은 내가 도사(道士)의 능력을 지녔기 때문에 나를 찾아 온 것입니다.

필자는 이제 도인(道人)이기 때문에 도사(道士)로서의 사명감을 가지고 도(道)의 삶과 도(道)의 길을 가야 합니다…….

나는 또다시 초월명상으로 들어갑니다.

한반도 내 조국 금수강산 이 땅에서 살아가는 우리민족 동포들이 잘 살려면 우선 땅부터 깨끗이 정화를 시켜야 하고, 땅을 정화하려면 원한 서린 우리의 조상님들을 해원천도(解冤薦道)를 시켜드려야 합니다.

나는 오늘도 어제처럼 우리나라의 영산(靈山) 백두산 장군봉 산봉우리로 갑니다. 백두산은 한반도 전체의 명기와 지령을 총괄하고, 지리산은 남쪽지역을 주관하기 때문에 백두산 장군봉 산봉우리로 갑니다.

나는 백두산 장군봉 산봉우리에서 하늘을 향해 소원을 빕니다.

지극 정성스런 마음으로 눈물을 흘리며 빌고 또 빕니다.

비나이다~~. 비나이다~~. 하늘 신령님께 비나이다.

우리나라 내 민족 동포에게 사랑과 자비를 내려주소서!

비나이다~~. 비나이다~~. 모든 신령님께 비나이다!

우리나라 내 민족 동포가 서로 싸우다가 한반도 산천 금수강산 이 땅에서 붉은 피를 흘리며 비명에 죽고, 죽어서는 원한귀신이 되어 유령·좀비로 떠돌아다니니 불쌍한 이들의 넋을 달래고 해원시켜 극락천국 좋은 곳으로 인도해 주소서!

또한 교통사고·화재사고·폭발사고·추락사고·익사사고 등등의 각종 사고로 비명에 횡사·객사하고, 죽어서는 원한귀신이 되어 구천을 헤매며 떠돌아다니니 불쌍한 이들의 넋을 달래고 해원시켜 극락천국 좋은 곳으로 인도해주소서!

또한, 자살·급살·동토살·방위살·상문살·심장병·뇌졸중·고혈압·위암·간암·폐암·자궁암·유방암·뇌사·정신병 등등의 불치병이나 살(殺)을 맞아죽고, 죽어서는 원한귀신이 되어 후손이나 살아있는 가족에게 핏줄대물림 우환 또는 핏줄내림병으로 해코지를 하면서 구천을 헤매며 떠돌아다니니 불쌍한 이들의 넋을 달래고 해원시키고 특수 영혼치유까지 해서 극락천국 좋은 곳으로 인도해주소서!

비나이다~~. 비나이다~~. 하늘 신령님께 비나이다!

비나이다~~. 비나이다~~. 모든 신령님께 비나이다!

우리나라 금수강산 이 땅의 이름 모를 산천에서 전쟁으로 죽고, 각종 사고로 비명에 죽고, 각종 불치병으로 한 많게 죽은 유주무주 혼령 넋들을 달래고 해원시켜주소서! 또한 영혼치유까지 해서 극락천국 좋은 곳으로 천도·인도를 해주시고, 우리나라 민족 동포에게 남북통일과 평화·행복을 내려주소서!

만조상 해원진언, 옴 삼다라 가다 사바하!

극락천국 왕생진언, 옴 마리다리 훔바탁 사바하!……

나는 백두산 장군봉 산봉우리에서 하늘을 향해 소원을 빌고, 땅을 향해 독경을 합니다.

소원을 빌고 해원경과 진언을 읊으면서 한없이 눈물을 흘립니다.

우리나라 금수강산의 산천과 구천세계에서 원한귀신으로 떠돌아다니는 유주무주 혼령들이 원한을 풀고 좋은 곳으로 '해원천도'가 잘되고 '영혼치유'가 잘되어야 온갖 불치병과 사고 발생 재앙이 줄어들거나 없어지게 됩니다.

그래야 이 땅에서 살고 있는 우리민족 동포 백성들이 운(運)이 좋게 되고 복(福)을 받을 수 있게 될 것이라고 확신을 합니다.

나는 도사(道士)로서 그리고 이 땅에 태어나 먼저 가신 선조님들의 후손으로서 사명감과 의무를 가지고 눈물을 흘리며 백두산 장군봉 산봉우리에서 하늘을 향해 소원을 빌고 땅을 향해 독경(讀經)과 진언(眞言)을 읊습니다.

억울하고 한 많은 불쌍한 우리의 모든 조상님들을 위해 기도의 눈물을 흘리고 또 흘립니다.

보통사람들은 다른 사람이야 잘못되든, 굶어죽든, 손해보든, 억울하든 말든 자기 자신과 자기가족만 잘 먹고, 잘 입고, 잘 쓰고, 잘 살려고 아귀(餓鬼)다툼처럼 살고 또한 이 나라 이 땅 자기의 조국을 버리고 이민을 가고 또한 이중국적까지 취득해서 여차하면 조국을 버리려고 하지만 나는 도저히 그럴 수가 없습니다.

나는 배은망덕과 배신을 할 수가 없습니다.

나는 도인(道人)이고 도사(道士)가 되었으니, 도(道)의 길을 가면서 도(道)를 행하여야 하기 때문에 이 한목숨을 바쳐서라도 우리민족 동포를 모두 다 잘살게 할 수만 있다면 또한 우리민족 동포의 선조님들을 극락천국 하늘나라로 모두 다 천도·인도할 수만 있다면 두견새가 밤새도록 피를 토하면서까지 울어대듯 나 또한 이 생명 다할 때까지 해원천도경과 해탈열반경을 독송하리라!!

이 한평생을 바쳐서라도 억울하게 죽은 저 많고 많은 우리의 조상 원혼들을 해원천도시켜드리기 위해 반드시 국사당(國祠堂)을 지으리라!!

이 나라에는 불교의 사찰도 많고, 천주교의 성당도 많고, 기독교의 교회도 많지만 우리민족과 우리 국가를 위한 국사당(國祠堂)은 아직 없습니다. 국가에서도, 정부에서도, 재벌기업에서도, 사회단체에서도 아직까지 제대로 된 국사당(國祠堂) 하나 짓지를 않고 있습니다.

필자는 과거와 현재의 기득권층들에게 분노의 마음으로 따지고 싶고, 또한 모든 동포와 국민들에게 울부짖고 싶습니다.

제대로 된 국사당(國祠堂) 하나 운영하지 않는 나라에서 어느 누가 국가와 민족을 위해 희생(犧牲)을 하겠습니까?!

그동안의 통치자와 지도자 그리고 재벌기업인과 정치인·종교인·교육자와 지식인들을 포함하여 기성세대의 어른들은 반성하고 뉘우쳐야 합니다! 일본놈들한테 빌붙어 사리사욕을 채운 사람들은 죽을 때까지, 죽어서라도 반성해야 합니다.

외세들에게 금수강산 이 땅을 점령당하고 주권을 빼앗기고 억울하고 처참하고 가난했을 때 과거를 돌이켜 생각 좀 해보십시요! 이제부터는 정말 국민의식을 바꾸어야 하고 준비와 대비를 잘해야 하며 국사당(國祠堂) 건립과 운영으로 정신적 구심점이 꼭 필요합니다.

이 글을 읽는 애국애족의 독자분들에게 국가와 민족을 위한 자발적 국사당(國祠堂) 건립 동참을 진심으로 제안하는 바입니다!!!

필자는 이제 도사(道士)가 되었으니, 우선 국가와 민족을 위해 반드시 국사당(國祠堂)을 지어서 원한 많게 죽은 많고 많은 원혼(冤魂)들을 해원천도(解冤薦度)시켜드리고 그리고 금수강산 이 땅을 정화시켜서 축복받는 나라로 만들어 보겠다고 그리고 국가와 민족의 정신적 구심점을 내 손으로 꼭 만들어 보겠다고 '큰서원(誓願)'을 세워봅니다……

나는 한없는 눈물을 흘리며 백두산 장군봉 산봉우리에서 하늘을 향해 소원을 빌고 땅을 향해 독경을 합니다.

그리고 모든 신령님께 우리민족 신전 국사당(民族神殿國祠堂)을 내 손으로 꼭 지을 수 있도록 해달라고 간절한 마음으로 소원을 빌고 또 빕니다.

만조상 해원진언, 옴 삼다라 가다 사바하!

소원성취진언, 옴 아모카 살바다라 사다야 시베훔!……

[필자는 이 책을 출간하면서 우리민족 신전 국사당 건립을 추진합니다. 이미 필자 개인의 자비 부담으로 우리나라 백두대간의 남쪽 제일 명산 지리산 입구, 경상남도 하동군 화개면 범왕리(凡王里) 산 100번지 임야 약 2만평과 백두대간의 설악산 입구, 강원도 속초시 도문동(道門洞) 산 306번지 임야 약 4만평을 매입해서 국사당 지을 터를 준비해 두고 약 1,000억원 정도의 건축비용을 계속 마련 중입니다. 우리민족 동포라면 직업과 신분 그리고 종교를 초월하여 누구라도 또는 어떤 돈이라도 좋으니 자신의 능력에 따라 개인이든 기업이든 많은 사람들이 동참해 주시길 바라고, 진심으로 뜻있고 보람있는 곳에 돈을 잘 쓰고, 그 인과적 공덕으로 살아서나 죽어서나 또는 이승과 저승세계에서 자기 자신과 자손들까지 복(福)받으시길 기원드리면서 이 책을 통하여 이제 세상에 공개해 드립니다.

우리 다 함께 민족(民族)과 나라의 국운(國運)을 일으켜 봅시다!! 필자의 마지막 평생의 공익사업으로 추진하고 있는 우리민족 신전(神殿) '대한민국 국사당' 건립에 후원금을 내주실 분들은 이 책 앞표지 안쪽에 공개해 놓은 '대한민국 국사당 건립 후원금 계좌'를 꼭 참고하시길 진심으로 바랍니다.]

필자는 필자의 재산과 이 책의 수익금까지 국사당 건립자금으로 모두 쓰여진다는 진실을 밝혀드리니 필자가 펼치고 있는 '20년 건축 프로젝트 공익사업'에 우리민족 동포라면 2030년까지 누구나 참여하실 수 있고, 많은 사람들과 영혼들의 자발적 후원금 동참을 진심으로 기다리는 바입니다.

개인이든 기업이든 후원금 통장계좌에 찍힌 이름들은 모두 국사당 지붕기왓장에 이름이 새겨지고 또한 하늘문서에 이름이 기록되어 그 이름들은 영원토록 축복받게 될 것입니다.

사람으로 살 때의 삶은 잠깐 세월이지만, 영혼의 삶은 수백 년 또는 수천 년의 오랜 세월이 되기 때문에 지금 사람의 몸을 가지고 있을 때 선행(善行, 착한 일)을 많이 하여 공덕(功德) 쌓으시길 진심으로 기원드리는 바입니다.

이 책의 출판 목적도 국사당 건립(國祠堂建立)이란 대의명분(大義名分)의 홍보전달 방법으로 비롯되었음을 알려드리는 바입니다.

이 책을 읽어주신 독자님께 진심으로 감사를 드리는 바입니다.

제20장
하늘 신령(天神靈)님의 가르침을 전한다

계절이 바뀌고 또 바뀌고 또 바뀌어갑니다.

필자는 지금 첩첩산중 깊고 높은 산속에서 10년째 산 밖을 한 번도 나가지 않는 두문불출 토굴 기도를 하며 나홀로 산도(山道)를 닦고 있습니다.

내 모습은 10년째 한 번도 머리칼을 자르지 않고 수염도 깎지 않아서 머리칼은 기다랗게 자라 등허리까지 내려오고, 수염도 기다랗게 자라 가슴까지 내려오고, 다 헤진 누더기 옷에 눈빛만 신비하리만큼 빛을 내고 있는 원시 자연인의 모습을 하고 있습니다.

시간과 공간의 개념을 초월해 버리고 삶과 죽음의 개념도 초월해 버리고 그냥 그대로의 자연 속에서 우주자연을 벗삼아 무위자연법으로 살아갑니다.

이제 도(道)의 10단계까지 올라서니 신선(神仙)처럼 살아갑니다.

이삼일에 한 끼니만 생식(生食)으로 물에 불려 둔 생쌀과 생콩을 생솔잎 또는 생약초와 함께 먹고 생수(生水)와 생기(生氣)를 먹으며 살아갑니다.

하루 한 개씩 돌을 주워와 쌓아올린 돌탑은 이미 완성이 다 되어서 돌탑의 꼭대기까지의 높이는 내 키의 3배쯤이 됩니다.

10년 동안 하루 한 개씩 돌을 주워와 쌓아올린 나의 돌탑입니다.

처음 입산할 때 산신령님께서는 '산 기도로 도닦는 기간을 10년 정도가 될 것'이라고 말씀하셨지만, 나는 그냥 이 산속에서 계속 한평생을 은둔자로 살아버릴까 하고 생각을 해봅니다.

5평짜리 움막집 토굴도 있고, 텃밭도 있고, 공기도 좋고, 물도 좋고 그리고 조용하고 평온하니 차라리 이 산속에서 신선(神仙)처럼 은둔도사(隱遁道士)로 계속 이대로 살고 싶습니다.

번뇌·망상·근심·탐진치(貪嗔癡)·차별심과 살생심(殺生心)이 없으니 지극히 평안하고, 까마귀·비둘기·살쾡이·너구리·노루·토끼 등등의 산짐승과 산새들이 벗이 되어 내가 산길을 거닐면 나를 따라다니고, 내가 좌선으로 명상에 들면 내 곁에 함께 앉아 있습니다.

산짐승과 산새들과 함께 식사도 하고 함께 잠도 잡니다.

동물들과 영적 의사소통(靈的意思疏通)을 할 줄 알고 또한 살생심이 없어지니 산짐승과 산새들이 나를 따릅니다.

나는 지금 첩첩산중 깊고 높은 산속에서 평온하게 신선(神仙)처럼 자연과 함께 살아가고 있습니다.

하루 서너 명씩 이 깊고 높은 산속까지 나를 찾아온 외부 사람과의 만남 장소는 저만치 산 아래편에 또 한 채의 움막집을 만들어 사용하고 있습니다.

산 아래편 만남의 장소 움막집 주위에는 자생하고 있는 키가 작은 대나무들이 둘러쳐져 있고 뒤쪽은 큰 바위가 솟아 있는 곳인데 이 산 속에서 두 번째로 좋은 명당 혈(明堂穴) 자리입니다.

그곳의 명당 혈 자리는 사시사철 항상 생기(生氣)와 온기(溫氣)가 서려있습니다.

살아 있는 사람의 집터와 죽은 사람의 묘터는 반드시 명당 혈 자리를 잡을 줄 알아야 합니다.

명당 혈 자리에 집터 또는 묘터를 잘 잡으면 반드시 개운 발복이 되어 본인과 자손이 잘 살게 된다는 것입니다.

훗날 인연이 닿는 독자분들께 반드시 증명을 해 드리겠습니다.

나는 이제 도를 닦는 수도 수행자로서는 최고의 득도를 이루고 신통과 도통 그리고 해탈의 경지에 올라섰으니 사람으로 태어나서 영적(靈的)으로 또는 정신적(精神的)으로 더 이상 부러울 게 없습니다.

삶과 죽음까지도 초월해버리니 자유와 행복을 마음껏 누리고 있습니다.

항상 수호신장이 나를 지켜주고 있고, 생각의 집중만으로 또는 점(占)을 치면 무엇이든 다 알아낼 수 있고, 어디를 가고 싶으면 유체이탈로 어디든 시공을 초월해서 다녀올 수도 있습니다.

내가 어디에 살든 거주하는 장소의 제한을 받지 않습니다.

그러하기 때문에 공기 좋고 물 좋고 그리고 조용하고 간섭이 없는 이 산속에서 무위자연법으로 신선처럼 은둔도사로 살고 있습니다.

나는 나를 도사(道士)로 공부시켜준 신령님과 하늘 그리고 모든 존재들께 이 책을 통하여 진심으로 머리 숙여 지극한 마음으로 고마움과 감사함을 표하는 바입니다!!!

잠시 생각을 해봅니다.

나는 인생 중반쯤에 사업 실패와 함께 모든 것을 잃고 마지막 방법으로 입산(入山)하여 죽음이란 배수진(背水陣)을 치고 신념과 의지로 다시금 도전을 하여 삶의 위기로부터 또 다른 기회를 그리고 실패로부터 성공을 이루어 가면서 오히려 삶의 궁극적인 목표와 내 영혼의 바람까지 성공을 시켜 나아가고 있습니다.

또다시 도전하여 열정과 끈기로 꾸준히 한 걸음씩 한 계단씩 10년 동안을 계속 나아가고 쌓아올려 드디어 성공을 이루고 있습니다.

인간으로서 최고의 신통력과 도통을 이루신 부처님과 예수님처럼 나도 신통기적을 행하고 도(道)를 설법으로 전할 수 있는 6신통 8해탈의 그 경지까지 거의 이루고 있습니다.

작은 성공에 멈추지 않고 더욱 정진하여 드디어 최고가 되었습니다.

지금, 이 글을 읽고 있는 독자분께 진심으로 충고를 드립니다.

어느 분야에서든 최고가 되려면 도전정신과 열정 그리고 결코 포기하지 않는 끈기와 집념이 있어야 하고 그리고 운을 알아야 합니다.

무슨 일을 하든지 간에 목표·계획·준비가 없거나 또는 열정과 끈기가 없거나 또는 운을 모르면 결코 성공할 수 없고, 운이 나쁘면 반드시 실패와 손해가 따르게 됩니다.

눈에 보이지 않는 기운(氣運)들이 눈에 보이는 것들을 모두 움직이고 있다는 진실적 비밀진리(秘密眞理)를 꼭 알아야 합니다.

사람의 운명은 자기 자신의 전생과 조상핏줄의 인과법칙에 따라 태어나면서 사주팔자로 운명프로그램이 이미 설정되어 타고납니다.

그러하기 때문에 두 눈을 뻔히 뜨고 교통사고를 당하고, 이혼을 당하고, 투자사기를 당하고, 큰 손해를 당하고, 사업 실패를 당하고, 관재수로 감옥에 들어가고, 불치병에 걸리고, 또한 아무리 노력을 하여도 가난과 고생을 못 벗어나기도 하며 종교에 속고 이용을 당하기도 합니다.

보통 사람들은 종교의 큰 스승들께 가르침만 배워야지, 교리를 배우거나 교단에 소속이 되면 점점 이용만 당하게 되니 살아서나 죽어서나 계속 손해만 당하게 됩니다.

어리석은 사람일수록 또한 운이 나쁜 사람일수록 종교에 속고 이용을 당한 사람이 많다는 것을 가르쳐 드리면서 어떤 종교에도 속지 말고 이용당하지 말 것을 충고하는 바입니다…….

인생살이는 아는 만큼 또는 준비하는 만큼 잘 살 수 있습니다.

우리 인간은 영혼을 가진 최고의 영적 존재물(靈的存在物)입니다.

영혼작용은 비밀에 쌓여있는 형이상학적 초과학분야입니다.

물질과학이 아무리 발달하고 발전을 하여도 물질과학으로 결코 영혼을 제조하지는 못하고 또한 개선하지도 못하기 때문에 영혼을 가지고 있는 인간의 나쁜 운을 과학으로는 결코 해결할 수 없습니다.

생명과 영혼을 가지고 태어난 우리 인간은 '운명작용이론'이라는 법칙에 따라서 반드시 천기작용(天氣作用)을 하기 때문에 모든 사람은 ① 자기 영혼의 전생을 알아야 하고 ② 자기 핏줄의 운 내림을 알아야 하고 ③ 자기 핏줄의 동기감응현상을 알아야 하고 ④ 풍수지리의 현상을 알아야 하고 ⑤ 음양오행의 역리현상 등등을 반드시 알아야 합니다.

우리는 이러한 것들을 알고 활용할 줄 아는 것을 지혜라 합니다.

이러한 고차원의 지혜적 지식들은 여러분의 부모님에게서도, 학교에서도, 종교에서도, 그 누구 또는 그 어디에서도 결코 배울 수 없지만 삶을 살아갈 때는 정말로 귀중한 실용 고급지식들임을 알아야 합니다.

모든 학교교육의 교과서와 모든 종교의 경전책에는 보편적 진리(普遍的眞理)만을 가르치지만, 필자는 부처님도 예수님도 가르쳐 주지 않은 하늘의 비밀 천기를 누설하여 특별한 비밀진리와 지혜를 사람들에게 가르쳐 주어 삶의 경쟁 진검승부만 존재하는 강호에서 반드시 승리할 수 있는 인생병법의 진짜 가르침을 주고자 합니다…….

이곳 천등산에는 진달래꽃이 활짝 피었습니다.

처음 입산할 때도 진달래꽃이 피는 봄이었으니, 이제 산속에 들어온 지도 10년이 되었고, 열 번째의 진달래꽃이 피었습니다.

한반도 남쪽 땅끝 전라남도 고흥군 남해바다 해안가에 우뚝 솟은 천등산에서 아름다운 다도해를 내려다 봅니다.

훗날, 혹시 남해안을 여행할 기회가 있거든 또는 기회를 만들어서라도 대한민국 한반도 남쪽 땅끝 전라남도 고흥군의 천등산과 팔영산·유주산·나로우주발사대와 각종 우주학습체험관 그리고 녹동항구와 소록도·거금도 등등을 꼭 한 번 여행해보시길 바랍니다.

동양의 나폴리항이라 불릴 만큼 아름다운 녹동항구에서 연륙교를 건너 소록도를 구경하고 또 다시 세계 최초로 윗층은 자동차가 다니고 아래층에 인도가 있는 특수 2층 다리구조의 바다 수면 위 약 2km 소록거금연도교 다리를 걸으면서 다도해 풍광(風光)을 만끽해 보고 거금도 섬 입구 바닷가에서 또 다시 바다경치와 함께 소록도 앞 모습 섬을 바라보면 왜 소록도(小鹿島, 작은 사슴섬)인지 알 수 있을 것입니다. 특히, 녹동항구의 신항(제주 카페리호가 닿는 동쪽 부두)과 구항(수산어시장 회센터와 어선들이 닿는 서쪽 부두) 중간쯤의 구름다리 옆 해안도로가에 있는 아주 작은 절 '녹동 용궁사(옛날부터 어부들이 소원을 빌던 바닷가에 용바위가 있었고 바다 매립을 하면서 매립된 용바위 위에다 건축한 전설이 있고 영험한 절)'를 꼭 한 번 찾아보시길 바랍니다.

강이나 바다의 영험한 곳의 용궁기도는 특히, 재물재수발원과 꼭 한 가지의 소원성취가 빠르기 때문입니다…….

나는 하늘의 계시를 받고 철쭉꽃이 활짝 피어있는 천등산 산꼭대기 가장 높은 산봉우리로 올라갑니다.

항상 그림자처럼 따라다니는 나의 수호신장 삿갓 쓴 스님과 큰칼 든 장군이 함께 하고, 노루가 뒤따르고 까마귀들이 앞서거니 뒤서거니 머리 위를 날면서 까악~까악~ 노래를 부릅니다.

천등산 산꼭대기 가장 높은 산봉우리에 도착합니다.

하늘의 신[天神]들로부터 중대한 계시를 받고 산봉우리로 올라왔습니다.

중대한 계시라고 하니 정확한 내용을 알기 위해 초월명상으로 들어가 보기로 합니다.

풀잎을 한아름 뜯어와 넓은 바위 위에 펼쳐 풀잎방석을 삼고 앉아서 4방의 하늘을 한 번 빙~ 둘러봅니다.

그러고 나서 이제 초월명상으로 들어갑니다.

두 다리는 오므려 포개어 가부좌로 앉고, 허리는 쭉 펴서 반듯하게 세우고, 두 손은 손바닥을 위로 하여 양쪽 무릎 위에 올려놓고, 두 눈은 지그시 감고, 마음을 편안히 합니다. 그리고 호흡은 처음에는 깊고 길게 하다가 차츰 고르게 하고, 생각은 눈썹과 눈썹 사이의 명궁(命宮) 앞이마를 통하여 우주공간에 두고 그리고 의식을 가만히 가라앉힙니다.

몸과 마음 그리고 의식이 아주 편안해지면서 고요해집니다.

점점 더 깊이 명상기도에 집중을 하며 몰입을 합니다.

하늘의 천기를 직통으로 통하니 내 몸속의 기혈이 모두 일시에 뚫립니다.

고감도의 전율이 온 몸에 찌르르~ 통하면서 쫙~ 퍼집니다.

명궁 앞이마가 멍~해지면서 뜨거워집니다.

몸뚱이가 공중에 붕~ 뜨는 무중력을 느낍니다.

엄청난 기(氣)흐름의 쾌감과 황홀감이 찾아옵니다.

한바탕 기흐름의 소용돌이 반응이 끝나면서 무한대의 고요정적으로 이어지고 무아의 지경이 되면서 시간과 공간이 없어집니다.

드디어 '초월명상'이 시작됩니다.

나는 지금 천등산 산꼭대기 가장 높은 산봉우리의 바위에 가부좌로 앉아서 초월명상에 들어있습니다.

이제 내 의식체는 자유로이 인간계와 신령계 사이의 경계의 벽을 뚫고 신(神)들의 세계로 들어갑니다.

내 몸뚱이는 수호신장들이 창검을 들고 지키고 있습니다.

하늘 문을 활짝 열고 신령계로 들어갑니다.

하늘 신령님들께서 나의 진로를 놓고 하늘에서 천상회의(天上會議)를 했었나 봅니다.

지금까지 10년 동안의 오랜 세월 동안 나에게 명기(明氣)를 주시고 또한 가르침을 주시던 신령님과 모든 신령님들이 다 모습을 나타내십니다.

천황상제 옥황상제 구천상제 황천상제 일월성신 북두대성 칠원성군 탐랑성군 거문성군 녹존성군 문곡성군 염정성군 무곡성군 파군성군 태을성군 태상노군 천존대왕 염라대왕 산신대왕 용궁대왕 삼불제석 제석천왕 태을천왕 도리천왕 도솔천왕 칠성여래 대일여래 다보여래 약사여래 일광보살 월광보살 관세음보살 대세지보살 문수보살 보현보살 약왕보살 약사보살 지장보살 미륵보살 해수보살 천상신장 지하신장 일월신장 자미신장 태을신장 채음신장 태양신장 여래신장 화엄신장 의술신장 천문신장 지리신장 백마신장 뇌성신장 벼락신장 풍운신장 풍랑신장 지진신장 팔미신장 육정신장 육임신장 육갑신장 둔갑신장 도술신장 군웅신장 검무신장 철망신장 철퇴신장 옥갑신장 옥추신장 금위신장 오방신장 구천신장 천상장군 지하장군 칠성장군 백마장군 백호장군 청룡장군 황룡장군 흑룡장군 백룡장군 용마장군 천마장군 뇌성장군 벼락장군 번개장군 태풍장군 천신장군 산신장군 용신장군 사신장군 별상장군 군웅장군 작두장군 질대장군 천신도사 선관도사 일월도사 천문도사 글문도사 지리도사 칠성도사 약왕도사 약명도사 의술도사 부적도사 육갑도사 둔갑도사 도술도사 나반존자 유마거사 독성거사 옥천대사 달마대사 혜능대사 원효대사 의상대사 무학대사 서산대사 사명대사 진묵대사 대각국사 원각국사 묘각국사 보우국사 도선국사 범일국사 천신대감 지신대감 천복대감 일월대감 칠성대감 불사대감 산신대감 용궁대감 천룡대감 군웅대감 벼슬대감 부귀대감 명예대감 명성대감 판관대감 별상대감 본향대감 당산대감 도당대감 터주대감 성주대감 상업대감 무역대감 술역대감 도갑대감 천상대신 지하대신 자미대신 일월대신 칠성대신 천왕대신 산왕대신 용왕대신 불사대신 본향대신 상산대신 당산대신 도당대신 터주대신 말문대신 글문대신 천문대신 지리대신 풍수대신 부적대신 약왕대신 약사대신 의술대신 경문대신 법사대신 염라대신 육갑대신 둔갑대신 육정대신 육임대신 육효대신 팔괘대신 구궁대신 관상대신 방울대신 부채대신 요령대신 신통대신 도술대신 옥황선녀 일월선녀 천신선녀 산신선녀 용궁선녀 별상선녀 천신도령 산신도령 용궁도령 광림도령 천신동자 산신동자 용궁동자 일월동자 옥동자 칠성동자 뇌성동자 번개동자 육갑동자 둔갑동자 도술동자 요술동자 말문동자 글문동자 의술동자 법승동자 문수동자 일광제석 월광제석 삼불제석 세존제석 제석불사 천궁불사 일월불사 옥황불사 천존불사 칠성불사 산신불사 용궁불사 고깔불사 진동불사 업불사 복불사 명불사 미륵불사 본향불사 당산불사 도당불사 안당불사 대신불사 천왕승 아미타불 석가모니불 비로자나불 로사나불 약사불 미륵불 천황님 옥황님 상제님 천제님 천존님 칠성님 사천왕 천사장 가브리엘 미카엘 요정 등등 엄청난 숫자의 팔만 사천 신령님들이 하늘땅이 꽉~ 차도록 모두 다 모습을 나타내십니다.

그리고 신령님들께서 하늘땅이 울리는 한 목소리로 하문(下問)의 공수말씀을 내리십니다.

"제자야! 우리 신(神)들이 하늘에서 천상회의를 했으니 이제 제자의 진로를 선택하도록 하라. 이 산속에서 계속 은둔도사로 신선처럼 살아갈 수도 있고 또는 하산하여 국사당을 짓고 보람있는 제2의 삶을 살아갈 수도 있으니, 그 둘 중 하나를 선택하도록 하라."

"신령님들이시여! 어떤 선택을 해야 더 좋겠는지요?"

"하산(下山)을 하여 인간세상으로 다시 돌아가서 국사당과 신전들을 짓고 보람있는 제2의 삶을 다시 시작하는 것이 더 좋을 듯싶구나."

"정녕 그러하신다면 하산(下山)을 준비하도록 하겠습니다. 하오나, 신령님들께서는 사람들의 삶 중에서 가장 귀중한 의문들에 대한 가르침을 주실 수 있을런지요?"

"그러하겠노라. 어떤 방법으로 가르침을 주면 되겠는가?"

"문답식 방법의 가르침이 좋을 듯합니다."

"그러하겠노라. 먼저 질문을 하도록 하라!"

"그럼, 사람들이 가장 알고 싶어하고 그리고 꼭 알아둬야 할 몇 가지의 의문들에 대한 질문을 드리도록 하겠습니다."

나는 사람들이 인생을 살아가면서 혹시나 또는 확실치가 않아서 잘못을 범할 수 있는 귀중한 의문들과 우리나라 내 민족 동포를 위한 미래운명의 지혜를 얻고자 신령님께 질문을 드립니다.

"신령님! 신(神)은 정말로 존재하고 있는 것이지요?"

"제자야! 너 자신이 지금 직접 신(神)을 보면서 대화까지 나누고 있으니 신(神)은 분명히 존재하고 있느니라."

"신령님! 사람들이 어떻게 하면 신(神)의 모습을 직접 볼 수 있는지요?"

"제자야! 영매적 능력으로 무녀(巫女)가 됐을 경우 또는 영매적 신끼를 타고난 사람이 신들림 현상과 빙의현상이 나타날 경우 그리고 도(道)를 닦아 능력을 지니게 되면 신의 모습을 직접 볼 수가 있게 되고 또한 신의 음성을 직접 들을 수 있게 되느니라."

"신령님! 신(神)들림 현상과 빙의현상의 정신이상증세가 나타날 경우에는 어떻게 해야 되는지요?"

"제자야! 신(神)은 반드시 신(神)으로 다스려야 하니, 신들림현상과 빙의현상 그리고 신경성정신질환이 나타날 경우에는 반드시 신통력으로 점(占)을 쳐서 정확한 원인을 밝혀내고 또한 반드시 신통술과 도술로 그 원인 소멸을 시켜주어야 되느니라."

"신령님! 신(神)들림 현상과 빙의현상의 정신이상증세를 물질과학인 최첨단의 서양의술로 치유가 되는지요?"

"제자야! 신들림 현상과 빙의현상의 정신이상증세는 서양의술로는 치유가 되지도 않고 또한 치유할 수도 없느니라."

"그럼 어떻게 해야 하는지요?"

"신(神)은 반드시 신(神)으로 다스려야 하기 때문에, 더욱 쎈 신통력과 도술로만 치유할 수 있고 해결할 수 있느니라."

"신령님, 저승세계는 정말로 존재하고 있는 것인지요?"

"제자야! 물질적 몸뚱이가 없는 신(神)과 귀신(鬼神)의 세계는 분명히 존재하고 있으니 그곳이 저승세계이니라. 또한 저승세계에서 볼 경우에는 사람들의 세계가 저승세계이고, 영혼(靈魂)이 이쪽으로 저쪽으로 왔다 갔다 하면서 인연의 법칙과 인과의 법칙에 따라 변화만 하고 있을 뿐이니라."

"신령님! 인연의 법칙과 인과의 법칙은 정말로 존재하고 있는 것인지요?"

"제자야! 인연의 법칙과 인과의 법칙은 하늘법칙으로 분명히 존재하고 있느니라."

"그럼, 이러한 법칙들이 인간에게 어떻게 나타나게 되는지요?"

"현생의 삶에 반드시 ① 복(福)으로 나타나고 ② 운(運)으로 나타나고 ③ 업(業)으로 나타나느니라."

"신령님! 천국극락세계와 지옥세계는 정말로 존재하는 것인지요?"

"제자야! 극락천국과 고통지옥은 분명히 존재하고 있고, 반드시 삶의 질에 따라 인과응보로 결정이 되느니라."

"신령님! 어떤 이들이 극락천국에 태어날 수 있는 것인지요?"

"제자야! 착한 마음씨를 가지고 살고, 오직 착한 일 선행공덕을 쌓은 이들만이 극락천국에 태어날 수 있느니라."

"신령님! 극락천국 하늘나라에 태어나게 할 수 있는 것이 종교 신앙과는 상관이 있는 것인지요?"

"제자야! 종교 신앙과는 상관이 없고, 종교와 신앙을 통하여 착한 일 선행공덕을 쌓거나 또는 종교 신앙이 없어도 착한 일 선행공덕을 많이 쌓은 이는 스스로 극락천국 하늘나라에 태어나느니라. 그러나 종교와 신앙을 믿는 자가 나쁜 짓을 행하면 그 죄값은 가중처벌(加重處罰)이 되고 또한 죽은 후 그 영혼은 수백 년 동안 고통지옥에서 벗어날 수가 없으니, 종교와 신앙을 믿는 사람은 더욱 착한 일을 많이 행하여 반드시 선행공덕을 쌓아야 하느니라."

"신령님! 극락천국 하늘나라에 태어나는 것보다 더 좋은 것이 있는지요?"

"제자야! 극락천국 하늘나라에 태어나는 것보다 더 좋은 것이 있으니, 그것은 태어남도 죽음도 없는 초월(超越)·해탈(解脫)·자유(自由)·자재(自在)·열반(涅槃)이니라."

"신령님! 어떻게 하면 그러한 최고의 경지로 오를 수 있는지요?"

"제자야! 사람이든 귀신이든 도(道)를 닦아 모든 존재적 진리를 다 깨우쳐 득도(得道)를 하면 되느니라."

"신령님! 진리를 다 깨치고 득도를 하려면 어떻게 해야 되는지요?"

"제자야! 종교의 경전을 통달하면 좋으나, 종교의 경전들이 시대적 배경의 차이와 옮겨 적은 사람과 해석의 잘못 그리고 배타적 의도성의 잘못 때문에 변질이 되어 엉터리 내용이 많고 또한 옛날 그 종교의 교주가 살던 그 지역과 그 민족 이야기뿐이고 은유와 비유 이야기뿐인 바 그러한 잘못된 경전책을 공부하는 것보다는 초월명상을 배우고 기도(祈禱)를 통하여 신(神)과 직접 대화를 나눌 수 있는 통신(通神)으로 직접 신통력을 지니게 되면 스스로 진리를 다 깨치게 되고 해탈까지 할 수 있으며 진실을 모두 다 알게 되느니라. 일반 사람들은 신통력을 지닌 스승의 가르침을 따르면 되느니라."

"신령님! 기도하는 신령스런 산(山)을 선택할 경우에는 어떤 산이 좋은지요?"

"제자야! 기도하는 산(山)을 선택할 경우에는 높고 깨끗하고 조용하고 명기(明氣)가 서려 무서운 기운이 감돌고, 특히 산까마귀가 계속 살고 있는 산을 선택하면 좋으니라."

"한반도의 대표적 신령스런 산을 가르쳐 주실런지요?"

"한반도의 대표적 신령스런 산의 이름은 백두산·묘향산·칠보산·금강산·설악산·오대산·태백산·소백산·삼각산·계룡산·지리산·팔공산 등등이니라."

"신령님! 산(山) 기도가 종교 신앙과 상관이 있는지요?"

"제자야! 종교 신앙과 상관이 있으니 신을 대상으로 하는 모든 종교

신앙자는 산 기도를 잘해야 할 것이니, 태초부터 지금까지도 하늘의 계시와 명기(明氣)는 산을 통하여 땅에 내려지기 때문이니라.

옛날 옛적에 모세와 예수·마호도 그리고 석가모니와 달마·고승들도 모두가 산속에서 기도하여 도(道)를 통하고 스스로 최고의 인격신(人格神)이 되었느니라."

"신령님! 서양 종교를 믿는 신자는 어떻게 해야 선자자 예언자처럼, 예수님처럼 신통기적을 일으킬 수 있는지요?

"제자야! 서양 종교를 믿는 신자가 신통을 간절히 소망할 때는 '천왕대신!' 또는 '주여 주여!' 등등 하늘신(神)의 신명호를 밤낮으로 부르면 신유의 능력과 신통을 할 수 있게 되느니 교리공부에 매달리는 사람은 결코 신통력을 얻지 못하느니라."

"신령님! 서양 종교를 믿고 예언이나 병고침 치유의 능력을 얻은 목사와 신내림의 무녀가 예언이나 병고침 치유의 능력은 어떤 차이인지요?"

"제자야! 예언이나 병고침 치유의 능력은 목사나 무녀나 똑같으니라. 거슬러 올라가면 석가부처도 예수도 성자도 도사도 모두가 하늘신과 인간땅을 이어주는 무당(巫堂)이니라."

"신령님! 석가부처님이나 예수님 경지는 어느 만큼의 존재인지요?"

"제자야! 인간으로서 최고로 높은 인격신(人格神)이고 그 경지가 되려면 그 영혼은 100번 이상 환생으로 수도를 해야 하며 인간 5,000억 명 중 1명 정도로 가능한 존재이니라."

"신령님! 기도를 할 때에는 어떤 방법이 좋은지요?"

"제자야! 기도는 반드시 커다란 원(願)이 있어야 하고, 정성스러움과 간절함을 가지고 조용한 장소에서 은밀하게 행해야 하느니라."

"신령님! 기도를 하고자 할 때에는 어느 시간이 좋은지요?"

"제자야! 기도를 하는 시간은 기도의 목적과 사람에 따라서 모두가 다를 수 있으나 대체로 한밤중이 첫째로 좋고, 새벽 동틀 무렵이 둘째로 좋고, 한낮이 셋째로 좋으니라. 특히, 신(神) 제자와 신부·목사·스님 등등 신을 대상으로 큰 신통력을 얻고 싶거나 또는 영성과 불성을 크게 사용하고 싶은 특별한 신앙인과 수도인들은 한밤중의 자시(밤 12시경) 기도가 가장 중요하니 1시간씩 꼭 실행해야 하느니라."

"신령님! 신(神) 제자들은 어떻게 기도를 해야 되는지요?"

"제자야! 신 제자들의 기도는 ① 가장 먼저 입산수도를 하거나 또는 신내림굿으로 오방신장과 백마신장의 도움을 받아 하늘 문[天門]을 열어야 하고 ② 산에서는 산왕대신을 찾고, 물에서는 용왕대신을 찾고, 기타 장소에서는 천왕대신·칠성대신·불사대신·말문대신·약사대신 등등 주로 대신을 찾아야 하며 ③ 자기 자신의 통신 말문이 언제 열릴 것인지를 정확히 알아야 하고, 자기전생과 조상핏줄로 신(神)줄인지 또는 도(道)줄인지를 정확히 알아야 하고, 선거리 만신줄인지 또는 앉은거리 보살줄 또는 법사줄인지를 정확히 알아야 하며 ④ 자기 자신의 신통력이 어느 분야로 계발되고 발전할 것인지를 정확하게 알아야 하고 ⑤ 자기 자신의 신통력의 등급이 1류급·2류급·3류급 등등 어느 등급을 타고 났는지 또한 얼마만큼 계발·발전할 수 있을지를 정확히 알아야 하며 ⑥ 나이가 몇 살쯤에 통신(通神)의 말문이 열릴 것인지 정확한 운때를 알아야 하고 ⑦ 조상가리와 몸주 신(神)을 알아야 하고 ⑧ 본향신(神)을 알아야 하고 ⑨ 소당·육당·중당과 상단·중단·하단 그리고 탱화그림과 가운데 중당의 중심에 어느 신(神)을 모셔야 하느지 등등 신당(神堂) 또는 법당(法堂) 꾸미는 법을 알아야 하고 ⑩ 점(占)보는 통변(通辯, 통역)의 방법과 각종 풀이하는 방법 그리고 운처방과 비방하는 비법을 알아야 하고 ⑪ 기(氣)는 충전과 방전의 원리가 있기 때문에 항상 충전의 상태를 유지하기 위해서 모든 신(神) 제자들은 한밤중의 자시(밤 12시경) 기도를 1시간씩 꼭 해야 하느니라."

"신령님! 신(神) 제자가 말문을 못 여는 것은 무슨 이유 때문인지요?"

"제자야! 신(神) 제자가 말문을 못 여는 것은 여러 가지 이유가 있지만 가장 큰 이유는 ① 자기 자신이 도(道)줄 제자감인데 신(神)줄 무녀(巫女)를 찾아갔을 경우 ② 신통력(神通力)의 등급이 제자보다 낮은 선생(先生)을 찾아갔을 경우 ③ 자기 자신의 전생(前生)과 조상핏줄을 정확히 모르고 덤볐을 경우 ④ 정확한 운(運)때를 모르고 시행착오를 일으킬 경우 ⑤ 조상(祖上)가리가 잘못되거나 또는 몸 주신(主神)을 모를 경우 ⑥ 산 기도 방법(山祈禱方法) 또는 신(神) 내림굿의 방법이 틀릴 경우 ⑦ 자기 전생의 업살(業殺)이 너무도 무거울 경우 그리고 ⑧ 60갑자 일진법에 따른 기(氣) 주파수 사이클을 못마출 경우 등등이니라."

"신령님! 신(神) 제자와 무당제도는 누가 왜 만들었는지요?"

"제자야! 신(神) 제자와 무당제도는 신(神)들이 인간들을 다스리기 위해 만들었으며 넓은 의미에서 신부·목사·스님·법사 등등도 모두가 무당(巫堂)이고, 업(業)이 많은 영혼들을 제자감으로 선택하여 공부시켜 사용하려 하기 때문이니 앞으로는 최고 높은 등급의 신(神) 제자인 도사(道士)가 신(神)끼있는 모든 사람들의 삶의 길을 열어주어야 하느니라."

"신령님! 모든 사람들의 기도응답과 소원성취는 누구나 모두가 다 이루어지는 것인지요?"

"제자야! 그러하지 않느니라. 모든 사람에게는 자기 전생의 존재가 현재의 자기 영혼으로 들어와 있기 때문에 반드시 자기 전생의 업(業)이 먼저 풀려야 죄가 소멸이 되고, 그리고 죄가 소멸되어야 기도응답과 함께 비로소 운이 열리게 되느니 또한 자기 영혼과 믿는 신이 서로 잘 맞아야 하고, 기도하는 날짜의 일진과 기도하는 시간의 운때가 맞아야 하며, 반드시 지극 정성스러워야 기도응답과 소원성취를 이룰 수 있느니라."

"신령님! 전생(前生)은 정말로 존재하는 것인지요?"

"제자야! 모든 사람과 존재물(存在物)은 각각의 전생(前生)이 다 있느니라."

"신령님! 몽매(蒙昧)한 보통 사람들이 자기 전생의 좋고 나쁨을 어떻게 짐작이나마 할 수 있는지요?"

"제자야! 보통 사람들이 자기 전생의 좋고 나쁨을 대충이나마 짐작하려면, 현재 자기 자신의 삶이 얼마나 복(福)이 많고 적은가 또는 운(運)이 얼마나 좋고 나쁜가로 판단할 수 있느니라."

"신령님! 자기 전생의 업살(業殺)로 현재의 삶이 복이 없고 운이 나쁘고 고생만 하는 사람은 어떻게 하면 되는지요?"

"제자야! 업은 인과응보의 하늘법칙에 따라서 반드시 지은 대로 나타나기 때문에, 현재의 삶이 복이 없고 운이 나빠 고통과 고생 그리고 불행을 당하고 있는 사람은 자기 전생의 업과 타고난 사주팔자에 들어있는 나쁜 기운작용 살(殺)을 풀어서 반드시 업살소멸(業殺消滅)을 해주어야 하고 또한 반드시 착한 일 선행을 많이 행하여야 하느니라."

"신령님! 복과 운이 좋은 사람은 어떻게 살아야 하는지요?"

"제자야! 복과 운이 좋은 사람이 선행공덕(善行功德)을 행하지 않으면 다음 생[來生]에는 반드시 처지가 뒤바뀌게 될 것이니라. 태어남과 죽음의 현상은 영혼작용이고 영혼이 이승과 저승을 왔다 갔다 하면서 인연의 법칙과 인과의 법칙에 따라 변화만 할 뿐이기 때문이니라."

"신령님! 인간들의 난치병(難治病)과 불치병(不治病)을 없어지게 할 수 있는지요?"

"제자야! 인과응보의 하늘법칙을 알고 영혼치유를 잘하면 없어지게 할 수 있느니라. 물질과학이 아무리 발달하고 발전을 하여도 과학으로 영혼을 제조할 수는 없고, 모든 존재물 중 인간은 가장 많이 영적 작용(靈的作用)을 하기 때문에 영혼 치유와 영혼 개선 및 영혼 진화를 하지 않고서는 결코 난치병과 불치병을 없어지게 할 수 없느니라."

"신령님! 운명(運命)과 운(運)의 작용은 정말로 있는 것인지요?"

"제자야! 모든 존재물의 운명과 운의 작용은 각각의 일정한 하늘 법칙에 따라서 반드시 작용을 하기 때문에, 사람의 운명도 운세·운수·운때로 작용을 하느니라. 하늘과 땅·해·달·별·바다·비·바람이 존재하고 탄생과 죽음이 작용하는 동안 우주자연의 모든 존재물에게는 각각의 운명과 운작용이 항시 존재하느니라."

"신령님! 신들의 세계는 어떻게 형성되어 있는 것인지요?"

"제자야! 신들의 세계는 여러 개의 궁(宮)과 천(天)으로 형성되어 있으니 12궁과 33천이라 하느니라."

"신령님! 신들의 세계도 높고 낮음이 있는 것인지요?"

"제자야! 신들의 세계도 높고 낮음이 있으나 그보다는 각각의 역할(役割)과 직분(職分)이 더 중요하느니라."

"신령님! 핏줄운내림과 핏줄대물림은 정말로 작용하는지요?"

"제자야! 천륜의 법칙과 유전인자적 핏줄작용 속에는 핏줄운내림과 핏줄업내림 그리고 핏줄대물림 현상이 정말로 작용하느니라."

"신령님! 남의 조상이 내 집안과 우리민족을 도와주는지요?"

"제자야! 천륜적 핏줄관계는 최우선으로 항시 작용을 하기 때문에 남의 조상이 내 집안과 우리민족을 결코 도와주지 않느니라."

"신령님! 민족분쟁(民族紛爭)과 종교분쟁(宗敎紛爭)은 해결될 수 있는지요?"

"제자야! 민족분쟁과 종교분쟁은 어느 한쪽이 멸망할 때까지 해결될 수가 없느니라. 유사시와 최후에는 민족과 종교끼리 뭉치게 되어 있느니라."

"신령님! 사람도 죽어서 신(神)이 될 수 있는지요?"

"제자야! 사람도 죽어서 신이 될 수 있으니 최고 높은 큰 도[大道]를 이루거나 또는 위대한 업적을 이루거나 큰 능력을 지니면 죽어서 인격적 신이 될 수 있고, 영혼과 혼령의 궁극적 목표와 소망은 신(神)이 되고 싶은 것이니라."

"신령님, 사람은 죽으면 어떻게 되는지요?"

"제자야! 사람이 죽으면 그 영혼은 몸뚱이에서 빠져나가 다시 삼혼(三魂)으로 갈라져서 각각의 세계로 돌아가고, 칠백(七魄)으로 흩어져서 자연 소멸이 되니, 즉 3혼으로 갈라지고 7백으로 흩어지느니라."

"신령님! 사람이 죽을 때 그 영혼은 어떻게 대처해야 가장 좋은지요?"

"제자야! 사람이 죽을 때는 어떤 사유로 죽든지 간에 죽음에 직면하면, 그 영혼은 절대로 당황하거나 두려워하거나 미련을 가지지 말고 그대로 순리에 따라서 인로왕보살 및 저승사자[使者]나 마중 나온 선망조상(先亡祖上)을 따라가든지 또는 빛이 나타나면 가장 밝고 눈부신 빛을 따라가면 좋으니라. 평상시 자기 영혼에게 자기 암시법으로 주입을 시켜놓으면 좋으니라."

"신령님! 불교의 성불(成佛)과 기독교의 부활(復活)은 참말인지요?"

"제자야! 석가모니 이후로 2천5백년 동안 부처가 된 사람은 한 명도 없었고, 예수 이후로 2천년 동안 부활된 사람이 한 명도 없었으니 그것은 다 거짓말이니라. 종교 경전은 글자에 매이지 말고 상징적 해석을 잘해야 하느니라."

"신령님! 서양 종교의 성격책에는 예수님의 성장과정이 그 어디에도 기록되어 있지 않다는데 그 비밀의 진실을 밝혀주실런지요?"

"제자야! 서양 종교의 교주 예수의 성장과정은 동방박사 도사(導師)들이 석가 부처의 나라 동방의 인도땅으로 데려가 도(道)를 닦게 하고 그리고 신통도사로 만들어 다시금 29세에 돌려보내 주었느니라."

"신령님! 지금의 가장 융성한 종교는 언제까지 계속되는지요?"

"제자야! 모든 종교의 최장주기는 약 3,000년 동안까지이니 지금의 가장 융성한 종교는 이후 500년에서 1,000년까지이니라."

"신령님! 신통능력이 없는 성직자는 그 자격이 있는지요?"

"제자야! 신(神)을 대상으로 믿는 종교에서 신통능력이 없는 성직자는 신의 대행역할을 하는 성직자로서 그 자격이 없느니라."

"신령님! 배달민족의 대한민국 우리나라에서만 사람의 나이를 계산할 때 한 살을 올려주는 연유는 무엇때문인지요?"

"제자야! 아이가 어머니의 뱃속에 잉태할 때부터 이미 영혼이 들어와 있기 때문에 영혼이 깃들인 태아를 사람으로 인정을 하니 이 셈법은 세계에서 가장 하늘 법칙의 이치에 맞느니라."

"신령님! 여성들의 낙태수술행위는 죄가 되는지요?"

"제자야! 여성들의 낙태수술행위는 살인죄의 큰 죄가 되느니라."

"신령님! 모든 사람에게는 원인에 따른 결과만 나타난다는 인과의 법칙은 정말인지요?"

"제자야! 인과의 법칙은 하늘법칙이니 정말이고 또 정말이니라. 모든 사람은 삼생(三生)을 인과(因果)의 법칙(法則)에 따라 살아가느니라."

"신령님! 이 말씀들을 듣기 전에 이미 많은 잘못을 범했거나, 또는 죄를 지었거나, 또는 잘못 살아온 사람들은 어떻게 하면 좋은지요?"

"제자야! 지금부터라도 즉시 잘못을 뉘우쳐 참회·회개하고, 착한 마음씨로 오직 선행(善行)을 많이 행하고, 가지고 있는 것들을 베풀어서 자기 공덕(自己功德)을 쌓으면 죄 값이 경감 소멸(輕減消滅)되느니라. 인과의 하늘법칙은 진리이니 틀림이 없느니라."

"신령님! 좋고 나쁜 일에는 미리 그 징조(徵兆)가 나타난다고 하는데 정말 그러하는지요?"

"제자야! 모든 일에는 어떻게든 반드시 사전 그 징조가 예고되느니라."

"신령님! 사전예고의 징조들은 어떻게 나타나는지요?"

"제자야! 사전예고의 징조들은 현상적으로 또는 꿈속으로 그리고 얼굴과 손금의 형상과 기색(氣色)으로 분명히 나타나느니라."

"신령님! 좀 더 자세히 가르쳐 주실런지요?"

"제자야! 큰일과 객관적인 것은 큰 사고와 자연현상의 전조 징후(前兆徵候)로 나타나고, 작은 일과 주관적인 것은 개인의 신체 이상과 얼굴 손금의 기색으로 나타나며, 특히 꿈속에서의 계시(啓示)로 나타나느니라. 사전예고의 징조들을 잘 살펴서 사전에 대비를 잘하는 지혜가 필요하느니라."

"신령님! 꿈속에서의 계시 좋은 꿈과 나쁜 꿈의 구별을 가르쳐 주실런지요?"

"제자야! 꿈속에서의 계시는 남·녀의 성별과 나이 그리고 직업과 상황에 따라서 조금씩 다르게 나타나고 또한 조금씩 다르게 꿈풀이를 하느니라. 하지만 먼저 좋은 꿈들을 대체로 열거하면 돼지꿈·용꿈·구렁이꿈·두꺼비꿈·큰물고기꿈·소꿈·말꿈·호랑이꿈·족제비꿈·독수리꿈·봉황새꿈·똥꿈·돈뭉치꿈·대통령꿈·귀인을 만나는 꿈·종이문서 또는 고액 수표를 받는 꿈·귀중품을 받는 꿈·백발도인 꿈·조상님이 일러 주는 꿈·특별한 숫자 또는 이름 또는 장소를 가르쳐주는 꿈·맑은 물꿈·목욕하는 꿈·정돈하는 꿈·청소하는 꿈·빨래(세탁)하는 꿈·과일꿈·불이 잘 타는 꿈·꽃상여를 보는 꿈·물고기를 많이 잡는 꿈·조개를 많이 잡는 꿈·수확을 하는 꿈·현재보다 좋은 집에서 살고 있는 꿈·잔칫상을 보는 꿈·기도를 하는 꿈·아침에 일어나서 예감과 느낌이 좋은 꿈 등등이니라.

다음으로 나쁜 꿈들을 대체로 열거하면 젊은 여자들 꿈·어린 아기꿈·갓난아기를 안거나 업고 다니는 꿈·귀신꿈·경찰꿈·군인꿈·

벌레꿈·소가 덤벼드는 꿈·짐승이 덤벼드는 꿈·쫓기는 꿈·흙탕물 꿈·물이 더러운 꿈·물이 줄어드는 꿈·물고기를 못 잡는 꿈·교량이 끊기는 꿈·큰 사고가 발생하는 꿈·자기 신발을 잃어버리는 꿈·자가용차를 잃어버리는 꿈·자기 물건을 찾으러 다니는 꿈·자기 물건을 빼앗기는 꿈·못사는 동네로 이사 가는 꿈·죽은 사람이 보이는 꿈·억울한 사람이 꿈속에 나타나는 꿈·헐벗고 굶주린 조상꿈·조상님이 자주 보이는 꿈·가위눌리는 꿈·무서움과 공포를 느낀 꿈·기분 나쁜 꿈·느낌과 예감이 안 좋은 꿈 등등 헤아릴 수 없을 만큼 많느니라.

이러한 좋은 꿈 또는 나쁜 꿈들 중에서 두 번 이상 반복되는 꿈과 특별한 꿈 그리고 새벽 잠자리에서 일어나기 직전에 꾸는 꿈들은 귀중한 계시와 암시가 들어 있으니 반드시 꿈풀이를 잘해야 하느니라. 특히, 사람의 이름 또는 어느 곳의 지명을 가르쳐 주는 꿈이나 글자와 숫자를 가르쳐 주는 꿈 등등은 복권당첨 또는 횡재와 행운을 잡을 수 있는 좋은 꿈이기도 하니 이러한 특별한 꿈을 꿀 경우에는 반드시 용한 점쟁이를 찾아가 꿈풀이를 잘 받아 보아야 하느니라.

꿈 활용만 잘해도 1년에 서너 번은 반드시 큰 기회를 잡을 수 있으니, 나쁜 꿈은 사전예방을 잘해서 손해를 막을 수 있고 또한 좋은 꿈은 사전준비를 잘해서 큰 이득을 볼 수 있으니 반드시 꿈 활용을 잘해야 하느니라.”

“신령님! 핏줄운내림과 핏줄동기감응작용법칙이 자녀와 후손의 운명에 얼마만큼 영향을 끼치는지요?”

“제자야! 각각의 집안과 개인에 따라서 차이가 있을 수 있지만, 대체로 70~90%까지 자녀와 후손의 운명에 영향을 끼치니 유전인자적 핏줄운내림과 천륜법칙의 핏줄관계는 아주 중요하느니라.”

“신령님! 전생(前生)이 현생(現生)의 삶과 운명(運命)에 얼마만큼 영향을 끼치는지요?”

“제자야! 전생의 존재가 현생의 자기 몸속에 영혼으로 들어와 있기 때문에 자기 자신의 타고난 운명을 얼마만큼 알고 있는가 또는 자기 운명에 맞게 살고 있는가 아니면 자기 운명도 모르고 잘못 살고 있는가 등등과 전생 삶의 인과에 따라서 또는 태어나면서 ① 복(福)을 타고 났는지 ② 운(運)을 타고났는지 ③ 업(業)을 타고났는지 등등에 따라 차이가 있을 수 있지만 대체로 80~99%까지 현생의 삶과 운명에 영향을 끼치느니라. 이러한 비밀작용과 하늘법칙들을 이해한다면 사람의 삶은 함부로 막살 수도 없고 또한 함부로 막살아서도 안 되니 반드시 잘 살아야 하느니라. 자기 자신이 잘못 살거나 또는 원한 많게 죽으면 자기 자손과 자기 영혼은 함께 이후로 약 100~300년 동안 고통받고 고생하고 불행하게 되니 반드시 알아둬야 하느니라.”

“신령님! 인간으로 태어나서 어릴 때 또는 젊은 나이에 각종 사고 또는 질병으로 억울하고 한(恨) 많게 죽은 사람은 천도(薦度)가 잘 되는지요?”

“제자야! 인간으로 태어나서 어릴 때 또는 젊은 나이에 각종 사고 또는 질병으로 억울하고 한 많게 죽은 사람은 본래 수명의 나이가 될 때까지 수십 년 동안을 저승세계로 들어갈 수가 없기 때문에 천도가 잘 되지 않느니라. 이러한 조상과 영가는 반드시 신통력으로 법력과 도력이 높은 도사(道士) 또는 도승(道僧)이 천제불공방법으로 ‘특별 천도재'를 해줘야 해원과 천도가 동시에 이루어지느니라."

"신령님! 여자의 자궁 속에서 억울한 죽음을 당한 낙태 아이들의 영혼은 어떻게 되는지요?"

"제자야! 여자의 자궁 속에서 억울한 죽음을 당한 낙태 아이들의 영혼은 태어나서 어른으로 성장하고 죽어야 하는 수명의 나이가 될 때까지 수십 년 동안을 저승세계로 들어갈 수가 없기 때문에 원한의 태주혼령이 되어서 평생 동안 그 어미의 자궁 속이나 몸뚱이에 달라붙어 원한의 복수를 하게 되느니라. 억울한 죽음을 당한 혼령들은 원한의 대상자와 죽음을 당한 그 장소에서 붙박이 지박령 원한귀신으로 붙어 있기 때문에 교통사고로 사람이 죽은 장소에서 또 교통사고로 사람이 죽는 현상이 생기고, 낙태 살인을 한 자궁에서는 자궁살(殺)이 생겨 자궁암과 불임 또는 이혼과 사별 등등의 인과응보적 보복현상이 생기느니라. 낙태 살인을 한 여성으로서 이러할 경우에는 반드시 자궁살(殺)을 풀어주면서 함께 낙태 아기 태주혼령을 특수도술법으로 반드시 해원천도 시켜주어야 하느니라."

"신령님! 원한이 많은 원귀·악귀·요귀·좀비·수비·영산 등등의 원한이 강한 귀신들은 천도가 되는지요?"

"제자야! 원한이 강한 귀신들은 최고의 신통력과 도술법을 사용하지 않고서는 천도가 잘 되지 않느니라. 원귀·악귀·요귀·좀비·수비·영산 등등의 귀신들은 법력과 도력이 높은 도사(道士) 또는 도승(道僧)만이 천제불공 '특별 천도재'로 해원과 천도를 딱 한 번에 끝낼 수 있느니라."

"신령님! 원한이나 미련이 없이 잘 죽은 사람도 조상굿이나 49재·천도재가 필요한지요?"

"제자야! 그러한 영혼은 스스로 순리를 잘 따르게 되니 조상굿이나 49재·천도재가 필요 없느니라."

"신령님! 사람으로 살면서 가장 좋은 일은 무엇인지요?"

"제자야! 사람으로 살면서 가장 좋은 일은 착한 일 선행공덕을 쌓는 것이니 지식이 많은 사람은 그 지식을 나누어주고, 재물이 많은 사람은 그 재물을 나누어주고, 건강한 사람은 자원봉사를 많이 행해야 하느니라."

"신령님! 다음은 민족과 국가의 미래를 위해서 가르침을 주실런지요?"

"제자야! 민족과 국가의 미래를 위해서는 의식개혁과 인간계발 그리고 100년 계획·1,000년 비전의 국가전략이 필요하느니라."

"신령님! 바람직한 방법을 가르쳐 주실런지요?"

"제자야! 천급한 허세와 비굴함을 고치고 자주독립성과 애족애국심으로의 의식개혁이 필요하며, 사람은 태어날 때 반드시 한 가지씩 저마다의 개성적 소질과 운명을 가지고 태어나기 때문에 각 사람의 타고난 소질과 지능·재능·성격·체질·감성 그리고 수명과 운세와 운명에 따른 개성적이고 전문적인 인간계발이 꼭 필요하느니라. 각 사람의 타고난 소질과 개성을 빨리 발견하여 반드시 적성에 맞게 계발시켜주고 함께 각 사람의 타고난 운명과 운세에 가장 적합한 인생진로를 제시하여 선택하도록 해주면 각 사람 개인의 성공과 민족 국가의 발전을 함께 이룩할 수가 있느니라."

"신령님! 사회의 대형사고와 자연재해 등등의 재앙과 정책 실패로 인한 막대한 피해와 손실을 막을 수 있거나 또는 줄일 수 있는 방법을 가르쳐 주실런지요?

"제자야! 앞날의 예측과 미래예언은 점쟁이들이 전문가이니 앞날 예측능력이 뛰어난 실력 있는 신통력의 점쟁이 또는 점술가를 100명 정도 선정, 위촉하여 하늘에서 계시와 예시가 있을 때마다 중앙 집결 전화에 수시로 통화기록을 하도록 하고 슈퍼컴퓨터와 전담요원 공무원으로 하여금 집계분석을 계속하도록 하여 정확한 준비·대비·대응을 잘할 수 있도록 하는 시스템을 만들어 활용하면 대형사고와 자연재해 등등의 재앙 그리고 정책 실패로 인한 엄청난 피해와 손실을 절반으로 줄일 수 있고 또한 막을 수도 있느니라. 이 시스템은 기업경영과 국가경영 그리고 국가정보와 국가방위 그리고 모든 협상의 전략에도 도움이 될 수 있느니라."

"신령님! 우리민족과 국가의 안정과 평화 그리고 지속적인 발전을 위해서는 어떻게 해야 하는지요?"

"제자야! 좌우 대립과 계층간의 대립을 포용설득과 냉철한 정책으로 해결을 하고, 분배식 복지도 중요하지만 성장발전을 더 많이 꼭 해야 할 것인 바, 생산과 성장이 없는 복지는 결국 망하게 될 것이니라. 그러하기 때문에 민족과 국가를 다스리는 행정 및 통치와 정치를 잘해야 하느니라."

"신령님! 행정 및 통치와 정치를 잘하려면 어떻게 해야 하는지요?"

"제자야! 자질과 능력을 갖춘 인물들이 필요할지니 애족애국심이 결여된 이중국적을 가진 자·오기가 강한 자·직무관련 경험과 실적이 없는 이론가·소신이 없는 자·말을 바꾸는 자·의리가 없는 자·

기회주의자·소인배같은 자 그리고 사리사욕에 눈먼 자들은 행정 및 통치와 정치에서 철저히 배제시키고, 국가 경영의 최고 통수권자는 앞날 예측능력과 통찰력 그리고 덕을 겸비한 카리스마적 강력한 리더십과 나라의 어른다운 모습으로 대인(大人)의 면모를 갖추고 대도(大道)의 길을 가야 할지니라."

"신령님! 우리민족과 국가의 혼란과 재앙의 근본들을 해결할 수는 있는지요?"

"제자야! 해결할 수 있느니라. 인간은 영적 작용(靈的作用)을 하기 때문에 한반도 남북전쟁 때 이 땅에서 피를 흘리며 원한 많게 죽은 수많은 원혼들과 또한 각종 사고와 불치병 등등으로 원한 많게 죽은 수많은 원혼들을 잘 달래고 깨우치게 하고 영혼치유까지 하는 특수 도술법으로 해원천도를 잘해 주고 개운(改運)까지 하면 나쁜 운 작용의 근본을 모두 해결할 수 있느니라. 그렇기 때문에 국사당(國祠堂)을 꼭 지어야 하느니라."

"신령님! 미래 우리민족과 국가를 위한 가르침을 더 주실런지요?"

"제자야! 민족과 국가가 비록 약소하더라도 미래사회는 결국 사람의 능력에 달려있으니 결코 무너지지 않는 강인한 정신력을 가진 민족성을 기르고 배달의 민족은 신명이 강하니 종교·기술·예술·예능으로 세계 만방에 이름을 떨쳐 나아가면서 민족과 국가 그리고 개인까지도 앞날의 정확한 미래예측을 잘 해내고 또한 준비와 대비를 철저히 하는 전략이 가장 중요하느니라. 더 이상의 가르침은 하산 후(下山後)에 차차로 또 주어질 것이니라……."

나는 아쉽지만 신령님들과의 문답식 가르침이 끝나자 하늘과 신령님께 삼배(三拜)로 큰절을 올리고 천등산(天登山) 산꼭대기 가장 높은 산봉우리를 내려옵니다.

해가 지고 있는 노을진 석양 무렵에 산봉우리를 내려옵니다.

산 기도로 도(道)를 닦으면서 10년 동안 하루에 한 개씩 쌓아올린 돌탑은 내 키의 3배 높이만큼이나 높습니다.

나는 돌탑 앞에 서서 합장을 하고 돌탑을 올려다봅니다.

내 손으로 10년 동안 쌓아올린 나의 돌탑을 감회 어린 심정으로 한참 동안을 올려다보고 있습니다.

어둠 속의 하늘에서 눈부신 빛줄기가 돌탑을 향해 비춰옵니다.

하늘 빛줄기 속에서 황금색으로 눈부신 아미타불이 모습을 드러내시어 돌탑 꼭대기 위의 공중에 가부좌를 하고 앉으십니다.

"아미타불이시여! 가르침을 주실런지요?"

"제자야! 공들여 쌓아올린 이 돌탑은 영원토록 무너지지 않을 것이니라. 이곳 천등산(天登山)에서 10년 동안 두문불출(杜門不出) 토굴기도(土窟祈禱) 초월명상(超越瞑想)으로 신들의 가르침에 따라 인간 최고의 신통(神通)·도통(道通)·해탈(解脫)의 경지에 오른 도사(道士)가 되어 독성(獨成)의 지존(至尊)에 올라섰느니라.

이곳 천등산(天登山)을 하산하거든 이 나라의 신령스런 명산인 팔영산·조계산·월출산·한라산·무등산·내장산·모악산·계룡산·마이산·지리산·덕유산·가야산·가지산·팔공산·속리산·월악산·일월산·소백산·태백산·오대산·설악산·치악산·불암산·수락산·도봉산·삼각산·인왕산·관악산·남산을 직접 거쳐서 서울 중심으로 들어가도록 하여라.

세간의 사람들 속에 함께 살면서 인간계 최고의 신통술과 관상술 그리고 부적술과 도술로 많은 중생들을 도와줄지니, 반드시 종교 종파를 초월하여 구속과 걸림이 없는 자유자재로 살며, 자비이타행의 방편으로 교통이 편리한 서울 중심에 초월명상원 겸 작은 점(占)집을 차리고 명상지도와 인생상담 등등을 해주면서 인연이 닿는 대로 가르침을 주도록 하여라.

도사(道士)로서 도(道)의 길을 묵묵히 걸어가면 가르침을 받으려는 사람과 공덕을 쌓으려는 사람과 복(福)을 지으려는 사람과 애족애국심(愛族愛國心)을 가진 사람들이 나타나 국사당(國祠堂)을 짓는데 시주헌금(施主獻金)과 후원금(後援金)을 내면서 함께 동참(同參)을 해 줄 것이니라.

시주헌금과 후원금으로 백두대간의 산속 두 군데에 '국사당'을 짓고 또한 남쪽 바닷가 세 군데에 '용궁사'를 짓고 그리고 '칠성당'을 짓는 등등 반드시 신전(神殿)을 많이 지어 배달민족이 살아가는 한반도 땅을 세계 제일 강한 기운으로 꼭 만들도록 하여라!

제자는 이제부터 인간계 최고의 신통술과 관상술 그리고 부적술과 도술로 중생구제와 민족국가를 위한 국사당과 용궁사와 칠성당 건립이 그 사명이니라. 잘 알아들었는가?"

"예! 잘 알아들었습니다."

아미타불의 모습과 음성이 사라지고 이제 고요함만 남습니다.

어두운 밤의 깊고 높은 산속에서 별빛이 빛나는 밤하늘을 올려다 봅니다.

나도 모르게 환희의 눈물이 볼을 타고 흘러내립니다.

동쪽 하늘에서 커다란 둥근달이 떠오릅니다.

밤하늘의 둥근달이 어둠의 대지(大地)를 환하게 비추어 줍니다.

나는 밤하늘의 둥근달을 바라보면서 눈물을 흘립니다.

눈물이 내 볼을 타고 흘러내리고 있습니다……

제21장
도인(道人)이 되어 하산(下山)을 한다

 필자는 이제 하산(下山)을 준비합니다.

 첩첩산중 깊고 높은 산속에 들어와서 10년 동안 산 밖을 한 번도 안 나가는 두문불출(杜門不出) 토굴기도(土窟祈禱)를 하며 나 홀로 산도(山道)를 닦는 산(山)생활을 마무리하기 위해 준비를 합니다.

 한창 무르익은 봄철이니 또다시 토굴 옆 산골짜기 비탈의 텃밭에 채소 씨를 심기 위해 땀을 흘리며 괭이질을 합니다.

 여러 날 동안 땀을 흘리면서 괭이로 땅을 파 엎고 두둑과 이랑을 만들어 정성스럽게 채소 씨를 심습니다.

 누가 먹든지 간에 산속의 텃밭에 채소씨를 심어놓습니다.

 넓은 마음 그리고 큰 마음으로 마음을 씁니다.

 이곳 천등산이 자동차가 통행할 수 있는 임도(산길)가 생기고, 또한 옹달샘 토굴에서 큰 도사(大道士)님이 탄생했다는 입소문이 났으니, 누군가 또 인연 있는 사람들이 이곳을 찾아와 산 기도공부를 하게 될 것을 대비해서 모든 시설은 그대로 남겨두고 깨끗이 청소만 해놓습니다.

돌탑과 돌 제단 그리고 옹달샘과 토굴에 한없는 고마움과 감사함으로 머리 숙여 마음 숙여 골백 번 큰절을 올리고 동서남북 4방으로도 큰절을 올리고 나서 이제 하산(下山)을 합니다.

유언과 유서를 남겨놓고 죽음을 각오하는 배수진(背水陣)을 치고 10년 동안 산도(山道)를 닦아 드디어 도사(道士)가 되어 이제 하산(下山)을 합니다.

나는 나의 수호신령을 거느리고 천등산(天登山)을 내려옵니다.

하늘에서는 승리의 축하 음악 소리가 들려오고 산까마귀들도 머리 위를 날면서 까악~까악~ 축하를 해줍니다.

나는 승리자가 되어 축하를 받으며 산을 내려옵니다……

집 떠난 지 10년 만에 시골집 생가(生家)로 돌아옵니다.

많은 사람들과 친지 가족들이 나를 반겨줍니다.

한 사람 한 사람 손을 잡아주고 그리고 대청마루에 앉아 계신 어머님께로 가서 큰절을 올리며 문안 인사를 드립니다.

우리 어머님께서는 이제 백발노인으로 늙으셨습니다.

지금도 장독대의 큰항아리 위에 정한수를 떠올리고 있습니다.

손씨 집안으로 시집을 와 첫아이 임신 때부터 아이가 태어나고 자라서 환갑쯤이 된 지금까지 매일처럼 장독대 큰항아리 위에 정한수로 물 한 그릇을 떠올리고 있습니다.

당신께서 시집온 손씨 집안과 당신께서 배 아파 낳으신 6남 1녀 7남매를 위해 오직 잘되기만을 평생 빌어 오고 계십니다.

필자는 이 책을 가장 먼저 나의 어머님 안동 김씨 '김순애' 님께 엎드려 받쳐 올리는 바입니다.

그리고 우리 어머님의 7남매 자식을 대표해서 그러하신 어머님의 거룩하신 삶에 한없는 고마움과 존경심을 표하는 바입니다.

그러하신 어머님께서 이제 늙으시니 무릎관절과 허리 엉치뼈에 골다공증과 통증으로 아프시다고 하십니다.

나는 자식된 도리로 병원에도 모시고 다녀오고 그리고 어머님 무릎과 허리를 만져드리면서 직접 약사신과 부적도술의 신통력으로 치유를 해 드립니다.

생가(生家)의 어머님 곁에 잠시 머물면서 가족 모두와 지인 그리고 시골동네 사람들과 손님으로 찾아온 사람들에게, 그 사람에게 꼭 맞는 좋은 말 법문을 한마디씩 해줍니다.

나는 그 사람의 운명과 운(運)흐름에 꼭 맞는 가르침을 줍니다,

그 사람의 타고난 운명을 종합적으로 분석하고 진단하여 현 시점에서 가장 합리적인 가르침을 직설법으로 말해줍니다.

하루는 군수님의 소개로 찾아왔다면서 순천에서 고흥군 도화면 가화리 이목동까지 내가 머물고 있는 시골동네에 고급승용차 리무진을 타고 귀부인과 아가씨가 나타납니다.

요즘 이곳 시골동네에 외지사람들의 고급승용차가 자주 찾아옵니다.

고급 리무진 승용차를 타고 온 귀부인이 먼저 입을 열면서 자기가 찾아온 이유를 먼저 맞춰보라고 합니다.

나는 나를 시험하는 이러한 무례함이 가장 싫지만 멀리서 찾아왔고 또한 소개를 한 군수님의 체면도 있고 하여 빙그레 웃음으로 대하며 신안(神眼)으로 손님의 얼굴을 유심히 살피면서 입을 엽니다.

"여사님! 핸드백 속에 들어있는 두 사람의 사주와 성명이 적힌 종이쪽지를 꺼내 놓으시지요!"

그러자, 손님은 탄복을 하면서 준비해온 종이쪽지를 꺼내놓습니다.

"어머니가 딸을 강압으로 데리고 왔고 혼인문제와 궁합을 보러오셨지요?"

"예! 도사님, 맞습니다요. 딸 결혼을 앞두고 신점(神占)을 잘 치는 무녀(巫女)를 찾아가서 궁합을 보았더니 나쁘다고 말하고, 철학을 잘 보는 역술원을 찾아가서 궁합을 보았더니 좋다고 말하는 등등 서로 상반된 반대의 점(占)을 쳐서 궁합을 서너 번씩이나 보고도 결정을 못 내리고 있습니다요. 두 사람의 궁합과 혼인의 가부를 결정지으러 왔습니다."

나는 신점(神占)과 철학으로 동시에 두 사람의 사주와 성명을 풀어보고, 직접 찾아온 한 쪽의 당사자 얼굴에서 그 사람의 타고난 결혼운까지 확인을 하고, 두 사람의 전생(前生)과 핏줄운내림까지 정확히 분석하여 결혼운과 궁합을 동시에 봐주면서 궁합과 혼인의 가부를 답해줍니다.

"두 사람의 궁합은 70점 정도가 되니 궁합 자체는 조금 좋은 편입니다. 그러나 혼인은 절대로 시키지 않아야 합니다. 왜냐하면 남자의 타고난 사주팔자 운명에는 수명이 짧으며 재물이 없고, 여자의 타고난 사주팔자 운명에는 결혼이 두 번 들어 있으니, 만약 이 두 사람을 결혼시키면 여자의 나이 35세에 일찍 사별을 당하게 됩니다. 특히 여자 쪽의 사주팔자와 얼굴 관상에 99% 확률로 결혼운이 두 번 결혼으로 나타나 있기 때문에 궁합이 좋아도 이 남자와 결혼을 하면 35세에 사별을 당하게 됩니다."

"도사님! 그렇다면 우리 딸의 타고난 '평생운명'은 어떠한지 '운명진단'을 좀 해 주십시요."

나는 다시 한 번 신통관상법으로 아가씨의 얼굴관상과 영혼모습 그리고 사주를 동시에 보면서 그 사람의 ① 전생 ② 핏줄내림 ③ 핏줄동기감응 ④ 풍수지리환경 ⑤ 운기작용 등등과 ⑥ 복(福) ⑦ 운(運) ⑧ 업(業) ⑨ 살작용(殺作用) 등등을 종합분석해서 정확하게 타고난 '평생운명'의 핵심을 알기 쉽게 가르쳐줍니다.

"부모 잘 만난 복(福)을 타고났으니 부유한 집안의 외동딸로 태어나 호의호식하고 또한 200억쯤의 재산상속도 받을 것이며 운세도 강하여 후계자로 성공하게 됩니다. 하지만 타고난 사주팔자 운명 속에 욱! 하는 격정살(激情殺)과 고독살(孤獨殺), 재혼살(再婚殺)이 들어있으니 첫 번째 결혼은 반드시 실패를 당하고 59세에 신경성 홧병(火病)으로 쓰러지고 다시 회복이 된 후에는 자선사업가가 되고 81세에 죽게 될 것이며, 자식은 두 명을 두게 됩니다. 결혼운이 나쁜 것은 어머니 쪽 핏줄 운내림과 전생업살작용 때문이니 결혼은 33살에 늦게 하면 좋고 지금부터 반드시 착한 일 선행공덕을 행하면 운명을 좋아지게 할 수도 있습니다. 나이가 4살 차이 김씨 성을 만나면 결혼을 잘하게 되고 더욱 결혼을 잘하려면 타고난 업살(業殺)을 꼭 소멸시켜 주길 바랍니다. 재물복을 타고 났으니 빈부귀천 중에서 부(富)에 속하고 인생진로는 경영학을 더욱 공부해서 어머니 사업의 후계자가 되면 가장 좋습니다."

손님으로 찾아온 귀부인과 아가씨는 나의 점(占)치는 과정을 지켜보면서 점차로 자세와 말씨를 고치면서 태도가 아주 겸손해집니다.

지금까지 다른 곳과는 비교할 수 없을 만큼 정확하게 종합분석을 해서 운명점(運命占)을 봐주니 아주 겸손한 태도로 타고난 운명 속에 들어있는 나쁜 업살(業殺)을 풀어서 개운(改運)을 해달라고 부탁을 해옵니다. 타고난 운명을 바꾸는 '운치료'(運治療 : 운치료 용어사용은 2004년 필자의 저서 ≪천기소설 운≫이란 책에서부터 처음 사용되었으며 고유사용권 특허출원등록이 되어 있음을 알려드림)는 정말로 중요합니다.

　자기 전생의 인과와 자기 조상의 인과로 태어날 때 타고난 운명 속에 들어있는 나쁜 운을 개운하는 운치료 방법은 원인과 현상 정도에 따라 ① 각종 살풀이 ② 업장소멸 ③ 조상해원천도 ④ 신(神)끼 제거 ⑤ 나쁜 핏줄대물림소멸 ⑥ 구병시식 ⑦ 대수대명 ⑧ 새로운 운맞이 등등을 종합적으로 한꺼번에 동시에 행하는 하늘 천제(天祭) 또는 불공(佛供) 그리고 도술부적의 특수처방으로 운(運)치료를 통하여 개운(改運)을 할 수 있고 운치료 처방은 각각의 사람과 각각의 운(運)에 따라 비방이 모두 다를 수 있습니다.

　하지만 이 손님의 경우에는 특수도술부적 처방이 가능하다고 판단되기 때문에 나는 손님이 지켜보는 앞에서 주술진언을 외우고 정신집중을 하여 신통력(神通力)으로 직접 '도술부적'을 그려줍니다.

　그러나 일반 점(占)쟁이가 미리 준비해둔 부적이나 또는 다음에 다시 찾으러 오라는 부적이나 인쇄한 부적은 모두 가짜 부적이니 참고하길 바라고, 손님이 보는 앞에서 신통력으로 직접 그린 도술부적은 그 효험이 분명합니다.

　또 하루는, 한 번 찾아왔던 손님의 소개로 멀리 광주에서 찾아왔다면서 중년부인이 마음속에 근심이 가득한 모습으로 들어옵니다.

타고난 생김새는 곱상하건만 현재의 삶은 너무나도 마음고생이 많은 관상입니다.

중년부인은 한마디 말도 하지 않고 운명진단을 잘 하신다고 소개를 받고 찾아왔으니 자기의 운명(運命)을 봐달라고 합니다.

태어난 생년·생월·생일·생시·사주와 이름조차도 말해주지 않는 겁니다.

이러한 사람을 손님으로 대할 때면 긴장이 되고 등골에서 땀이 나곤 하지만 멀리서 찾아왔고 또한 나에게 손님으로 찾아왔던 사람의 소개로 왔다고 하니 그냥 빙그레 웃음으로 대하면서 우선 녹차 한 잔을 대접하며 손수 따라줍니다.

녹차를 대접하면서 손님으로 찾아온 중년부인의 얼굴 전체와 현재 나이쯤의 중년 운때를 가리키는 얼굴관상의 해당 부위와 남편궁과 자녀궁·애정궁·부인과 질병궁·재물궁·수명궁 등등을 살피고 난 후, 조용히 신안(神眼)을 열고 자세히 보니 손님 얼굴에 손님의 영혼모습이 함께 보여집니다.

필자는 사람의 얼굴을 직접 보면서 점을 칠 때면 그 사람의 얼굴에 그 사람의 영혼모습이 함께 겹쳐 보이고, 또한 사람의 눈을 보면 그 사람의 눈동자에서 그 사람의 전생모습이 순간 파노라마처럼 보여집니다.

종합적으로 손님의 모든 운(運)을 분석하고 나서 조용히 입을 열고 운명점(運命占)을 봐줍니다.

손님의 나이와 이름도 물어보지 않는 상태에서 그 사람의 운명점(運命占)을 봐줍니다.

"얼굴 생김새는 곱상하고 마음씨도 착하지만 영매적 무당 신(神)끼와 도화살·자궁살·장해살·재혼살을 타고나서 사치와 허영심이 많고 결혼을 늦게 했으면 좋을 사람이 결혼을 일찍 해 결혼 운때를 어겼고 또한 늦게 아이를 낳는다면서 2번씩이나 낙태수술을 하고 나이 들어 첫 아이를 낳고부터 지금까지 남편이 딴 여자와 바람을 피우니 근심과 우울 그리고 홧병이 보입니다. 또한 4년 전에 남편 몰래 친구한테 빌려준 3억원의 돈은 받지도 못하고 있으니 그것 또한 근심과 홧병이 가득하고 타고난 수명은 73세쯤 되지만 근심이 많아서 자기 수명을 더욱 단축시킬 것이고 당신의 영혼이 몹시 불안해하고, 슬픈 표정을 하고 있으니 참으로 안타깝습니다."

손님으로 찾아온 중년부인은 고개를 숙이더니 눈물을 펑펑 쏟아냅니다.

나는 휴지를 뽑아 건네주면서 또 말을 합니다.

"말씀해 드린 운명진단 점(占) 내용이 맞습니까? 틀립니까?"

"도사님, 말씀이 모두 다 맞습니다요."

태어난 사주와 이름도 가르쳐 주지 않고 대뜸 자기의 운명을 봐 달라고 하기에 나는 바짝 긴장을 하며 정신집중의 '신통관상술'로 손님의 핵심운명을 봐주고 난 후, 손님이 자기 입으로 "맞습니다"라고 답을 하며 눈물을 펑펑 흘리는 것을 지켜보면서 울고 있는 손님의 모습이 한없는 측은심(惻隱心)이 들지만 나는 냉철함을 잃지 않고 점괘(占卦)대로 또 말을 해 줍니다.

"당신의 운명이 그렇게 된 것은 당신의 업살(業殺) 때문입니다. 그리고 더욱 잘못한 것은 결혼 운때를 어겼고, 또한 낙태를 2번 씩이나 했고, 또한 사치 허영심과 그동안의 경거망동으로 인한 그 대가인 것입니다. 이제 지나간 과거 일은 과거이고 앞으로는 어떻게 살아갈 생각입니까?"

"도사님! 지금까지 잘못 살아온 삶의 현시점에서 과연 어떻게 해야 가장 좋은지를 좀 가르쳐주십시요."

"사람 중에는 첫 번째 결혼운이 더 좋은 사람이 있기도 하고, 두 번째 결혼운이 더 좋은 사람이 있기도 하며, 첫 번째도 두 번째도 계속 불행한 사람이 있기도 합니다.

당신은 당신의 사주팔자 운명 속에 들어있는 신(神)끼와 도화살·재혼살 때문에 첫 번째 결혼도 두 번째 결혼도 불행하게 되어 있고, 또한 자궁살 때문에 남편이 딴 여자와 바람을 피우게 되어 있고, 또한 장해살과 손재수 때문에 운이 가로막혀 큰 돈을 손해보게 되어 있고, 또한 영매적 신(神)끼를 타고나 결국 무당(巫堂)이 될 것이며, 그동안 다른 점집에서 신내림굿을 해야 한다는 둥 조상굿을 해야 한다는 둥 여러 번 점쟁이들 말을 들어 보았을 것이고, 그러한 말을 처음 들을 때부터 현재까지 약 20년 동안을 계속 운이 나빠 고생만 죽도록 했을 것인데 이젠 정말로 어떻게 하시겠습니까?"

"도사님! 말씀이 다 맞으니 더 자세하게 가르쳐 주십시요. 도사님이 시키는 대로 하겠습니다."

"자기 전생과 자기 핏줄의 업보로 타고난 운명 속의 업작용(業作用)과 해당된 살작용(殺作用)과 신(神)끼 제거 그리고 낙태 아기 원한의 태주혼령해원천도 등등을 잘 풀어주면 모든 나쁜 것의 원인이 소멸되고, 원인이 소멸되면 운(運)이 바뀌게 되고 그리고 운이 바뀌면 운명(運命)을 좋은 쪽으로 정확히 바꾸어낼 수도 있는 것입니다"

나는 산(山)속에서 도(道)닦을 때 배우고 터득한 인과법칙과 인연법·연기법을 가르쳐 주면서 연기법을 거꾸로 실타래를 풀어가듯 삶에 적용을 잘 시키면 된다고 경험을 자세히 얘기를 해 주면서 객관적이고 합리적으로 판단을 잘해 보라고 말을 해줍니다.

운이 안 열리거나 또는 운이 나빠서 손해보고 고통당하고 고생하는 것과 반대로 운이 좋고 술술 잘 풀려서 돈도 잘 벌고 즐겁고 행복하는 것을 금전으로 환산을 해 보고 또한 1년 동안, 10년 동안, 30년 동안 그리고 평생 동안의 손익을 계산해 보고 나쁜 운은 어떤 수단과 방법을 써서라도 좋은 운으로 반드시 바꿔줘야 하고, 나쁜 운들의 원인을 알면 운치료를 통하여 얼마든지 운을 바꿀 수 있다고 말을 해 줍니다.

의사가 환자를 진단하고 치료하는 것처럼, 도사(道士)도 운명을 진단하고 운치료를 할 수 있다고 말을 해 줍니다.

운명 개선이 가능하다는 얘기를 듣고, 이제야 손님의 얼굴이 밝아지면서 웃음을 지으며 자기가 지금껏 잘못 알아온 것과 잘못 살아온 것을 후회하면서 모두 다 털어놓습니다.

그러면서 또 묻습니다.

"도사님! 친구한테 빌려준 돈은 받을 수 있는지요?"

돈을 거래하거나 빌려줄 경우에는 통장계좌 또는 수표를 이용하고 금전 차용증을 쓰게 하여 반드시 물적 증거를 남겨둬야 하고 큰 돈을 거래할 경우에는 꼭 담보를 잡아두고 또한 증서공증까지 해둬야 잘못되었을 때 법적 조치를 취할 수 있습니다.

"금전차용증을 보관하고 있는 걸로 점괘가 나오는데 맞는가요?"

"예! 금전차용증을 가지고 있습니다."

나는 이제야 손님의 나이와 이름 그리고 돈을 빌려간 친구의 나이와 이름을 물어봅니다.

그러고 나서 돈을 빌려간 친구의 나이와 이름으로 신안(神眼)을 열고 신통술로 그 사람의 자산과 재산을 자세하게 점을 쳐봅니다.

신점(神占)을 쳐보니 몰래 은행거래를 하고 있는 통장과 숨겨놓은 아파트가 보입니다.

친구의 돈을 떼어먹으려고 작정을 하고 있는 나쁜 사람이기 때문에 나는 점괘대로 정확하게 다 가르쳐 줍니다.

손님으로 찾아온 중년부인은 얼굴이 더욱 밝아지면서 이제 환하게 웃음까지 짓습니다.

나는 손님의 웃음 짓는 얼굴을 보면서 보람을 느낍니다.

손님으로 찾아온 중년부인은 태어날 때 타고난 자기 자신의 운명 속에 들어있는 나쁜 업살 소멸(業殺消滅)과 아직까지 자궁 속에 원한 혼령으로 붙어 있는 낙태아기 해원천도와 신(神)끼 제거 등등 개운(改運)을 해주는 '천제'(天祭 : 인간을 다스리고 운을 조종하는 하늘 신령님들께 특별한 목적을 가지고 최고의 정성으로 올리는 하늘제사)를 올리기 위한 기도날짜를 선택해 두고, 복채 5만원과 기도 준비금을 꺼내 놓으면서 근심이 사라진 예쁜 얼굴로 인사를 하고 돌아갑니다.

나는 밝은 모습으로 되돌아가는 손님들을 보면서 이것이 바로 중생구제(衆生救濟)이고 진짜 활인(活人)이구나 하고 생각을 해봅니다……

요즈음 생가(生家)가 있는 이곳 시골동네에 외지에서 찾아온 사람들이 점차 많아지고 있습니다.

그러나 나는 하산(下山)을 할 때 하늘 신령님들로부터 천명(天命)을 받았기 때문에 이곳 시골 생가에 계속 머물러 있을 수가 없습니다.

또다시 길을 떠나기 위해 준비를 합니다.

어머님께 인사를 드리고 하늘의 천명(天命)을 받들고자 우리나라의 신령스런 명산(明山)들을 찾아 남쪽에서부터 시작하여 북쪽으로 올라 갑니다.

팔영산·조계산·월출산·한라산·무등산·내장산·모악산을 거쳐서 충청도 계룡산의 삼불봉으로 갑니다.

계룡산 삼불봉 바위 앞에서 삼칠일기도를 하고, 마이산을 거쳐서 한반도 남쪽의 제일명산인 지리산의 천왕봉으로 갑니다.

지리산 아랫마을 중산리에서 산을 오르기 시작하여 법계사를 지나 가장 높은 천왕봉에 올라섭니다.

지리산 천왕봉에 실제로 오르고 산 기도를 해보니, 지리산에 큰 도사님이 오셨다고 하면서 전쟁 때 죽은 혼령들과 사고로 죽은 혼령들이 구름떼처럼 몰려옵니다. 수많은 원혼의 혼령들이 피를 흘리고 헐벗고 굶주린, 너무나도 불쌍한 모습으로 울부짖으며 하소연들을 해옵니다. 저 수많은 불쌍한 혼령들 속에는 먼 친척이나마 내 조상님도 끼어 있을 수 있고, 독자분의 조상님도 끼어 있을 수 있습니다.

나는 억울하고 한 많게 죽고, 죽어서는 원한귀신이 되어 구천세계를 떠돌고 다니는 저 많고 많은 우리민족 동포 조상님들을 모두 다 해원 천도시켜드리고자 반드시 국사당(國祠堂)을 짓고 그리고 이 생명 다할 때까지 지장경·아미타경·해원천도경 그리고 해탈열반경을 독경하리라고 다시 한 번 더 굳은 각오와 함께 삶의 목표를 또 세웁니다.

하늘 신령님들께서 또 하명(下命)의 공수말씀을 내리십니다.

"백두대간 최고명당 지리산 아래 범왕리(凡王里)에 국사당을 지어라! 억울한 원혼들의 해원천도와 불쌍한 선조혼령들을 모두 구제하거라! 국사당을 지어 민족과 나라의 구심점을 꼭 만들도록 하여라!"

"예! 그렇게 하겠습니다."

나는 지리산의 가장 높은 천왕봉에서 삼칠일기도를 하고 지리산을 종주횡단(縱走橫斷)하여 반야봉과 노고단을 지나서 덕유산·가야산·가지산을 거쳐서 대구 팔공산의 갓바위로 갑니다.

팔공산 갓바위 부처님 앞에서 삼칠일기도를 하고, 속리산·월악산·일월산·소백산을 거쳐서 강원도 태백산(太白山)의 천제단(天祭壇)으로 갑니다.

자연석 돌로 쌓아올린 태백산 천제단에서 삼칠일기도를 하고, 오대산을 거쳐 설악산으로 갑니다.

설악산의 비룡폭포를 지나 토왕성폭포 아래에서 기도를 합니다.

하늘 신령님들께서 또 하명(下命)의 공수말씀을 내리십니다.

"백두대간의 이곳 설악산 입구 도문동(道門洞)에 국사당을 지어라! 국사당을 지어 민족과 나라의 구심점을 꼭 만들도록 하여라!"

"예! 그렇게 하겠습니다."

나는 설악산에서 또 하늘의 계시를 받고 그리고 치악산을 거쳐서 드디어 서울의 불암산·수락산·도봉산을 거쳐 주산(主山) 삼각산 백운대로 갑니다.

서울의 자연 국립공원으로 지정된 삼각산 아랫마을 우이동에서 산을 오르기 시작하여 도선사를 지나 가장 높은 백운대에 올라섭니다. 삼각산 백운대의 큰 바위 위에서 사방을 둘러보니 인수봉과 만경봉 너머로 서울 시내가 한눈에 내려다 보입니다. 삼각산 가장 높은 산봉우리 백운대의 큰 바위 뒤편 너머로 쇠줄을 타고 내려가 사람들이 다니지 않는 곳의 바위 아래에서 산 기도를 합니다.

서울 삼각산의 남쪽 산줄기를 따라 평창동 뒤편의 보현봉 쪽을 둘러보니 기독교를 신앙하는 신자님들 수백 명이 산골짜기마다에서 날밤으로 통성기도(通聲祈禱)를 하고 있습니다. 요즘은 기독교의 기도원들이 산속에 많이 생기고 또한 많은 신앙인들이 산속에서 날밤으로 기도를 많이 하고 있습니다. '하늘의 명기(明氣)가 산(山)을 통해서 땅에 내린다'는 그 비밀진리를 아는가 봅니다. 부처님과 예수님을 포함한 옛 성인(聖人)들과 도인(道人)들께서도 산도(山道)를 닦고 산(山)에서 계시를 받았던 사실과 진실을 이제 아는가 봅니다.

이처럼 산도(山道)의 위력과 진실을 제대로 알게 되니 다행이라고 생각하면서 모든 수도자와 신앙인들 그리고 신(神) 제자들에게 신(神)과의 직접 교통은 산 기도(山祈禱)에 있음을 가르쳐 드리는 바입니다.

"신통력과 진리 깨침의 최고 방법은 산도(山道)이다."

그렇습니다.

필자도 옛 성인(聖人)들과 성자(聖子)들처럼 산도(山道)를 통해서 도인(道人)이 되고 도사(道士)가 되었습니다.

필자는 이제 도인(道人)이니 모든 사람과 모든 종교를 큰 마음으로 모두 다 포용을 하면서 참진리의 가르침을 주고자 합니다.

기독교 신앙인들이 가장 많이 산 기도를 하고 있는 삼각산 보현봉 산골짜기를 지나서 대통령궁이 있는 청와대의 뒷산 북악산을 살펴봅니다.

주산(主山) 삼각산(三角山)의 기운(氣運)이 가장 강하게 흐르는 북악산 산신령님으로부터 대한민국 앞날의 대통령 운(大統領運)을 가르침 받습니다.

그리고 이후 앞으로 3대까지의 대통령 이름을 알아냈습니다.

이후, 우리나라의 대통령선거에 출마의사가 있는 사람과 대통령 임명직의 고위공직자들은 자기 자신의 '출세운'을 꼭 알고 있어야 하고, 또한 대통령당선자와 이해관계가 걸리는 기업인과 단체장도 '미래운'을 알고 있어야 함을 꼭 가르쳐 드립니다.

삼각산 백운대에서 삼칠일기도를 하고, 인왕산 선바위·관악산 연주대를 거쳐서 서울 한복판의 남산(南山)으로 갑니다.

서울의 남산 꼭대기에서 사방을 둘러보고 4대문의 수문장신(守門將神)께 알리고 나서 남산을 내려와 서울 중심가 종로통으로 들어갑니다.

한반도 남쪽 땅끝 전라남도 고흥(高興)의 천등산(天登山)을 하산(下山)하여 남쪽에서부터 시작하여 금수강산 이 땅의 대표적 영산산신령(靈山山神靈)님들께 두루 인사를 올리고 또한 명기(明氣)를 받으면서 약 1년 동안 산(山) 기도를 더 하고 드디어 하늘 신령님의 가르침에 따라 서울로 들어옵니다.

지난 젊은 날의 나에게 삶의 실패와 고통 그리고 좌절을 안겨준 그곳에 10여 년이 지나서 다시 나타납니다.

새로운 삶의 목표와 새로운 삶의 방법으로 다시금 삶의 도전을 위해 나를 넘어뜨린 그곳에 또다시 나타납니다.

나는 도사(道士)가 되어 서울 중심가에 다시 나타납니다.

제22장

내 손으로 머리를 깎고 작은 법당(法堂)을 차린다

11년 동안의 수도생활(修道生活)로 머리칼과 수염을 한 번도 자르지 않으니, 머리칼은 기다랗게 자라 등허리까지 내려오고 수염도 기다랗게 자라 앞가슴까지 내려옵니다.

남루한 옷차림에 커다란 배낭을 짊어지고 서울 중심가 종로통 뒷골목의 싸구려 여관으로 들어섭니다.

서울 종로통 뒷골목의 싸구려 여관에 월세방(月貰房)을 얻습니다.

다음날 동대문시장에서 생활한복을 한 벌 구입합니다.

그리고 다음날 동숭동 대학로 마로니에공원의 길바닥에 돗자리를 폅니다.

이상한 모습으로 길바닥에 돗자리를 펴고 앉아있으니, 지나가는 사람들이 이상한 눈길로 쳐다보기만 할 뿐 앉지를 않습니다.

하루 종일 동물원의 원숭이처럼 사람들의 구경거리가 되고 있는데, 나의 수호신(守護神)이 그만 거둬치우고 동대문시장으로 가자고 합니다.

동대문시장에서 양쪽 팔 길이만큼 길이의 흰색 천을 사고, 또 문방구점에서 검정색 매직펜을 사들고 여관방으로 돌아옵니다.

여관방에서 나의 수호신이 가르쳐주는 대로 흰색 천 위에다 검정색 매직펜으로 직접 사람의 얼굴과 손금그림을 그려 놓고, 얼굴과 손금그림 속에 12궁과 연령 나이 및 여러 가지 운(運)을 표시하고, 손님을 끌어 모으고 재수운을 불러들이는 도술 부적(道術符籍)을 그려 넣습니다.

얼굴과 손금 관상도를 완성해 놓고 자세히 들여다보니 상당한 실력의 작품이기도 합니다.

다음날 또다시 마로니에공원으로 나가 길바닥에 돗자리를 펴고 등 뒤의 벽에 내가 그린 얼굴과 손금 관상도(觀相圖) 그림을 걸어 놓으니 지나가는 사람들이 한 사람 두 사람 모여들기 시작하더니 많은 사람들이 모여듭니다.

대학로 마로니에공원에 길거리 도사(道士)가 출현하여 신통술과 관상술로 운명(運命)을 잘 맞춘다는 입소문이 퍼지면서 사람들이 수없이 많이 모여듭니다.

때로는 내가 나오기 전에 손님들이 먼저 나와 길거리에 줄을 서 있기까지도 합니다.

나는 길거리 도사(道士)로부터 출발을 하지만 인생살이는 장거리 마라톤 경주와 같기 때문에 목표와 계획을 세워 놓고 지혜를 발휘하면서 현재의 상황에서 최선의 방법과 노력으로 실천을 해 나아갑니다.

비록 길거리에 돗자리를 펴지만, 매일처럼 똑같은 시간에 똑같은 장소에 똑같은 모습으로 나만의 이미지를 부각시키고 자기 자신을 브랜드화시켜 나이가면서 고객유치를 합니다.

낮에는 길거리 도사(道士)로 대학로 마로니에공원에서 점(占)을 봐주고, 밤에는 종로통에서 새로운 사업을 시작하며 정말로 열심히 하루 17시간씩 일을 합니다.

그러면서 운때에 잘 맞춰 '도술부적'을 지니고 다닌 효험과 신통력으로 귀인과 후원자를 만나고 투잡으로 길거리 점쟁이 생활 1년만에 아파트를 마련해서 가난한 월세방 여관생활로부터 탈출을 합니다.

다시금 내 집이 생겼으니 아파트에다 작은 법당(法堂)을 꾸밉니다.

종로 3가 고려만물사에서 금불상과 금두꺼비상을 구입해 옵니다.

아미타불·관세음보살·지장보살 금불상과 금두꺼비상에 직접 점안식(點眼式)을 합니다.

신들께서 가르쳐주신 그대로 이행을 합니다.

아미타불께서 하명(下命)의 공수말씀을 내려주십니다.

"제자야! 이제 기다랗게 자란 머리칼과 수염을 깎아버려라! 새로운 삶의 큰 목표를 위해서는 장기계획을 세워놓고 정확한 미래운(未來運)을 예측하면서 때로는 신념과 의지로 살고, 때로는 초월자유로 살면서 입산수도할 때의 초심(初心)과 신(神)들과의 약속을 잊지 않도록 하여라!"

"예! 하오나, 머리를 깎으려면 어느 곳의 누구를 찾아가면 좋겠는지요?"

"제자야! 도사의 머리를 깎아줄 만한 큰 사람이 없으니 신(神)들이 지켜보는 앞에서 본인이 직접 깎도록 하여라!"

"예! 잘 알겠습니다."

밖으로 나가 종로 3가 세운상가에서 가위·전기자동이발기·면도

기를 사들고 옵니다.

나는 법당에 새로이 청수(淸水)를 올리고 향(香)을 사르고 삼배(三拜)를 올리고 나서 부처님과 신령님께 말씀을 올립니다.

"오늘 또다시 600년 만에 스스로 불계(佛戒)를 받으니 아미타불이 은사(恩師)가 되어 주시고 석가모니불이 계사(戒師)가 되어 주시고 여러 불보살과 신령님이 증명법사(證明法師)가 되어 주시길 바랍니다."

11년 동안 한 번도 자르지 않은 기다랗게 자란 머리칼과 수염을 마지막으로 가지런히 빗어봅니다.

그리고 거울앞에 무릎을 꿇고 앉아 거울 속의 내 모습을 바라보면서 머리칼을 가위로 싹둑~싹둑~ 잘라버리고 전기자동이발기로 빡~빡~ 깎아버립니다.

수염도 가위로 싹둑~싹둑~ 잘라버리고 면도기로 쓱싹~쓱싹~ 깎아버립니다.

나는 많은 신령님들이 지켜보는 앞에서 내 손으로 직접 내 머리를 깎아버렸습니다.

부처님과 신령님들께서 또 직접 말씀을 내려주십니다.

"이제부터는 과거 전 전생(前前生)의 스님일 때 사용했던 법명 태산(太山)을 그대로 사용하거라!"

나는 부처님께 직접 계를 받고 옛날 법명(法名)을 그대로 또 받았습니다.

나는 몸과 마음의 자유 그리고 영혼의 자유를 위해서 외모·유행·사치함·복잡스러움·신경쓰임들로부터 초월을 합니다.

머리칼과 수염을 깨끗이 깎아버리고 의복도 싸구려 생활한복을 입으니 생활이 아주 편리합니다. 법당(法堂)을 모시고 살고 있는 아파트가 태릉선수촌과 육군사관학교 화랑대 근처 서울 노원구 월계 3동 930번지 우남아파트 101동 201호이고, 화랑대로가 있는 서울 지하철 1호선과 6호선의 석계역 ③번 출구 3m 앞 큰 도로가에 위치하고 있는데 어떻게든 알아보고 또는 입소문을 듣고 매일같이 손님들이 찾아옵니다.

요즈음 필자는 머리를 깎은 모습이고 생활한복에 먹물색 조끼를 걸치고 염주(念珠)를 걸고 있으니 처음 찾아온 손님들은 도사님이라 부르기도 하고 스님이라 부르기도 합니다.

그러나 나는 어떻게 부르든 별 신경을 쓰지 않습니다.

오늘도 어제처럼 법당(法堂)에 청수를 올리고 아침 예불을 올리고 나서 잠시 참선(參禪)을 하고 있는데, 부처님께서 오늘은 손님 5명이 올 것이니 상담을 잘해주고, 특히 두 번째 중년남자 손님은 멀리 대구에서 KTX를 타고 서울까지 올라오고, 네 번째 젊은 여자 손님도 멀리 부산에서 KTX를 타고 서울까지 올라오는데, 이 네 번째 젊은 여자 손님을 잘 봐주도록 하라고 하십니다.

과연 네 번째 손님은 35세쯤의 젊은 여자 손님이고, 멀리 부산에서 서울까지 아는 사람 소개로 전화예약을 해놓고 찾아왔다고 말하면서 출입문으로 들어옵니다.

얼굴도 미인이고 지성인처럼 보이나, 눈매가 매섭고 웃음이 없는 차가운 인상이 풍기는 모습입니다.

"조용히 들어오시고 편안하게 앉으세요! 커피와 녹차가 준비되어 있는데 어느 걸로 드시겠습니까?"

손님이 커피를 선택하기에 편리하게 인스턴트 골드커피 한 잔을 건네

줍니다. 손님이 먼저 5만원짜리 한 장을 복채함에 넣으면서 한 사람 보는 데 시간을 얼마나 주느냐고 물어봅니다. 한 사람 또는 한 번 보는데 1시간씩 시간을 드리고 있으니 편안히 커피부터 한잔 드시고 시작하자고 말해 줍니다.

나는 손님의 얼굴 관상을 먼저 자세히 살펴봅니다.

먼저 얼굴모습과 눈을 보면서 관심법(觀心法)으로 영혼모습과 전생(前生)을 살펴봅니다.

그리고 항상 하는 방식대로 나이와 이름만 물어보고 신통관상술로 동시에 종합분석, 진단하여 10여 항목의 '운명진단표'를 적어놓고 그 사람의 타고난 운명을 알기 쉽게 풀어 운명점(運命占)을 봐줍니다.

"얼굴도 미인이고 공부도 많이 하고 욕심도 많고 두뇌로 일하는 전문직을 가진 골드미스이구먼. 그러나 타고난 운명 속에 격정살이 들어 있어 성질이 사납고, 상심살이 들어 있어 마음고생 상심을 가끔 당하고, 손재살이 들어있어 어쩔 수 없는 운 막힘으로 두 번씩이나 큰 손해를 당하고, 이혼살·이별살이 들어 있어 일찍 결혼하여 첫 결혼은 이혼을 당하고 또 이별을 당하고 또 이별을 당할 팔자구먼. 지금 올해의 운수는 3년 동안 마음주고 몸까지 주면서 공들이며 사귀어온 애인인 재벌 2세에게 차일 운수이며, 지금 이미 90% 정도 버림을 받고 있구먼. 여자에게 가장 중요한 결혼운을 나쁘게 타고났어. 자네의 영혼이 지금 불안해 하고 아주 슬픈 표정을 짓고 있어.

내가 봐주는 운명진단과 올해의 지금 운수가 맞아? 틀려?"

"도사님 말씀이 너무나 정확히 다 맞습니다. 31세에 이혼을 당했고 현재 투자한 주식이 반토막이 되어 7억쯤 날리고 지금까지 3년 동안 마음주고 몸까지 주고 목숨 걸고 공들이면서 재벌 2세와 사귀어 왔는데 이제 와서 자꾸 결혼을 미루면서 버릴려고 하니 어떻게 하면 좋을까요? 혹시 좋은 비방이 있으면 가르쳐 주세요!"

"자네는 다른 여자와 비교할 때 마누라감으로 전혀 부족함이 없어. 다만 타고난 운명에 나쁜 살이 많아서 운이 나쁠 뿐이야."

"도사님, 개선점과 처방을 좀 가르쳐 주시면 가르쳐 주신 대로 다 하겠습니다."

"자네 스스로 할 수 있는 개선점은 자네의 매서운 눈매와 차가운 인상을 언제나 미소 짓는 모습으로 얼굴 표정과 습관을 고치고, 좋은 마누라가 되려면 여우꼬리 3개쯤 가진 애교짓 좀 하도록 노력을 하고, 그리고 자네의 타고난 운명 속에 들어있는 격정살·상심살·손재살·이별살·이혼살 등등을 살풀이로 운치료를 해주면 성격도 좋아지고 재벌 2세와 결혼도 할 수 있고, 더 이상 금전손해도 안 당하고, 운(運)이 좋게 바뀌면 행복하게 잘 살게 될 거야."

"도사님, 사람들한테 적용되는 나쁜 살(殺)은 모두 몇가지 정도나 되는지요?"

"사람들한테 적용되는 나쁜 살(殺)을 모두 가르쳐 주면 기절초풍할 만큼 놀랄거야."

신(神)들이 가르쳐준 모든 살(殺)의 이름들 약 170가지를 여기에 세계 최초로 공개를 해드립니다.

겁살 재살 천살 지살 년살 월살 일살 시살 육합살 육해살 해패살 상극살 중천살 중음살 구천살 황천살 안환살 관물살 독패살 장애살 방해살 장해살 오귀살 객신살 빈천살 멸문살 극부살 상처살 옥녀살 단

독살 천궁살 지궁살 비명살 횡사살 산신살 용신살 곡성살 주당살 상
문살 원진살 상충살 상파살 상해살 삼형살 자형살 유혼살 절체살 절
명살 공망살 복단살 자살살 요절살 단명살 고독살 고립살 공방살 격
정살 과격살 관재살 구설살 망신살 칠패살 삼패살 낙휴살 낙방살 삼
신살 호해살 팔란살 손재살 실물살 실패살 파산살 군웅살 음양살 황
혼살 휴증살 천옥살 지옥살 감옥살 옥갑살 옥추살 모육살 백마살 사
시살 방위살 삼재살 9수살 죄악살 왕목살 동목살 동토살 동법살 천
관살 지관살 지패살 흥망살 구마살 허용살 처첩살 창부살 창녀살 화
개살 병부살 부정살 곡각살 타살살 비명살 급살 충살 병살 객신살 간
질살 서낭살 삼승살 적두살 우환살 패사살 원억살 흉신살 모욕살 훼
손살 파괴살 행업살 송법살 성육살 호구살 익수살 추락살 범과살 범
하살 애환살 암석살 애명살 사범살 삼패살 횡액살 소색살 망고살 귀혼
살 식신살 고신살 과숙살 상남살 상녀살 백호살 자궁살 상심살 근심
살 비관살 염세살 우울살 조울살 자폐살 빙의살 도화살 방종살 방탕
살 이별살 별거살 이혼살 재혼살 혼백살 오구방살 삼살방살 대장군방
살 조객방살 원귀살 악귀살 요귀살 수비살 영산살 좀비살 등등……

　사람들의 운명과 운을 나쁘게 작용시키는 나쁜 살(殺)이 이렇게도
많은데 어떻게 할거야?!

　"도사님, 그럼 어떻게 하면 되는지요?"

　"사람의 타고난 나쁜 운명은 의사가 환자를 치료하듯 반드시 살풀이
와 업장소멸로 '운치료'를 통해서만 개운을 할 수 있기 때문에 하늘신
(天神)들께 천제(天祭) 겸 불공(佛供)의식을 통하여 나쁜 살풀이와 업
장소멸의 업풀이 그리고 조상해원천도 원풀이까지 한꺼번에 모두 해결

하면 되고, 아마 운치료 비용은 삼백만원 쯤 들어갈 거야."

"도사님, 1년 전에 조상점을 보는 무녀보살님한테서 조상굿만 하면 잘 된다고 해서 천만원을 들여 조상굿을 했는데 좋아지기는커녕 더 나빠졌습니다.

또한 불교를 믿는 불자(佛子)이기 때문에 다니는 큰절에서 오백만원을 들여 천도재도 올렸는데 역시 아무런 효험이 없었습니다. 그러한 것들과 도사님의 종합운치료 천제불공과는 어떤 차이인지요?"

"질문을 하나 하지, 조상점을 보는 무녀보살이 자네의 운명진단을 나만큼 정확하게 봐주지 못하고 그냥 조상 핑계만 했을 것이고, 또한 다니는 큰절의 스님은 자네의 운명진단도 해주지 않고 그냥 했을 것이니 돌팔이 의사가 큰 병에 걸린 환자를 정확한 진단도 없이 엉터리로 하는 것과 같은 거야. 분명히 그렇게 했을 거야. 내 말이 맞아? 틀려?"

"도사님 말씀이 다 맞습니다. 조상점을 보는 무녀보살님은 점도 잘 못보면서 조상굿만 시켰고, 다니는 큰절의 스님은 아예 점도 못 보면서 조상천도재만 시켰습니다."

"훌륭한 의사 선생님이 먼저 정확한 진단을 하고 원인을 알아내어 환자를 치료하는 것처럼, 나 손도사는 먼저 각 사람의 타고난 운명을 정확히 종합분석, 진단을 하고 나쁜 운의 원인을 알아내어 '살풀이'와 '업풀'이 그리고 조상해원천도 '원풀이'와 '신(神)풀이' 등등을 한꺼번에 정확히 운치료 개운을 해주고 있기 때문에 과학적이고, 합리적이고 또한 100%까지 정확히 할 수 있는 거야."

"도사님의 정확한 운명진단이 공감이 가고 또한 국사당 건립(國祠堂建立)과 용궁사 불사(佛事)란 좋은 일을 추진하는 것도 공감을 하니 앞으로는 도인(道人)스님을 믿고 따르고 가르쳐 주시는 대로 하겠습니다. 반토막으로 큰 손실을 보고있는 주식이 회복되거나 또는 3년 동안 공들인 재벌 2세와 결혼 성사만 되면 불자(佛子)로서 도인(道人)스님이 추진하신 불사(佛事)에도 물심양면으로 돕겠습니다. 우선 운치료 개운 목적의 천제불공 기도날짜부터 잡아주세요.”

이렇게 마무리를 하고 멀리 부산에서 서울 손도사 이 사람을 찾아온 골드미스 젊은 여자 손님은 천제불공을 올리는 기도 준비금을 특별히 부처님 앞에 올려놓고 여러 번 절을 하고 그리고 활짝 웃는 밝은 표정으로 되돌아갑니다.

불교 신도가 아닌 사람은 절을 하지 않아도 됩니다.

나는 부처님을 바라보며 이심전심법으로 말씀을 나눕니다.

오늘 하루도 운명상담(運命相談)과 법문(法門)을 해주면서 스스로 보람을 느낍니다. 저 처자가 재벌 2세와 결혼 성사만 잘 되면 배우자 남편감 잘 잡아 상류사회 상류인생으로 신분상승을 할 수 있고, 훗날 나에게도 성공사례 시주금이 들어올텐데…….

부처님이 고개를 끄덕여 주십니다. 사업가들이 큰 돈 비용을 먼저 쓰면서 로비를 하듯 사람들도 신령님들께 천제불공을 올리면서 로비를 잘 할 줄 압니다.

비용을 잘 쓰면 이익이 생기고 비용을 쓰지 않으면 전혀 이익도 생기지 않으니 이것도 인과법칙입니다.

참고로, 독자분들이 가끔 필자에게 천제(天祭)의식과 불공(佛供)의식의 차이를 묻습니다.

천제(天祭)의식은 구약성경의 번제의식처럼 비불교인과 기독교인들에게 해당되고, 불공(佛供)의식은 불교인들에게 해당되지만 필자는 당사자에게 가장 적합한 제(祭)의식을 정확하게 대행을 해줍니다.

필자는 도인스님이고 도사(道師)이기 때문에 평생 동안 신용과 명예를 걸고 직접 운명상담과 제의식을 해드리며, 국사당 건립 시주 약속을 한 사람에게는 최소 비용을 받고 있습니다.

또한 경제사정이 정말로 어려운 사람에게는 소원성취 후에 시주 헌금을 하라고 하면서 우선 공짜로 '기도 축원'을 해드리고 있습니다.

오늘 하루도 사전에 상담예약을 해놓고 찾아온 손님 5명 중에는 한 달 전에 또는 10일 전에 예약을 해놓고 멀리 지방에서 서울까지 찾아온 손님 또는 아주 중요한 문제를 잘 해결하기 위해서 또는 잘 살기 위해서 각각의 사연들을 가지고 찾아온 손님들에게 필자는 최선의 노력으로 정성껏 운명진단과 인생상담 그리고 궁합·택일·취업·승진·사업·투자·작명 등등을 해주고 나니 해가 한 뼘 정도 남아 있습니다.

이제 오늘 하루일과도 끝났으니 커피 한 잔을 마시고 잠시 운동을 하러 법당(法堂)을 모시고 있는 아파트를 나섭니다. 필자가 법당(法堂)을 모시고 운명상담을 하고 있는 곳은 태릉선수촌과 육군사관학교 화랑대 근처 서울 노원구 월계 3동 930번지 우남아파트 101동 201호(도로명 새주소 : 서울 노원구 화랑로 355, 101동 201호)이고, 서울지하철 1호선과 6호선의 석계역 ③번 출구 3m 앞 큰 도로가에 22층 높이로 우뚝 서 있고, 바로 옆에는 월릉교 다리가 있고, 100m쯤 길이의 월릉교 다리를 건너면 지하철 7호선 태릉입구역이 있어서 전철교통이 아주 편리한 곳이고 자동차 접근도 아주 편리한 곳입니다.

필자는 집 옆에 있는 월릉교 아래로 흐르는 중랑천변 둑길과 산책로에서 가끔 빨리 걷기 운동과 천천히 걷는 산책을 합니다. 중랑천변 둑길과 산책로 옆에는 나란히 자동차 전용 동부간선도로가 서울 강남까지 시원하게 뻥 뚫려 있고, 월릉교 위의 높은 고가도로는 자동차 전용 북부간선도로로 서울 강서쪽 경인고속도로와 서해안고속도로까지 연결되고 있으며, 집에서 자동차로 5분만 나가면 구리IC로 연결되는 중부고속도로와 경부고속도로·서울외곽순환도로로 바로 연결되니 교통의 접근이 너무나 좋습니다. 또한 필자가 살고있는 곳과 직통으로 교통 연결이 되는 서울지하철 1호선은 인천·수원·천안까지 그리고 의정부·동두천까지 그리고 양평·춘천·원주까지 뻗어 있기 때문에 안 갈아타고 바로 연결이 됩니다. 이처럼 자기가 살고 있는 집과 부동산은 교통의 접근성이 좋아야 편리하고 재테크까지 이룰 수 있는 것입니다.

필자가 가끔 산책하는 서울 동북부 중랑천변은 풍치도 좋고 물도 깨끗하여 잉어가 많이 살고 있습니다. 서울 도심 중랑천변 양쪽에서 한가로이 물고기 낚는 낚시꾼들의 모습도 보이고, 물위에서 헤엄치고 어디론가 가고 있고 어미오리와 어미오리 뒤를 줄지어 따라 다니는 새끼오리들의 모습도 보면서 어두워질 때까지 황혼녘에 나 홀로 산책을 하면서 사색을 하고 또 사색을 합니다.

황혼녘의 산책길에 자신의 그림자를 보면서 길을 걸어 갑니다.

하늘의 사명을 받들고 희망을 꿈꾸며 계속 나아갑니다.

제23장
이 책을 읽는 사람에게만 '귀한 가르침'을 준다

대우주자연의 원리와 섭리가 일정한 법칙과 리듬에 따라 각각의 사람에게 운(運)으로 작용을 하고 그리고 신수·운수·운때로 나타나니 이것을 우리는 사주팔자 운명(運命)이라 합니다.

한 번 타고난 사주팔자 운명은 그 사람의 평생 동안의 삶이 프로그램화되어 있습니다.

이미 프로그램화되어 있기 때문에 미리 알아내어 알고 있어야 합니다.

운명진단으로 점(占)을 칠 경우에 잘 치고 못 치고의 실력 차이가 있을 수 있으나 점을 잘 치는 도사(道士)를 찾아가면 족집게처럼 잘 맞추기도 하여 얼굴 한 번 보고 그 사람의 전생과 현생 그리고 내생까지 정확히 맞추기도 합니다.

일반인들이 운명진단과 인생상담을 받으러 갈 경우 또는 미래운명을 점보러 갈 경우에는 본인이 직접 찾아가야 더 정확히 볼 수 있습니다.

또한 점을 볼 경우에는 그때그때의 신수점보다는 평생 운명흐름의 운명점(運命占)을 더 중요시해야 하고, 지나간 과거보다는 앞날의 미래를 더 중요시해야 함을 꼭 참고하시길 바랍니다.

일반적으로 점을 볼 경우에 그 방법으로는 ① 명리학·역술·철학으로 보는 방법 ② 얼굴·손금·신체특징·목소리·기색 등등의 관상으로 보는 방법 ③ 방울·부채·동전·쌀·휘파람 등등의 수단으로 접신(接神)을 해서 신통으로 보는 방법 ④ 타로·화투·카드 등등을 배워서 보는 방법 ⑤ 별 자리로 보는 방법 등등 여러 가지 방법이 있고, 시대와 지역 그리고 상황과 주체에 따라 조금씩 다를 수 있음을 알아야 합니다.

점(占)이란 이러한 다양한 방법들로 잘 맞추면 되는 것이고, 잘 맞춰서 우리의 삶에 유용하게 잘 활용을 하기 위함이며, 천기학(天氣學)은 하늘과 땅·해·달·별의 기운과 자연의 변화리듬 법칙을 적용하여 예측을 하기 때문에 과거 3천년 전에도, 지금 현재에도, 미래 3천년 후에도 인류가 존재하는 한 점(占)은 계속되어집니다.

부처님이 오시기 전에도 그 후에도, 예수님이 오시기 전에도 그 후에도, 부처님 경전에도 성경책에도 모두 기록되어 있습니다.

점을 보는 목적은 앞날의 미래운을 알기 위함이고 또한 좋고 나쁜 운을 미리 알아내어 준비와 대비를 잘 하기 위한 지혜입니다.

이러한 행위의 최종 목적은 모두가 잘 살기 위해서입니다.

잘 살기 위해서라면 우리는 자기의 타고난 사주팔자 운명(運命)을 정확히 알아야 하고 또한 미리 알고 있어야 합니다.

그렇다면, 사람의 운명은 어떻게 만들어지고 작용할까요?

생명과 영혼을 가지고 태어나는 우리 인간은 천기의 비밀법칙에 따라 ① 자기영혼의 전생업작용 ② 자기 핏줄의 조상업작용 ③ 영혼과 혼령의 핏줄적 동기감응작용 ④ 환경적 풍수지리작용 ⑤ 음양오행의 역리작용 등등이 각 사람의 운명으로 정확하게 작용하여 각각의 운세·운수·운때로 나타나고 있는 것입니다.

천기(天氣)가 각 사람의 운명으로 작용할 경우에는 인과의 법칙과 인연의 법칙 그리고 변화의 리듬법칙이 항시 존재하고, 우주자연의 현상은 이러한 하늘 법칙에 따라 지금도 계속 변화하고 있음을 가르쳐 드리니 인생을 살아가는 삶의 지혜로 꼭 참고하길 바랍니다.

공기(空氣)가 눈에 안 보인다고 해서 공기가 없는 것이 아닙니다.

기(氣)가 눈에 안 보인다고 해서 기가 없는 것이 아닙니다.

운(運)이 눈에 안 보인다고 해서 운이 없는 것이 아닙니다.

영혼(靈魂)이 눈에 안 보인다고 해서 영혼이 없는 것이 아닙니다.

신(神)이 눈에 안 보인다고 해서 신이 없는 것이 아닙니다.

현재 대한민국 우리나라만 해도 신(神)의 실체를 계속 접하면서 살아가고 있는 무녀(巫女)가 약 30만명이나 되고, 부흥목사님·퇴마사·방언을 하는 신자와 옛날의 선지자와 예언자 그리고 대사·국사·조사 등등 고승스님들은 모두가 신통을 할 줄 아는 특별한 사람들이라는 사실과 진실을 알아야 합니다.

보통사람들의 눈에는 안 보인다고 하여 또는 자기의 눈에는 안 보인다고 하여 분명히 존재하고 있는 것을 없다고 하면 안 되는 것입니다.

사람들은 과학으로 증명해 보라고 어리석은 말을 하기도 하지만 현재의 과학으로는 증명해 보일 수도 또한 증명할 수도 없는 '초과학(超

科學)' 분야도 있는 것입니다.

영혼과 신(神) 그리고 천기(天氣)와 운명작용 현상들은 분명히 존재하고 지금도 계속 작용을 하고 있지만, 현재의 과학수준으로는 결코 증명을 할 수 없는 '초과학' 영역이라는 것입니다.

이러한 초과학의 많은 일들이 현상 진리로 계속 일어나고 있기 때문에, 인생살이의 경험을 해 본 결과 우리는 이러한 것들을 그냥 지나치거나 결코 무시할 수 없는 것입니다.

그렇기 때문에, 우리는 수백년 또는 수천년을 살아오면서 경험을 통해서 얻은 경험철학을 늘 참고로 삼을 줄 알아야 하며 또한 금기시하기도 해야 합니다.

우리는 수백년 또는 수천년 동안 이어져 내려오고 있는 우리 동양의 신비경험 철학을 참고삼을 줄 아는 지혜가 꼭 필요합니다.

훌륭하신 어른의 말씀 한마디를 듣고 그 말씀 한마디가 또는 좋은 책을 읽고 그 귀중한 글귀 하나가 우리의 삶을 바꿀 수도 있습니다.

필자도 신(神)들의 가르침에 따라 삶이 송두리째 바뀌어 버렸습니다.

지금 이 글을 읽고 있는 행운의 독자분들께 우리가 삶을 살아가면서 진짜로 중요한 삶의 경험으로 검증된 지식들과 필자가 알고 있는 체험지식과 하늘의 숨겨놓은 진실들을 인생살이의 지침과 성공방법의 참지혜로 삼으시라고 특별히 가르쳐 드리고자 합니다.

경험으로 검증된 체험지식만큼 확실한 것이 또 있겠습니까?!

또다시, 다음 글들을 색연필과 볼펜으로 표시를 하고 암기를 하면서 반드시 머릿속에 새겨 두고 평생 동안 참고하시길 바랍니다.

• 현대사회는 노력하는 것만으로는 절대로 성공을 못한다.

- 가장 먼저 마음과 생각을 긍정적이고 능동적으로 바꾸라.
- 지식과 정보는 나누어 주어야 큰 이익으로 되돌아 온다.
- 우주자연의 절대법칙 운(運)을 꼭 알아야 한다.
- 나이가 9수와 삼재수에 걸릴 때는 운때가 나쁘니 최고로 조심하라.
- 큰 사고, 큰 손해, 큰 실패, 큰 질병과 죽음은 나쁜 운때에 당한다.
- 나쁜 운때에는 나쁜 일들이 엎친데 덮치니 더욱 조심하라.
- 이사를 갈 경우에는 방위를 꼭 가려서 탈없는 방향으로 가라.
- 날짜를 택일할 경우에는 반드시 생기복덕날을 선택하라.
- 돌, 결혼식, 칠순, 팔순 잔치는 생기복덕날을 선택하라.
- 개업식, 착공식, 준공식, 선거일은 생기복덕날 좋은 날을 선택하라.
- 새집을 짓거나 새 무덤을 쓰고는 3년 동안을 조심하라.
- 이사를 하거나 이장 및 화장을 하고는 1년 동안을 조심하라.
- 묘를 쓸 경우에는 좋은 자리와 좋은 방향을 잘 살펴라.
- 묘터는 뒤쪽을 잘 살피고 집터는 앞쪽을 잘 살펴라.
- 명당터에 묘를 쓰거나 집을 지으면 즉시 발복이 이루어진다.
- 좋은 땅을 선점하는 사람은 반드시 부자가 된다.
- 명당터를 잡은 사람은 반드시 성공출세를 한다.
- 부동산투자는 먼저 땅을 살피고 다음으로 건물을 살펴라.
- 부동산투자는 먼저 지역을 살피고 다음으로 개별물건을 살펴라.
- 부동산투자는 현재보다는 미래 전망을 잘 예측하라.
- 물건을 살 때에는 꼭 필요하지만 불필요한 것처럼 행동하라.
- 부동산의 가치는 접도와 도로폭 그리고 위치가 가장 중요하다.
- 부동산투자는 용도성, 접근성, 편의성, 쾌적성, 환금성, 가치성 등

등의 일반적 선호도가 좋은 것을 선택하라.

- 부동산투자는 매매차익 또는 임대수요가 많은 것을 선택하라.
- 땅 투자는 반드시 도로변이나 새로운 도로가 뚫리는 곳 개발이 예상되는 곳을 남보다 먼저 선점을 하라.
- 부동산투자는 개발계획정보와 정책결정정보를 항상 주시하라.
- 부동산투자는 토지이용계획확인서를 발급받아 그 내용을 잘 살피고 지적도를 발급받아 도로계획선을 확인하라.
- 부동산투자는 자기집 마련부터 최우선으로 하라.
- 집을 살 경우에는 조망·햇볕·주위환경·교통을 잘 살펴라.
- 가정집은 안방·거실·주방·화장실·대문을 잘 살펴라.
- 서쪽대문과 북쪽대문은 나쁘니 반드시 피하라.
- 터 기운이 센 곳 도깨비터에는 가정집을 짓지 말라.
- 수맥이 통과하는 곳의 그 위에는 건축물을 짓지 말라.
- 상업하는 가게 터는 비탈진 곳과 높은 지대는 꼭 피하라.
- 상업하는 부동산은 물류의 중심쪽 목 좋은 곳을 선택하라.
- 아파트단지의 입주와 입점은 1천 가구 이상이어야 효율적이다.
- 상가는 역세권·큰길가·평지·유동인구·주차편의 및 접근성과 상가 관리가 잘 된 곳을 잘 선택하라.
- 집합건물상가 또는 분산상가는 출입구 근처가 가장 좋다.
- 일반상가는 1~2층이 가장 비싸고 장사가 잘 된다.
- 상가는 지역과 층별 여건을 감안한 업종선택이 중요하다.
- 상가투자는 발전지역과 활성화 가능성이 높은 곳을 선택하라.
- 모든 상가는 처음 활성화에 실패하면 10년 동안을 망친다.

- 부동산 주인들은 관리운영의 부실징후가 보이면 즉시 매도하라.
- 부동산과 관련해서는 등기부를 꼭 확인하고 주인과 계약하라.
- 부동산을 살 경우 가등기·가처분·예고등기가 있으면 피하라.
- 부동산의 임차인은 전세등기 또는 확정일자를 꼭 해 두어라.
- 잔금 지급날은 모든 서류를 돌려받고 잔금지급을 동시에 하라.
- 한 집안의 가장은 반드시 최고로 좋고 큰 방을 꼭 사용하라.
- 안방은 반드시 그 집의 가장격인 주인·남편이 꼭 사용하라.
- 집주인은 최고로 중요한 층 또는 가장 큰 공간을 꼭 사용하라.
- 부동산은 가장 안전하고 귀중한 평생 동안의 자기 자산이다.
- 돈은 스스로 선과 악의 모든 근원이 된다.
- 돈은 사용방법에 따라 천사역할과 악마역할을 한다.
- 돈은 삶 자체를 실현하기 위한 절대 필요한 도구이다.
- 돈은 보람과 가치창조를 위한 훌륭한 도구이다.
- 돈은 인간의 자존심을 세워주고 인간답게 살게 해준다.
- 부자는 돈의 주인이 되지만 가난뱅이는 돈의 노예가 된다.
- 필요한 만큼의 돈과 자산이 있어야 진정한 자유를 누린다.
- 필요한 만큼의 돈은 행복의 중요한 조건이다.
- 돈을 소홀히 여기는 사람은 결코 부자가 될 수 없다.
- 돈을 귀중히 여기는 사람에게는 돈이 스스로 따라온다.
- 돈 속에는 인물들이 그려있고 두 눈을 뜨고 스스로 찾아간다.
- 돈과 투자는 이익이 생기는 곳으로 자연스레 흐른다.
- 돈을 벌려면 사람들에게 기쁨을 주는 것을 하여라.
- 돈을 벌려면 사람들에게 즐거움을 주어라.

- 돈을 벌려면 반드시 목표 계획 그리고 실천을 꼭 이행하라.
- 돈을 벌려면 우선적으로 땀 흘려 자기본업에 최대한 충실하라.
- 돈을 벌려면 우선적으로 재테크 공부부터 시작하라.
- 재테크를 하려면 반드시 금융상품 주식 부동산을 알아야 한다.
- 재테크는 일찍 배우고 일찍 시작해서 평생 동안을 해야 한다.
- 예금과 투자는 복리상품과 장기투자가 원칙이다.
- 복리이자는 기간과 수익률에 따라 기하급수로 커진다.
- 은행의 복리이자상품과 특판상품을 주시하라.
- 은행의 비과세상품과 세금우대상품을 주시하라.
- 예금은 제2금융을 이용하고 대출은 제1금융을 이용하라.
- 재테크의 기본은 우선 최대한의 저축으로 목돈을 만들어라.
- 돈관리통장은 ① 모든 납부금 자동이체통장 ② 투자용돈관리통장 ③ 목돈마련용 돈관리통장 ④ 예비자금 돈관리통장 등등 3~5개로 분류하여 통장사용을 잘하라.
- 목돈이 만들어지면 반드시 투자를 하여라.
- 연금상품은 복리구조이고 장기구조이니 누구나 일찍부터 평생재테크로 반드시 가입을 해두라.
- 보험상품은 가장 복잡한 금융상품이니 최고로 신중하라.
- 수명이 장수로 예상된 사람은 연금보험에 가입을 해두라.
- 수명이 단명으로 예상된 사람은 생명보험에 가입을 해두라.
- 보험은 약관에 명시된 보장항목만 해당되니 꼭 확인을 하라.
- 생명보험은 약관에 명시된 정액보상이 원칙이다.
- 손해보험은 약관에 명시된 실손보장이 원칙이다.

- 대부분의 주식과 펀드는 종합주가지수가 상승랠리 때만 수익을 낸다.
- 주식의 주가흐름은 힘있는 세력의 움직임을 잘 살펴라.
- 투자는 다수의 사람들과 반대로 해야 대박을 터뜨린다.
- 기업 또는 회사를 알려면 ① 재무제표 ② 손익계산서 ③ 현금흐름표 ④ 실질적 경영자의 운 ⑤ 평판 등등 종합분석을 해야 한다.
- 투자의 진검승부에서는 재무제표 감사보고 공시를 믿지 말라.
- 주식투자와 주가예측은 프로점(占)쟁이가 최고이다.
- 주식의 선물, 현물, 옵션 큰 베팅 때는 점(占)쟁이를 찾으라.
- 주식을 모르는 사람은 은행예금이나 채권에 투자하라.
- 투자와 펀드가입은 나이·투자성향·기간·투자목적에 따라 종합적으로 예측분석결정을 잘 해야 한다.
- 펀드는 ① 자산운용사 ② 판매사 ③ 수탁금관리사가 관여한다.
- 펀드는 자산운용사가 가장 중요하니 자산운용사의 능력파악과 운용사별 대표상품 또는 수익률 등급이 높은 상품에 가입하라.
- 주식투자와 주식형 펀드가입은 종합주가지수가 가장 낮을 때 또는 폭락 직후나 저평가일 때만 투자와 가입을 하라.
- 경제는 호황기 때와 불황기 때를 반복하니 최고 불경기로 주가가 반토막쯤 될 때는 무조건 올 베팅 투자를 해두라.
- 종합주가지수가 높을 때는 잠시 동안 주식투자를 쉬어라.
- 주식과 펀드환매신청은 종합주가지수흐름을 당분간 주시하면서 기준가와 수익률이 최고 높을 때 환매신청을 하라.
- 현대사회는 100세까지 살아가야 하니 평생 재테크시대이다.

- 큰 욕심은 성공의 근원이고 절제된 욕심은 행복의 근원이다.
- 욕심과 야망이 있어야 성공출세 부자가 된다.
- 사람들은 자신이 추구하는 욕망을 위하여 스스로 행동을 한다.
- 사람을 움직이려면 금전이익 또는 보람의 당근책을 사용하라.
- 승진, 사업, 선거출마 등등 경쟁을 할 때는 권모술수에 능하라.
- 선전포고와 정면승부 싸움은 손실이 크니 절대로 피하라.
- 상황에 따라 행동을 하고 항상 이변에 대비책을 세워두라.
- 자기편의 강점, 장점, 이점을 최대한 내세우고 활용을 하라.
- 자기편의 권위와 인맥을 최대한 활용을 하라.
- 독수리가 높은 곳에서 땅을 내려다보듯 호랑이가 은밀하게 먹잇감에 접근을 하듯 사자가 용맹스럽게 먹잇감을 넘어뜨리듯 그렇게 하라.
- 경쟁이나 싸움을 할 때는 심리전술을 잘 사용하라.
- 상대편의 약점, 단점, 허점을 계속해서 공격하라.
- 상대편이 무방비일 때 기습과 역습으로 급소를 공격하라.
- 상대편 적끼리 싸우게 하는 어부지리술책을 사용하라.
- 여론과 숫자를 조작하여 대세흐름술책을 사용하라.
- 상대편에게 허물을 씌우는 모함술책을 사용하라.
- 상대편에게 죄를 날조하는 함정술책을 사용하라.
- 상대편에게 자금돈줄을 막는 고립술책을 사용하라.
- 빈틈을 주지 말고 계속 연쇄공격을 감행하라.
- 큰 일은 책사의 도움을 받거나 점술가에게 운(運)자문을 받으라.
- 권모와 술수 그리고 협상과 타협으로 싸우지 않고 이겨라.

- 통치자, 지도자, 경영자는 진퇴를 분명히 하라.
- 권력과 힘은 나누어 주거나 물려주지 말라.
- 한 번 권력에서 밀려나면 영원한 뒷방신세가 된다.
- 통치와 경영을 할 때는 원칙과 상벌을 반드시 실행하라.
- 지도자의 리더십은 반드시 행동으로 모범을 보여라.
- 사람을 쓸 때에는 오직 능력과 충성심을 함께 판단하라.
- 큰 일은 시기를 잘 포착하여 정확하고 과감히 실행하라.
- 큰 사람은 큰 일을 하고 작은 사람은 작은 일을 한다.
- 세상살이는 아는 만큼 보이고 생긴대로 살아간다.
- 성공을 하려면 자기의 강점, 약점, 장점, 단점을 정확히 인식하라.
- 성공을 하려면 진정한 지식과 재능을 갖춘 인재가 되어라.
- 성공을 하려면 할 수 있다는 신념과 자신감을 가지라.
- 성공을 하려면 나쁜 말투와 행동거지부터 고쳐라.
- 성공을 하려면 나쁜 성격부터 꼭 개선을 하라.
- 성공을 하려면 약속과 신용을 철저히 지켜라.
- 성공을 하려면 책을 읽고 평생공부를 해 나아가라.
- 성공을 하려면 항상 메모를 해두는 준비와 습관을 길러라.
- 성공을 하려면 규칙적인 운동으로 몸 관리를 잘 해 나아가라.
- 성공을 하려면 스스로 인격과 품격을 높여 나아가라.
- 성공을 하려면 쓸데없는 경쟁에 휘말려들지 말라.
- 성공을 하려면 원천기술확보와 핵심기술력을 강화하라.
- 성공을 하려면 전략적인 특화마케팅으로 승부를 하라.
- 성공을 하려면 좋은 사람들과 인맥형성을 잘 해 나아가라.

- 인맥을 만들고 관리하는 것은 성공출세를 위한 투자이다.
- 성공출세를 하려면 항상 주류에 함께하고 주도권을 쥐어라.
- 현재를 주도하는 사람이 시대를 지배한다.
- 일을 성공시키려면 반드시 차근차근 순서를 밟아라.
- 최후의 담판싸움은 배수의 진을 치고 덤벼 들어라.
- 무슨 일이든 죽을 각오로 덤벼들면 반드시 이길 수 있다.
- 성공한 사람은 남다르니 그것을 베끼고 벤치마킹하라.
- 실패한 사람은 반드시 나쁜 점이 있으니 그것을 즉시 개선시켜라.
- 실패로부터 배우는 사람은 훗날에는 반드시 성공한다.
- 위기는 또 다른 기회이니 반드시 역전의 기회로 활용하라.
- 역경에 처할 때가 전화위복의 진정한 기회이다.
- 신용과 신뢰는 중요하니 평생 동안을 철저히 잘 관리하라.
- 신용불량을 경험한 어른은 자기의 자녀들에게 평생 동안의 신용 관리 교육을 잘 시켜 부모의 전철을 밟지 않게 하라.
- 무슨 일이든 실패를 경험한 어른은 자기의 자녀들에게 실패의 경험담을 들려주어 부모의 전철을 밟지 않게 하라.
- 모든 사람은 태어날 때 사주팔자 운명(運命)을 타고난다.
- 성공출세 부자가 되려면 사주팔자 운명(運命)부터 알라.
- 사주팔자운명은 분명히 타고나지만 또한 바꿀 수도 있다.
- 자기 운이 좋으면 시험합격과 공부가 저절로 잘 된다.
- 자기 운이 좋으면 취업과 취직이 저절로 잘 된다.
- 자기 운이 좋으면 연애와 결혼이 저절로 잘 된다.
- 자기 운이 좋으면 배우자 복과 자식 복이 저절로 따라온다.

- 자기 운이 좋으면 성공과 출세가 저절로 이루어진다.
- 자기 운이 좋으면 선거당선과 권력이 저절로 따라온다.
- 자기 운이 좋으면 명성과 돈복이 저절로 생긴다.
- 자기 운이 좋으면 건강과 수명장수가 저절로 이루어진다.
- 자기 운이 좋으면 즐거움과 기쁜 일이 늘 따라다닌다.
- 자기 운이 좋으면 모든 복(福)이 저절로 생겨난다.
- 자기 운을 좋게 하려면 전생업(業)을 풀어주어라.
- 자기 운을 좋게 하려면 핏줄업(業)을 풀어주어라.
- 자기 운을 좋게 하려면 나쁜 살(殺)을 꼭 풀어주어라.
- 잘 살려면 반드시 업풀이, 살풀이, 원풀이를 꼭 해 줘야 한다.
- 자기 자신에게 꼭 맞는 기도문을 만들고 자기 기도를 하라.
- 천기일진에서는 춘분, 하지, 추분, 동지, 보름날이 가장 중요하다.
- 천기일진에서 가장 중요한 날은 자기 기도를 꼭 해 나아가라.
- 누구나 매월 보름날 밤에는 하늘기도를 꼭 해 나아가라.
- 모든 사람은 영혼과 뇌파의 파장이 다 다르다.
- 뇌파의 파장과 신(神)의 파장 사이클이 맞아야 기도가 잘 된다.
- 신(神)들은 모습과 음성 그리고 기(氣)로 존재를 드러낸다.
- 신(神)들이 지역과 시대상황에 따라 종교를 만든다.
- 신(神)들이 인간을 다스리기 위해 종교를 만들고 있다.
- 종교는 그 자체로서 목적이 아니라 방편의 수단일 뿐이다.
- 종교는 인격수양과 영혼진화에 가장 좋은 수단이다.
- 종교의 목적은 몸과 마음의 평안 그리고 영혼의 진화뿐이다.
- 종교의 계율은 오직 절제심으로 스스로 정하고 스스로 지키라.

- 성불이나 부활은 착한 아이에게 선물 하나 주는 사탕발림이다.
- 육체적 부활이나 성불은 본래부터 존재하지 않는 이상일 뿐이다.
- 부활이나 성불은 영혼의 100번 이상 환생진화가 되어야 가능하다.
- 석가부처님 성불 이후 2,500년 동안이 흘러도 또다시 성불로 부처가 된 사람은 단 한 사람도 없었다.
- 예수님 부활 이후 2,000년 동안이 흘러도 육체적으로 또다시 부활이 된 사람은 단 한 사람도 없었다.
- 석가부처님과 예수님은 신통기적을 일으키신 큰 도사님이시다.
- 인간들은 종교의 가르침을 통해 착하게 살고 행복하면 된다.
- 종교의 교리공부는 또 다른 구속의 굴레만 씌울 뿐이다.
- 모든 종교의 경전책은 글자대로 해석을 하면 결코 안 된다.
- 모든 종교의 경전책 내용은 옛날 그 시대상황의 이야기뿐이다.
- 보통사람들은 종교나 사상과 이념에 깊이 빠져들지 말아야 한다.
- 경전책으로만 공부하는 종교인들은 앵무새 꼭두각시 노릇뿐이다.
- 그동안 인류는 진화를 해 왔고 점점 진화를 해 나아가고 있다.
- 인간은 진화를 하기도 하고 안 쓰면 퇴화를 하기도 한다.
- 영혼은 진화가 되기도 하고 타락하면 퇴화가 되기도 한다.
- 인간과 영혼의 진화는 지적 발달과 마음이 작용시킨다.
- 진화가 많이 된 고급영혼만이 하늘천국 극락세계로 올라간다.
- 도를 닦고 마음공부를 많이 하면 초월 해탈열반이 가능하다.
- 우주자연 현상법칙의 학술이론이 천기학이다.
- 우주자연의 삼라만상 그대로가 그냥 법화의 세계이다.
- 천 가지 만 가지 꽃들이 피어나는 봄날 그대로가 화엄의 세계이다.

- 삶을 더욱 잘 살려면 인과와 업의 법칙을 알아야 한다.
- 이승에서 고통받은 사람은 저승에서도 반드시 고통을 받는다.
- 고통받는 사람의 영혼과 혼령은 하늘천국 극락세계로 절대로 못 올라가고 고통지옥과 구천세계를 떠돌아 다닌다.
- 현생과 이승에서 즐겁고 행복한 영혼만이 하늘천국 극락세계로 올라간다.
- 인과의 법칙과 인연의 법칙은 사실이고 진실이며 진리이다.
- 사람과 동물은 유유상종으로 끼리끼리 만난다.
- 사회적 동물 인간은 동료와 친구를 잘 사귀어야 한다.
- 친구가 되어주길 바라거든 상대의 자존심을 지켜주어라.
- 친구가 되어주길 바라거든 상대의 입장을 배려해 주어라.
- 친구가 되어주길 바라거든 친구가 난처할 때 도와주어라.
- 친구가 되어주길 바라거든 함께 밥을 먹고 여행을 하여라.
- 자존심은 존재감을 인정받고 싶어하는 가장 큰 욕망이다.
- 가까운 사이일수록 신용과 신뢰를 잘 지켜라.
- 가까운 사이일수록 배려와 인격으로 대하라.
- 가까운 사이가 되려면 지나간 과거를 들추지 말라.
- 신용과 신뢰가 없는 사람하고는 거래를 하지 말라.
- 불행의 푸념을 늘 하는 사람은 가까이 하지 말라.
- 불평과 불만표시를 늘 하는 사람은 가까이 하지 말라.
- 매사에 부정적이고 피동적인 사람은 가까이 하지 말라.
- 의리와 지조가 없고 변심하는 사람은 가까이 하지 말라.
- 폭언, 폭행, 폭주를 하는 사람은 가까이하지 말라.

- 무식하고 게으르고 어리석은 사람은 가까이 하지 말라.
- 희망과 꿈이 없는 사람은 가까이 하지 말라.
- 성격과 습관이 나쁜 사람은 가까이 하지 말라.
- 정리정돈과 계획성이 없는 사람은 가까이 하지 말라.
- 허영과 허세를 부리는 사람은 가까이 하지 말라.
- 오만·교만·거만·자만한 사람은 가까이 하지 말라.
- 아무런 능력도 없고 운까지도 나쁜 사람은 가까이 하지 말라.
- 자신의 단점·약점·부족한 점·나쁜 점은 반드시 고치라.
- 세상살이 인생살이 모든 것은 자업자득이요 인과의 법칙이다.
- 전생에 선업을 쌓으면 현생에서 복을 받는다.
- 조상 부모님이 공덕을 쌓으면 자식들이 음덕을 받는다.
- 자녀들이 잘 되기를 바라면 선행을 많이 행하라.
- 자녀들 교육은 절대로 학교에만 맡기지 말라.
- 자녀들 교육은 반드시 가정에서 부모가 직접 맡아라.
- 3살 버릇 80살까지 가니 버릇교육을 잘 시켜라.
- 성격과 습관은 정말로 중요하니 개선교육을 잘 시켜라.
- 타고난 소질과 재주를 일찍 발견하여 집중계발을 시켜주어라.
- 자녀들에게는 자주독립심을 반드시 길러 주어라.
- 자주독립심은 결국 직업과 경제활동을 할 수 있는 능력이다.
- 직업은 하고 싶은 것보다는 잘 할 수 있는 것을 선택하라.
- 직장보다는 평생 할 수 있는 직업선택이 더 중요하다.
- 직업을 선택했으면 10년 이상 인내하면서 본업에 충실하라.
- 현대사회는 평생직업과 평생재테크시대이다.

- 현대사회는 공급과잉 무한경쟁 글로벌시대이다.
- 모든 사람은 한 가지 분야에서 일류급 최고가 되어야 한다.
- 자손대대로 가업을 이으면 유전인자적으로 가장 잘 할 수 있다.
- 월급쟁이보다는 적극적으로 창업과 개인사업을 도전하라.
- 큰 돈과 대박은 도전과 모험하는 사람들의 것이다.
- 사업과 장사투자는 최악의 불경기때 과감이 행동하라.
- 경제위기는 항상 극복되어지니 가장 위기때에 역전을 하라.
- 도전과 모험을 즐길 줄 아는 대범한 큰 사람이 되어라.
- 큰 사람은 칭찬에도 비방에도 위기에도 흔들리지 않는다.
- 사나이는 반드시 대인 군자 현인 큰 사람이 되어야 한다.
- 모든 사람은 큰 마음을 먹으면 큰 사람이 될 수 있다.
- 마음을 바꾸면 생각과 행동이 바뀌고 운까지도 바꾼다.
- 마음을 잘 쓰면 좋은 일이 생기고 잘못 쓰면 나쁜 일이 생긴다.
- 좋은 마음으로 생각을 바꾸고 몸을 길들여 나아가라.
- 생각을 백번 천번을 계속하면 생각대로 이루어진다.
- 말을 백번 천번을 반복하면 말대로 이루어진다.
- 말과 행동을 백번 천번을 절제하면 스스로 길들여진다.
- 간절히 소망하는 것들을 잠재의식에 입력시켜 두어라.
- 잠재의식에 각인된 것들은 반드시 이루어진다.
- 분명한 목표와 신념은 잠재의식을 자극, 행동강화를 만든다.
- 꿈 한 번 잘 꾸고 꿈풀이를 잘하면 큰 행운을 잡는다.
- 꿈 한 번 잘 못 꾸고 꿈풀이를 잘하면 큰 불행을 피한다.
- 특이한 꿈을 꾸면 점쟁이에게 반드시 꿈풀이를 문의하라.

- 소망하는 것들을 반드시 글로 쓰고 소리내어 말을 하여라.
- 간절한 소망들을 자신의 상상 속에 이미지화를 꼭 시키라.
- 끝까지 포기하지 말고 지속하고 반복하고 지속시켜 나아가라.
- 끈기로 끝까지 지속시키는 것은 반드시 성공을 한다.
- 사람의 신념과 자신감은 기적을 이루어 낸다.
- 삶을 잘 살려면 남에게 원한을 사거나 척을 짓지 말라.
- 삶을 잘 살려면 죄를 짓지 말고 악업을 짓지 말라.
- 삶을 잘 살려면 충동심을 자제할 줄 아는 강한 사람이 되어라.
- 삶을 잘 살려면 격정심을 자제할 줄 아는 강한 사람이 되어라.
- 삶을 잘 살려면 분노심을 자제할 줄 아는 강한 사람이 되어라.
- 삶을 잘 살려면 허영심을 자제할 줄 아는 강한 사람이 되어라.
- 삶을 잘 살려면 변덕심을 자제할 줄 아는 강한 사람이 되어라.
- 삶을 잘 살려면 근면 성실 규칙적 아침형 인간이 꼭 되어라.
- 삶을 잘 살려면 자기 자신의 본분과 분수를 꼭 지키라.
- 삶을 잘 살려면 처신과 처세를 잘 해야 한다.
- 좋은 대접을 받고 싶거든 당신이 먼저 좋은 대접을 해 주어라.
- 내가 먼저 관심을 보이면 상대도 나에게 호감을 갖는다.
- 내가 먼저 도와주면 나중에 곱절로 되돌아 온다.
- 내가 먼저 인정을 베풀면 더 큰 이익으로 되돌아 온다.
- 친절과 배려는 주는 만큼 되돌아 온다.
- 무주상보시는 공덕과 은덕으로 되돌아 온다.
- 숭고한 일을 행하면 하늘은행에 예금을 하는 것이다.
- 대화를 나눌 때에는 맞장구를 잘 쳐주어라.

- 상대의 좋은 점을 알아내어 칭찬을 잘 해 주어라.
- 칭찬은 바보를 천재로 만들고 적을 내 편으로 만든다.
- 칭찬을 잘 해주면 능률과 효과가 열배까지 오른다.
- 꾸짖을 경우에는 먼저 칭찬을 많이 해주고 단점을 지적하라.
- 일과 업무는 반드시 능력있는 사람에게 꼭 맡겨라.
- 전문적인 일은 반드시 전문가에게 꼭 맡겨라.
- 어떤 경우에도 능력이 없는 사람에게는 일을 맡기지 말라.
- 개인이든 기관이든 적임자가 아닌 사람에게는 일을 맡기지 말라.
- 낙하산 인사발령은 아주 나쁜 짓거리이다.
- 비전문가에게 일을 맡기는 것은 망하는 지름길이다.
- 자기 자신이 모르는 분야는 스스로 손을 대지 말아야 한다.
- 잘 모르거나 운까지 안 따르면 반드시 실패를 당한다.
- 사람을 쓸 때는 능력과 생김새 직위가 반드시 적합해야 한다.
- 노동자는 반드시 맡은 일을 잘 하는 사람이 되어야 한다.
- 노동자는 한 가지 분야에서 전문가가 꼭 되어야 한다.
- 노동자는 한 분야 조직 내에서 필요한 사람이 꼭 되어야 한다.
- 노동자가 일을 잘 하거나 꼭 필요하면 절대로 퇴출을 안 당한다.
- 시키는 일만 하는 사람은 평생 동안 노동자 머슴노릇만 한다.
- 시키지 않은 일까지 스스로 하는 사람은 반드시 사장이 될 것이다.
- 억울하거든 공부하고 노력하여 반드시 성공출세를 하여라.
- 성공출세는 능력을 갖추거나 결혼을 잘 해야 한다.
- 결혼을 잘하면 고급승용차 무임합승과 같은 것이다.
- 결혼을 잘하면 인생살이 50%는 성공하는 것이다.

- 결혼을 잘 하려면 타고난 사주팔자의 결혼운을 알아야 한다.
- 결혼을 성공하려면 반드시 궁합을 꼭 보아야 한다.
- 결혼을 성공하려면 반드시 결혼식 택일을 잘 해야 한다.
- 궁합을 볼 때는 원진살·상충살·상해살·상파살을 꼭 피하라.
- 자궁살·고독살·과부살·재혼살이 있는 여성과는 결혼을 피하라.
- 역마살·감옥살·장해살·처첩살이 있는 남성과는 결혼을 피하라.
- 정신이상 빙의살이 들어있는 사람과는 결혼을 피하라.
- 무녀신(神)끼를 타고난 여성과는 결혼을 피하라.
- 사주팔자운명에 살(殺)이 많은 사람과는 결혼을 피하라.
- 사주팔자운명에 업(業)이 많은 사람과는 결혼을 피하라.
- 부모가 결혼생활이 불운한 집안의 자녀와는 결혼을 피하라.
- 부모가 큰 질병·큰 사고·수명이 단명한 집안의 자녀와는 결혼을 피하고, 이미 결혼을 해 버렸으면 대비책을 꼭 세우라.
- 부모 조상의 유전인자적 핏줄운내림은 90% 정도가 맞는다.
- 사람의 운명을 볼 때 살(殺)과 업(業)은 가장 나쁜 것이다.
- 칠성줄로 태어난 자녀는 사주와 이름을 꼭 팔아주어라.
- 칠성줄로 태어난 자녀는 수양부모를 꼭 삼아주어라.
- 칠성줄로 태어난 자녀는 신불전에 인등을 꼭 밝혀주어라.
- 칠성줄로 태어난 자녀는 대수대명 수명을 꼭 이어주어라.
- 칠성줄이란 전생에 영적으로 특별한 운을 핏줄인연 맺고 태어난 영혼들로서 대부분의 부모들이 키우기 힘든 자녀들이다.
- 영혼이 몸을 떠나면 혼령이 되고 다시 혼령이 몸에 들어오면 영혼이 되는 것이니 혼이 이승과 저승을 왔다 갔다 할 뿐이다.

- '자살'도 글자를 거꾸로 하면 '살자'인 것이다.
- 나쁜 사주팔자운명은 살풀이·업풀이·원풀이를 한꺼번에 종합운명치료와 이름개명으로 바꿀 수 있다.
- 후천운을 좋게 하고자 할 때 이름작용은 매우 중요하다.
- 이름을 지을 때는 부모와 아이 사주를 함께 보고 작명하라.
- 이름을 지을 때는 글자표현과 부르기 좋은 이름을 작명하라.
- 이름을 지을 때는 의미가 좋은 것으로 작명하라.
- 이름을 지을 때는 꼭 운(運)을 좋게 작명하라.
- 이름을 지을 때는 꼭 복(福)이 따르게 작명하라.
- 이름은 처음 지을 때 잘 지어야 하고 나쁘다고 생각이 들거나 운이 안 풀리고 복이 안 따를 경우에는 반드시 개명을 하라.
- 이름과 상호의 작명·개명은 반드시 전문가에게 맡겨라.
- 이름 하나만 잘 지으면 평생운명 좋아진다.
- 좋은 이름을 늘 불러주면 그 이름대로 이루어진다.
- 큰 꿈과 희망을 늘 마음속에 새기면 그대로 이루어진다.
- 젊은이여! 큰 꿈과 야망을 가슴속에 불태우라.
- 늙은이여! 희망과 사랑을 가슴속에 불태우라.
- 사랑은 숭고하고 위대한 창조행위이다.
- 생명창조는 오직 살아있는 사람의 사랑행위 때문이다.
- 생명창조의 사랑행위는 인간 최고의 권리이고 의무이다.
- 사랑행위는 살아 있음의 존재감 표현의 최고 수단이다.
- 사랑행위는 즐거움과 행복을 안겨주는 최고 선물이다.
- 사랑행위 그 자체는 선도 아니고 죄악도 아니다.

- 절제된 사랑행위는 행복조건의 제1순위이다.
- 생명이 다 할 때까지 많이 많이 사랑을 하라.
- 모든 생명체는 과거·현재·미래로 항상 연장선에 존재한다.
- 모든 인간은 부모·본인·자손으로 계속 살아간다.
- 한 번 태어나면 죽을 때까지 살아가야 하고 또 살아야 한다.
- 현대 사회는 100세까지의 삶을 잘 준비해야 한다.
- 삶을 잘 살려면 평생 동안 경제활동을 해 나가야 한다.
- 경제활동을 잘 하려면 신용관리를 잘 해 나가야 한다.
- 신용관리를 잘 하려면 돈관리를 잘 해 나가야 한다.
- 모든 대출이자는 예금이자보다 더 높으니 대출부터 갚아라.
- 신용카드 사용료는 10~20% 이상 고금리 이자를 더 부담한다.
- 제3금융 대출이자와 사채이자는 30~40% 살인 이자를 부담한다.
- 빚 내어 장사하면 10 중 7은 결국 빚을 더 지고 망하게 된다.
- 빚 내어 투자한 사람 10 중 8은 빚을 더 지고 망하게 된다.
- 빚을 돌려막기하는 사람은 10 중 9는 빚을 더 지고 꼭 망한다.
- 상장회사의 평균 수익률은 연 7%선이다.
- 부동산임대의 평균 수익률은 연 6%선이다.
- 살림살이 재정수입이 적거나 없는 사람이 연 10% 이상 이자를 물어줄 경우에는 대부분 빚을 더 지고 꼭 망하게 되는 것이다.
- 어떠한 경우에도 사채나 캐피탈 저축은행 제3금융의 고금리 비싼 이자 돈은 절대로 빌려쓰지 말라.
- 돈이 없는 사람일수록 신용카드 사용을 절대로 하지 말라.
- 어쩔 수 없이 빚쟁이가 된 사람은 개인파산과 개인회생신청으로 신

용회복을 하고 운을 좋게 하여 반드시 성공을 하라.

- 법을 어긴 채권채무는 무효이고 고금리 이자는 갚지 않아도 된다.
- 세상법은 알면 피할 수 있고 모르면 당할 수 있다.
- 세상법은 알면 이득을 보고 모르면 손해를 당한다.
- 권리 위에 잠자는 자는 보호받지 못하니 스스로 찾아 먹어라.
- 중요한 의사전달은 핸드폰 문자와 내용증명을 잘 이용하라.
- 민사소송을 당하면 30일 이내에 반드시 답변서를 내어라.
- 답변서·준비서면·상소장·항고장 등등은 정말로 잘 써내야 한다.
- 판결·결정·명령서 등등 서류를 받고 불복이의가 있을 때는 해당 법원 또는 기관에 반드시 이의신청서를 내어라.
- 국가나 공공기관의 잘못 처분은 행정심판청구 또는 행정법원이나 지방법원 행정재판부에 행정소송을 내어라.
- 민사사건·형사사건·행정사건은 번지수가 다르다.
- 민사사건의 소장은 법원에 접수시키고 형사사건의 고소장은 경찰서나 검찰에 제출해야 한다.
- 민사재판은 ① 소장 ② 답변서 ③ 준비서면 ④ 재판 순서이다.
- 무고죄와 위증죄는 처벌이 강하니 반드시 조심을 하라.
- 살인·방화·강도·강간·상해 그리고 계획성과 고의성 범죄는 처벌이 강하니 반드시 조심을 하라.
- 범죄성립은 행위와 결과 그리고 인과관계가 맞아야 한다.
- 명예훼손죄는 형사와 민사로 함께 처벌을 받으니 함부로 남을 공개적으로 지나치게 비방하는 것을 조심하라.
- 저작권과 특허권은 중요하니 불법사용을 조심하라.

- 사기죄는 처음부터 돈을 갚을 뜻도 능력도 없을 때만 성립한다.
- 금전과 이해관련 민사소송은 가처분·가압류부터 먼저 해 두라.
- 사건과 재판은 증거가 중요하니 기록과 문서 등등을 잘 챙겨라.
- 이혼사유는 외도·폭행·학대·부양포기 3년 이상 가출의 경우이다.
- 부부성관계의 거부 또는 심한 성관계의 결함도 이혼사유가 된다.
- 이혼을 할 수 있는 방법은 협의이혼 또는 소송이혼 뿐이다.
- 이혼위자료는 부부관계를 깬 쪽이 줘야 하고 적은 금액이다.
- 이혼재산분할은 부부관계를 깨뜨린 쪽도 청구할 수 있다.
- 이혼재산분할은 60:40 정도가 보통이다.
- 이혼을 하고자 할 때는 반드시 운명점(占)을 보고 선택을 잘 하라.
- 재혼을 하고자 할 때도 반드시 운명점(占)을 보고 선택을 잘 하라.
- 결혼·이혼·재혼은 가장 중요한 행복 선택의 사건이다.
- 결혼식장 축의금의 주인은 부모님 몫이 90%이다.
- 상갓집 부의금은 먼저 모든 장례비용으로 정산을 하고 나머지는 가장 고생한 사람 또는 법정상속비율로 나눌 수 있다.
- 사람이 임종할 때는 눈 감은 두 눈 위에 저승길 노자돈을 꼭 올려 주어라.
- 초상장례식을 할 때는 망자 앞에다 직접 저승길 노자돈을 꼭 놓아 주어라.
- 죽은 사람이 빚이 많을 경우에는 상속 해당인들이 공동으로 상속포기 또는 한정승인서를 반드시 가정법원에 제출하라.
- 사망자 재산과 빚의 일괄조회는 금융감독원의 금융민원센터 상속인 조회서비스를 활용하라.

- 민사·형사·행정·이혼·유산상속 등등 재판은 신중을 기하라.
- 소송과 민사재판은 패소측이 재판비용을 부담하니 신중을 기하라.
- 모든 재판중에는 유리한 증거를 최대한 내세우고 주장을 잘 하라.
- 모든 사건과 조사와 재판을 받을 때 사실증거는 아주 중요하니 계약서·영수증·진단서·사진·녹취록 등등 증거를 꼭 준비하라.
- 모든 사건의 진술은 기소와 재판의 증거가 되니 신중을 기하라.
- 경찰서나 검찰에서 피의자 신문조서 진술내용은 반드시 읽어보고 이의가 있을 경우에는 수정을 요구하고 확인 후 도장을 찍어라.
- 모든 송사문제는 합의로 조정 또는 화해를 하는 것이 최선이다.
- 모든 사건과 모든 송사문제는 결국 쌍방 모두가 손해이다.
- 행복하려면 어떻게든 송사문제를 만들지 말라.
- 행복하려면 자기 자신과 타인에게 즐거움과 기쁨을 주어라.
- 행복하려면 ① 정신적 안정 ② 신체적 건강 ③ 물질적 풍요 ④ 자아의 실현이 동시에 충족되어야 한다.
- 누구나 자기 자신의 글을 써보고 책 한 권쯤은 꼭 남겨라.
- 글은 읽는 재미와 지식의 정보전달이 함께 있어야 한다.
- 창조적 고뇌와 고독은 인간을 단련시키고 성장을 시킨다.
- 이기는 듯 져주고 지는 듯 이기는 것은 지혜로움이다.
- 모든 것은 근원과 원리를 알면 스스로 해법이 열린다.
- 세상살이 인생살이의 이치는 원인, 즉 결과의 법칙이다.
- 우주자연의 법칙은 성·주·괴·공이요 생·주·이·멸이다.
- 한평생 인생살이의 법칙은 생·로·병·사이다.
- 숨겨있는 진실과 참 진리를 올바로 깨우침이 진짜 깨우침이다.

- 깨우쳐야 진정한 자유와 행복의 주인이 되는 것이다.
- 도인(道人)과 성자(聖子)들은 이것을 위해 한평생을 바치고 수십 번의 환생으로 영혼진화를 해 나아가고 있다.
- 이 글을 읽는 당신도 마음을 먹으면 분명히 가능성이 있다.
- 이 글을 읽는 당신도 마음을 먹으면 분명히 성공할 수 있다.
- 그러나 가장 먼저 지금 당신이 "누구인지?"를 꼭 알아야 한다.
- 이 세상에 태어날 때 "어떤 운명인지?"를 꼭 알아야 한다.
- 타고난 운명(運命)을 알면 분명히 방법은 있다…….

이상 위의 글귀들은 불특정다수의 보통 사람들을 위해 필자가 공부하고 체험하고 그리고 경험을 해오면서 알고 있는 것들을 생각나고 떠오른 대로 기록하여 지식과 지혜의 정보로 꼭 전달을 해 드리는 바, 이 책을 읽는 독자분들은 자신의 눈높이에 따라 자기가 필요한 부분 또는 전체 글귀들을 2~3번 반복해서 다시금 또 읽어보고 반드시 한평생 동안 삶의 성공기술방법의 지혜로 삼으시길 진심으로 바라는 바입니다.

삶의 기술방법과 지혜는 참으로 중요하다는 것을 꼭 전해드리는 바입니다.

제24장
새우잠을 잘지라도 '고래꿈'을 꾸어라!

비록 새우잠을 잘지라도 꿈은 '고래꿈'을 꾸어야 합니다.

필자는 지난 젊은 날 새우잠을 많이 자 보았습니다.

사업 실패를 하고 노숙자가 되어 신문지 한 장을 깔고 요를 삼고 또 신문지 한 장을 덮고 이불 삼아 새우처럼 웅크리고 잠을 자 보았습니다.

인간 세상을 뒤로하고 천등산(天登山)에 입산하여 10년 동안이나 한 번도 산(山) 밖을 나가지 않은 두문불출 토굴기도(杜門不出 土窟祈禱)로 도(道)를 닦으면서 땅을 요로 삼고 하늘을 이불 삼아 새우처럼 웅크리고 잠을 자 보았습니다.

그러나 마지막까지 꿈을 포기하지 않았습니다.

하산(下山)을 하여 낮에는 서울 동숭동 마로니에공원의 길거리에서 돗자리를 펴놓고 점(占)을 보고, 밤에는 야간 대학원을 다니고 '투잡'으로 작은 사업을 할 때에도 앞날의 희망을 가지고 계속 꿈을 꾸었습니다. 자본주의 사회에서는 돈이 있어야 꿈을 실현시킬 수 있기 때문에 서울 동대문 의류도매상가에 한 발을 들여놓고 그리고 서울 종로 3가 국일관에 또 한 발을 들여놓고 사업을 하면서 수많은 깡패들을 물리치다가 '칼침'을 맞고 쓰러지면서도 꿈을 꺾지 않았습니다.

이권에 개입한 못된 정치인과 정면 승부를 할 때에도, 잿밥에 눈독을 들인 어느 종단의 총무원장에게 나쁜 일을 당할 때에도 마음속으로 오직 나무아미타불 관세음보살을 염송(念誦)하면서 열심히 일하고 공부하고 더욱 기도정진을 계속해왔습니다.

어떠한 어려움이 닥칠지라도 나는 꿈이 있고 나의 사명이 있기 때문에 결코 멈추지 않고 결코 포기하지 않고 계속 한 걸음씩 나아가고 계속 한 단계씩 올라갑니다.

물질로 구성이 된 몸뚱이를 가지고 있는 사람은 몸뚱이가 살아있는 동안까지는 물질적인 필요에 따른 소비를 해야 하고, 필요 충족을 계속해 나아가려면 우리는 누구나 경제활동을 해야 합니다.

하기 싫어도 경제활동을 참여해야 하고 또한 잘할 줄 알아야 하고 그리고 계속해 나아가야 합니다.

필자는 비록 종교인이지만, 지금의 사회현실이 시장경쟁 자본주의 사회이기 때문에 현실 직시로 현실문제 해결과 이상향의 목표달성을 함께 해 나아가려고 합니다.

사람은 누구나 반드시 경제적인 현실문제와 정신적인 이상추구를 동시에 함께 해결해 나아가야 합니다.

모든 사람은 신분이 무엇이든 간에 경제개념이 없거나 또는 돈을 벌지 못하면 시장경제의 자본주의 사회에서 결코 진정한 자유인이 될 수가 없습니다. 자본주의 사회에서 자기 자신의 이상을 실현시키려면 쓸

만큼의 충분한 돈이 필요하기 때문입니다.

필자는 우리민족 신전(神殿) '대한민국 국사당'을 건립하기 위해서 내 손으로 직접 필요한 만큼의 돈을 모으려고 합니다.

신통력으로 점(占)을 치고 운때를 정확히 맞춰 부동산과 주식에 투자를 합니다.

그리고 도술부적으로 재수운을 불러들여 사업을 합니다.

내가 잘 알고 있고 또한 내가 잘할 수 있는 분야에만 과감한 투자를 합니다. 투자를 할 때는 반드시 잘 알고 있거나 또는 잘할 수 있는 것에 해야 합니다.

사업 또는 투자를 할 경우에는 반드시 자기 운명 속의 재물운을 알아야 하고 운이 따라줘야 하며, 운을 좋게 만들 줄도 알아야 합니다.

자기 자신의 사주팔자 운명 속에 재물운(財物運)과 금전운(金錢運)이 나쁜 사람 또는 운(運)이 나쁠 때와 운세가 약세일 때에 사업과 장사를 하거나 또는 상가분양·아파트분양·주식·펀드·선물 등등에 투자를 하면 반드시 손해와 실패를 당하게 되고 손해와 실패를 크게 당하거나 또는 두세 번을 당하게 되면 삶을 실패하게 되니 정말로 조심해야 합니다.

그러나 필자는 신통력으로 점(占)을 치고 정확한 운(運)을 예측해서 부동산·주식·채권에 투자를 하여 많은 돈을 벌고 그리고 더 큰 성공을 위해 분명한 목표와 철저한 계획을 세우고 부동산사업을 키워 서울의 7군데 대형상가들의 지분확보를 많이 하고, 특히 서울동대문 의류도매상가 '테크노패션몰'과 그 유명한 서울 종로 3가 '국일관'의 회장까지 되었습니다. 한때는 한국에서 가장 큰 도심게임오락장 투자자산

400억원쯤의 (주)국일관게임파크랜드(사업자등록번호 110111-2401513)를 직접 경영도 해 보았고 또한 대형집합상가 여러 곳도 직접 경영을 해 보았습니다. 그러나 신령님들께서 욕심내는 수익사업은 더 이상 못하게 꾸지람하시니 지금은 종교적 직분에 충실하기 위해 스스로 기운을 조정하여 대인(大人)답게 상가들의 명예회장·고문으로 물러앉고 그동안 사업으로 벌어들인 돈으로 산(山) 기도할 때 신(神)들과 약속한 우리민족 신전(神殿) '대한민국 국사당' 건립을 준비하고 있습니다.

이제 소유하고 있는 부동산을 하나씩 처분하여 평생의 공익 자선사업 20년 프로젝트 '국사당' 건립을 시작합니다.

그동안 필자가 부동산 투자를 할 경우에 건물투자는 활용적 자산가치 창출에 많은 비중을 두고 하였는데, 땅 투자는 5년, 10년, 20년 앞을 내어다보는 장기투자와 직접 개발 및 활용을 하기 위해서입니다.

필자는 소유하고 있는 약 20만평의 땅과 임야에 목재용 나무와 관상수 및 과실수를 10년째 심어가고 있으며, 2009년 봄에도 호흡기관지에 좋은 모과나무를 7,000그루나 심었습니다.

비록, 내일 지구의 종말이 올지라도 희망의 모과나무 한 그루를 심는 마음으로 세상을 살아갑니다.

필자는 삶을 정성스럽게 최선을 다하여 살아가고 있고 미래예측과 기회포착 그리고 운(運) 베팅을 과감히 할 줄 압니다.

필자는 우리나라 경제의 최대 위기때인 1998년 IMF 구제금융 당시 고금리 정책으로 은행금리는 24%까지 사상 최고로 높고, 반대로 부동산은 모두가 내버릴 정도로 값이 헐값이고, 주식시장의 코스피 지수는 300까지 내려가 부동산값과 주식값이 최저로 저점시기 최악의 불경기 때에 부동산과 주식에 베팅투자로 큰 성공을 했습니다. 그리고 또다시 자기 직업과 본업에 충실하면서 미래예측을 잘 하여 2007년도에 주식시장 코스피 지수가 사상최고 2,000을 넘고 부동산도 최고로 상승 꼭지점일 때 모두 비싸게 팔아버리고, 현금 확보를 해 뒀다가 또다시 2008년 금융경제위기 때 반값에 주식과 부동산을 사들이면서 또 큰 성공을 해 내었습니다.

지금 이 책을 읽고 있는 독자분도 '호황기와 불황기 반복순환 법칙 투자법'만 잘 활용하면 크게는 약 10년마다 그리고 작게는 약 3~4년마다 투자기회가 있는 것입니다.

그것은 역술명리학에서 크게 바뀌는 대운(大運)을 약 10년주기로 예측을 하고, 작게 바뀌는 소운(小運) 주기를 3~4년으로 계속 반복한다는 법칙이 있고, 일시적인 경제위기는 항상 극복되어 왔고 또한 극복되어지기 때문입니다.

사업과 투자는 반드시 투자기회를 예측할 줄 알아야 하고 다음 기회를 기다릴 줄 알아야 하며 시간에 투자할 줄도 알아야 합니다.

누구든 무엇이든 10년 동안에 2~3번쯤은 기회가 있고, 평생 동안에 7번은 기회가 있다는 진실을 가르쳐 드립니다.

필자는 점(占)을 활용, 정확한 미래예측 투자법과 도술부적 신통력으로 큰 돈을 벌고 성공을 하였습니다. 그리고 이제 그 돈을 가장 가치있게 쓰기 위해 '대한민국 국사당' 건립을 준비하고 있습니다.

이처럼 필자는 실패로부터 성공을 이룩해 내고 있습니다.

'위기는 또 다른 기회'라고 하였듯이 필자는 미래 전략형 인간으로 자신을 바꿔서 ① 예측 ② 목표 ③ 계획 ④ 실천이라는 기본원칙과 모험적 도전·열정·집중·끈기로 '인생역전'을 이룩해 내었습니다…….

필자는 위기에 처한 사람들에게 그들의 삶과 영혼을 구제하기 위해서 기회가 있을 때마다 성공하는 방법과 기술을 가르쳐 줍니다.

어떻게든 큰 돈을 벌어서 보람되게 잘 쓰라고 충고를 해 줍니다.

젊은 사람들에게는 성공·출세를 해서 부자가 되라고 하고, 나이드신 어른과 부자에게는 가지고 있는 돈을 잘 쓰라고 충고를 합니다.

필자는 신통술과 관상술로 그 사람의 타고난 운명(運命)을 보석감정사가 보석을 보면서 감정을 하듯 정확하게 '운명감정'을 해주고, 병 잘 고치는 의사가 먼저 환자를 정확하게 진단을 하듯 '운명진단'을 해 주면서 그 사람의 타고난 소질과 재능·성격·체질·지능·감성 등등을 종합적으로 분석하여 그 사람의 인생진로·직업운·시험운·애정운·결혼운·이혼운·재혼운·성공운·인기운·관운·출세운·사업운·재물운·사고운·금전운·불치병에 걸릴운·수명운 등등 모든 운(運)을 한꺼번에 다 가르쳐 주고 그 사람에게 꼭 맞는 처방과 함께 합리적인 삶의 전략까지 가르쳐 줍니다.

필자는 사람 개인의 타고난 운명과 운(運)을 점(占)칠 때는 신통술과 관상술에 더 많은 비중을 두고 사주풀이는 참고만 할 뿐입니다.

왜냐하면, 이 세상 70억명의 사람 중에 똑같은 얼굴과 손금 그리고 영혼 모습을 가진 사람은 단 한 사람도 없기 때문에 개인의 평생운명을 종합판단하는 운명감정과 운명진단을 할 때나 또는 여러 가지 운(運)을 점(占)칠 때는 신통술과 관상술에 더 많은 비중을 두고 반드시 얼굴모습과 눈을 보면서 '관심법'으로 내면과 영혼을 함께 보면서 동시에 비교종합분석판단으로 정확한 해답을 줍니다.

이러하기 때문에 필자의 운명진단과 운명점(運命占)은 100%까지 적중을 합니다.

또 하나의 비밀진실을 공개적으로 가르쳐 드리겠습니다.

제왕절개수술로 태어난 아이는 사주팔자와 실제의 운명이 잘 안 맞기 때문에 신통관상점이 꼭 필요하고, 태어난 시간을 정확히 모르는 사람은 신통관상점이 꼭 필요하며, 모든 사람은 자기의 전생과 영혼이 모두 다르기 때문에 신통점과 관상점이 꼭 필요하며 그리고 사람의 운명과 여러 가지 운을 점(占)칠 때는 신통과 관상 그리고 사주를 동시에 봐야만 가장 잘 맞출 수 있다는 것입니다.

그리고 점을 볼 때는 1년마다 변하는 신수점보다는 평생운을 보는 운명점을 더 중요시해야 하고, 또한 정확한 점(占)을 보고 싶은 사람은 아무리 거리가 멀지라도, 또는 아무리 일이 바쁠지라고 본인이 직접 찾아가야 더 정확히 볼 수 있다는 진실을 가르쳐 드리는 바입니다.

이와 같은 진실의 글을 다시 한 번 강조합니다.

성공출세를 하고 싶고 부자가 되고 싶고 그리고 행복해지고 싶은 사람은 반드시 꼭 한 번은 최고 실력의 운명진단 전문가를 찾아가 정확한 운명점(運命占)을 보아야 한다는 것입니다.

그러나 재미삼아 보는 '길거리점(占)'과 '싸구려점(占)' 그리고 '인터넷점(占)'과 '전화상담점(占)' 등등은 차라리 아니 봄만 못합니다.

운명진단과 예언이 틀려버리면 오히려 손해를 당하기 때문입니다,

문제가 발생하면 누구나 분야별 '최고전문가'를 찾아가야 합니다.

건강문제가 생기면 의사선생을 찾아가고 관재수 송사문제(官災數訟事問題)가 생기면 변호사를 찾아가듯, 운이 꼬이거나 안 풀려 운문제

(運問題)가 생기면 최고 실력의 1류 점쟁이를 찾아가면 해답을 얻습니다. 점(占)쟁이도 실력에 따라 1류·2류·3류 등급이 있습니다.

그렇습니다.

자기 앞날의 운을 모르면 눈을 감고 울퉁불퉁한 길을 달려가는 것과 같고, 무시무시한 정글 속을 혼자 탐험하는 것과 같습니다.

앞날의 운(運)도 모르고 살아가면 불현듯 명퇴를 당하고, 이혼을 당하고, 소송을 당하고, 감옥에 들어가고, 투자사기를 당하고, 불치병에 걸리고, 사고로 죽음을 당하고, 실패를 당하고, 파산을 당하기도 하는 등등 모두가 눈을 뜨고 당합니다.

시장경제 자본주의 체제 속에서 살아가는 모든 사람은 자기의 타고난 운명 속에 나타나 있는 재물운(財物運)을 꼭 알아야 합니다.

자기가 타고난 운명 속의 재물운을 알아야 물질적으로 잘살지 또는 못 살지를 미리 알고 준비와 대비를 잘하여 인생전략(人生戰略)을 세울 수 있기 때문입니다.

또한 자기의 타고난 운명 속에 금전운(金錢運)을 알아야 합니다.

현재와 앞날의 금전운을 알아야 사업자금을 잘 마련할 수 있고 그리고 사업과 영업을 잘할 수 있기 때문입니다.

특히, 자본 투자·사업·장사·영업을 하고 있는 사람들은 자기 자신의 타고난 사주팔자 평생운명 속에 들어있는 금전운·재물운·성공운 등등을 반드시 알고 있어야 하고 또한 운명 흐름과 운세의 강약과 운(運)때를 꼭 알아야 합니다.

잘못 투자한 주식 및 부동산 분양 또는 잘못 시작한 장사 및 사업은 엄청난 손해와 실패를 초래하고 인생까지 망칠 수 있다는 것을 분명히 충고하면서 귀중한 정보를 가르쳐 드리는 바입니다……

필자는 오늘도 언제나처럼, 새벽 예불을 마치고 잠시 참선(參禪)을 하고 있습니다.

부처님께서 오늘은 손님 6명이 찾아오고 3번째 손님은 멀리 부산에서 찾아오고 4번째 손님은 중국 상하이에서 서울까지 찾아오는 것이니 특히 잘 봐주라고 하시면서 오늘은 맨 마지막 6번째 손님을 잘 봐주라고 하십니다.

오늘의 예약손님 중에서 맨 마지막 순번 손님은 서울의 부자동네 강남구 도곡동에서 찾아온 50대 중반쯤의 남자이고, 성씨는 박 씨입니다.

필자는 여느 때와 같이 찾아온 손님의 마음을 편안하게 해주기 위해 먼저 녹차 한 잔을 대접하면서 이렇게 말을 꺼냅니다.

"먼저 마음을 편안히 하고 녹차 한 잔 드시지요!"

손님으로 찾아온 50대 중반의 남자는 녹차를 마시면서 필자의 탁자 위에 항상 놓여있는 '금두꺼비상'을 유심히 바라보다가 입을 엽니다.

"도사님! 저의 운명과 재물운·부동산운을 좀 봐주십시요."

"손님의 나이와 이름만 말씀해 주실런지요?"

나는 손님의 나이와 이름만 글로 써놓고 육갑(六甲)을 짚어보고 그 사람의 전체 얼굴과 그리고 얼굴에서 현재 나이 운때를 가리키는 부위와 말년 운때를 가리키는 부위 그리고 재물운을 나타내는 재백궁(財帛宮)을 살피고 그 사람의 눈을 들여다보고 영혼 모습까지 직접 잘 살피면서 나만의 특이한 방법 '신통관상술'과 '관심법'으로 10여 항목을 동시에 종합분석, 진단하여 '운명진단표'를 적어놓고 손님의 운명과 재물운·부동산운 등등 타고난 운명(運命) 전체의 핵심을 말해줍니다.

"얼굴도 미남이고 최고학부까지 공부도 많이 하고 초년, 중년운은 좋아서 부모덕에 빨리 성공을 하고 결혼운도 좋아서 행복한 가정을 꾸리고 살았지만, 중년 이후 운이 너무나 나쁘니 욕심내어 투자한 주식으로 큰 손해를 당했고 대출을 많이 받고 높은 고층 큰 아파트가 보이는데 그 큰 집이 사람을 누르는 격이라 영혼이 굉장히 불안해 보이는구면. 겉만 번지르르하고 돈이 없으니 마누라가 바람을 피우는구면. 운명 진행대로 그냥 내버려두면 2년쯤 후에 경매로 살고있는 집을 빼앗길 것이고 이혼을 당할 것이며 파산까지 당하고 그리고 감옥에 들어갈 운까지 예상되는구면.

초년 중년은 부모덕으로 잘 살아 왔지만 50대 중반에 망하는 변화의 대운에 걸려있고 장해살과 손재수 그리고 파산살 때문에 망하게 되고, 이혼살 때문에 이혼을 당하게 되고, 감옥살 때문에 감옥까지 가게 될 것이야. 지금은 은행에서 대출상환독촉을 받고 있을 것이고 부부잠자리는 1년 이상 못하고 있을 것이고 아마 빚 총액이 20억쯤 될 것이고 영혼이 몹시 불안해하고 슬픈 표정을 짓고 있구면."

"도사님 말씀이 정확히 맞습니다. 총 부채가 20억쯤 되고, 1년 이상 부부가 각방을 쓰고 있고, 요즈음 죽고 싶은 심정입니다. 이제라도 좋은 방법이 있겠습니까?"

"이미 큰 손해를 당하고 인생실패로 진행을 하고 있지만, 이제라도 40층 초고층아파트의 커다란 집은 정리를 해서 은행 빚을 갚아버리고 동쪽 방향으로 줄여서 이사를 해야 해. 그리고 앞으로는 반드시 자기 운(自運)에 잘 맞추어 투자를 하고 또한 운때에 잘 맞추어 투자를 갈아탈 줄도 알아야지."

"도사님! 앞으로는 무엇을 어떻게 투자해야 또다시 돈을 벌어 재기를 할 수 있을지 본인에게 가장 적합한 재테크 방법과 삶의 지혜를 좀 가르쳐 주십시요."

"사람마다 각각의 운명이 다르고 또한 각각의 운과 운때도 각각 모두가 다르기 때문에 자기 자신에게 무엇이 가장 잘 맞는지? 또는 언제 시작해야 잘 맞는지? 또는 어떻게 해야 잘 맞는지? 등등을 알아야 하는 거야.

세계 경제와 분야별 산업의 흐름을 잘 예측하여 사업과 투자를 해야 하고, 주식은 시장경기에 선행을 하고 부동산은 시장경기에 후행한다는 것을 알아야 하며, 주식투자를 할 경우에는 투자할 기업의 정확한 재무제표와 내부정보를 모르면 투자 손해를 당할 수 있으니 차라리 간접투자 펀드에 투자를 하고, 금융을 공부하여 국제금융시장의 흐름과 국제금융상품 Bond·CP·CD·CB·BW·DR·EB·PB 그리고 RP·L/C·BA 그리고 옵션·역외·헷지 등등을 알아야 하며, 모든 것은 '올라가면 언젠가는 반드시 내려가고 또한 내려가면 언젠가는 반드시 올라간다'는 변화의 리듬 법칙에 따라 정확한 미래예측을 해내야 하고 그리고 반드시 자기가 잘 아는 것에 투자해야 하며 또한 자기에게 잘 맞는 것에 투자해야 하는 거야.

당신은 타고난 운명과 후천운(運)을 볼 때 땅(토지)이 잘 맞아. 또한 시장 경제원리 수요와 공급의 법칙에서 우리나라는 인구수가 많고 국토가 좁기 때문에 토지투자는 가장 투자 대비 수익성이 좋고 그리고 잘 선택한 좋은 땅은 안전하게 돈을 벌어주고 부를 축적할 수 있으며, 자손 대대로 상속까지 해줄 수도 있으니 여러모로 활용가치가 높은 거야.

타고난 운명 속에 들어있는 나쁜 업살(業殺)들을 도술부적(道術符籍) 또는 하늘천신(天神)과 부처님께 직접 기도를 올리는 천제불공(天祭佛供)을 통하여 특수 도술법으로 운치료를 받아 반드시 개운(改運)을 하고, 이제부터는 부동산 토지(땅) 쪽으로 투자방향을 잡고 반드시 투자 전략을 세워서 개발정보 입수와 부동산 관련 정부정책결정 그리고 본질 가치 창출의 정확한 미래예측 투자를 잘하면 다시 큰 돈을 벌 수 있을 거야."

"도사님! 도사님은 다른 점쟁이와 다르게 왜 '운치료'라 합니까?"

"의사가 환자의 질병원인을 알아내어 처방과 치료를 하는 것처럼 나쁜 운은 반드시 그 원인을 알아내어 '운치료'를 해야 하는 거야."

"도사님! 운치료방법으로 상담이 끝날 때 도술부적을 꼭 해주시고, 가장 중요한 부동산 토지투자의 자세한 전략을 좀 가르쳐 주십시요."

"토지(땅)투자는 딱 한 번이라도 제대로 잘하면 평생 동안 먹을 것은 물론이고 가장 안전하며 상속으로 남겨 줄 수 있기 때문에 토지의 개념과 함께 부동산 지식을 많이 공부해서 입지분석 및 각종 행위제한 법률과 토지이용계획 확인원을 이해하고 반드시 투자목적이 분명해야 부동산과 토지(땅)투자로 큰 돈을 벌 수 있는 거야.

돈을 벌려면 반드시 '제테크 공부'를 해야 해. 공부를 해야 알 수 있고 알아야 그만큼 잘 보이기 때문이야.

현재 우리나라의 토지공개념적 국토이용과 도시계획에 따른 토지분류를 살펴보면 토지의 용도구분에서는 ① 도시지역 ② 관리지역 ③ 농림지역 ④ 자연환경보호지역 등등으로 나누고, 도시지역은 또다시 ① 주거지역 ② 상업지역 ③ 공업지역 ④ 녹지지역 등등으로 나누며, 또다시 주거지역은 ① 제1종전용 ② 제2종전용 ③ 제1종일반 ④ 제2종일반 ⑤ 제3종일반 ⑥ 준주거지역 등등으로 세분을 하고, 상업지역은 또다시 ① 중심상업지역 ② 일반상업지역 ③ 근린상업지역 ④ 유통상업지역 등등으로 세분을 하고, 공업 지역은 또다시 ① 전용공업지역 ② 일반공업지역 ③ 준공업지역 등등으로 세분을 하고, 녹지지역은 ① 보전녹지지역 ② 생산녹지지역 ③ 자연녹지지역 등등으로 세분을 하는 거야.

관리지역은 ① 보전관리 ② 생산관리 ③ 계획관리지역 등등으로 세분을 하고, 농림지역은 ① 생산지역 ② 보전지역 등등으로 세분을 하고, 자연환경보호지역은 ① 자연환경 ② 수자원 ③ 해안 ④ 생태계 ⑤ 상수원 ⑥ 문화재보전지역 등등으로 세분을 하는 거야.

그리고 토지의 용도지구지정 행위 제한으로는 ① 경관 ② 미관 ③ 고도 ④ 방화 ⑤ 방재 ⑥ 보존 ⑦ 시설보호 ⑧ 취락 ⑨ 개발진흥 ⑩ 특정용도제한 ⑪ 위락 ⑫ 리모델링지구 등등으로 세분을 하는 거야.

그리고 토지의 용도구역지정 행위제한으로는 ① 개발제한(그린벨트) ② 시가지조정 ③ 수산자원보호 ④ 지구단위계획 ⑤ 개발밀도관리 ⑥ 기반시설부담 ⑦ 도시개발구역 등등으로 세분을 하고 또 다른 행위제한의 규제가 많은 거야. 이상의 국토이용과 도시계획 및 토지개발에 따른 법률과 ① 농지법 ② 산지법 ③ 건축법 ④ 도로법 ⑤ 절대벌채금지 ⑥ 절대전용금지 ⑦ 절대형질변경금지 등등의 수많은 관련 법률에 따른 행위제한 등등을 제대로 알고서 ① 농업용부지 ② 임업용부지 ③ 목장부지 ④ 전원주택부지 ⑤ 근린생활시설 부지 ⑥ 휴양시설부지 ⑦ 종교시설부지 ⑧ 공원묘지부지 ⑨ 골프장부지 ⑩ 스키장부지 ⑪ 아파트부지 ⑫ 빌딩부지 ⑬ 공장부지 ⑭ 주택부지 등등을 반드시 계획과 목적에 따라 매입을 해야 하며 그리고 유해시설 및 토양오염이 없어야 하고, 식수와 하수가 해결되어야 하고, 통풍이 좋아야 하고 그리고 방향과 좌향을 잘 살펴서 ① 일조권 ② 조망권 ③ 환경권 등등이 보호되어야 하며, 반드시 일정 폭 이상의 도로(4m, 8m)가 확보되어야 하는 거야.

지금은 도로가 없는 맹지(盲地)이지만 앞으로 새로운 도로계획 또는 개발계획이 예상되는 곳을 잘 선점하면 그만큼 큰 이익이 발생할 수도 있으니 토지(땅)투자로 큰 돈을 벌고 싶으면 풍수지리학적 입지분석과 미래수요의 정확한 미래예측이 가장 중요한 것이야.”

나는 부동산과 토지(땅)투자의 기본지식과 기본법률 그리고 그동안 실전으로 경험한 나의 ‘미래예측부동산투자’의 노하우를 가르쳐 줍니다. 그리고 손님이 먼저, 훗날 다시 재가를 하면 국사당 건립에 시주헌금을 꼭 하겠다고 약속을 하면서 먼저 축원을 좀 해달라고 간곡히 부탁을 하니 우선 ‘소원성취 축원카드’를 작성하게 하고 그리고 20만원짜리 업살소멸의 ‘도술부적’과 재수를 불러들이는 ‘도술부적’을 한 장씩 직접 그려주고 지갑 속에 잘 넣고 다니라고 꼭 일러줍니다(개운이 필요 없는 손님은 상담만 잘 받고 가시면 됩니다).

오늘 마지막 상담 손님은 도술부적을 지갑에 넣으면서 복채가 얼마냐고 묻습니다.

나는 손님에게 운명진단과 인생상담까지 받는 총 비용이 서민층과 중산층은 5만원이고, 상류층과 부자층은 10만원이라고 답해주면서 복채는 정성껏 지불하면 되고 먼저 탁자 위에 놓여있는 복채 그릇에 넣으면 된다고 가르쳐 줍니다.

오늘 하루도 미리 전화예약을 해놓고 찾아온 손님 5명에게 태어날 때 각자가 타고난 종합적인 운명진단을 하는 운명점과 궁합·택일·취업·승진·사업·부동산 투자·선거출마·작명 등등을 해주고, 손님을 보내고 나서 법당 신령(法堂神靈)님께 차를 올리고 나도 커피 한 잔을 마십니다.

보통사람들은 먹고 사는 일이 가장 중요합니다.

평생 동안의 경제공부와 재테크 그리고 자산관리가 중요합니다.

필자는 도사가 되고 또한 도인스님이 되어 신통지혜로 많은 사람들에게 잘사는 길을 방편으로 잘 가르쳐 주는 운명진단과 인생상담을 해줄 수 있으니 참으로 보람을 느껴봅니다.

이것이 진짜 활인공덕(活人功德)이고 중생구제(衆生救濟)이고 자비이타행(慈悲利他行)의 실천이라고 스스로 생각해 봅니다.

필자는 하산(下山) 후 하루에 17시간씩 주경야독으로 일하고 틈틈이 공부를 하면서 늦깎이로 경영학·부동산학·종교학·NGO학 대학원 석사과정을 공부했고, 지금도 틈틈이 불교대학원 공부를 하면서 지식탐구를 계속하고 있습니다. 최고 신통지혜의 도사 능력과 최고 지식연구의 박사 능력을 함께 지녀 나의 꿈인 최고 이상향을 펼쳐보려고 오늘도 최선의 노력을 하고 있습니다.

자본주의와 글로벌 무한경쟁사회의 현대사회체제에서는 신분이 무엇이든 상관없이 반드시 자기분야에서 프로가 되어야 하고 전문가가 되어야 하고 반드시 1류급이 되어야 하며, 기업도 원천기술과 핵심기술로서 특화마케팅전략으로 나아가야 합니다.

각자의 자기분야에서 1류급의 실력과 능력을 갖춰야 성공을 할 수 있고 돈을 벌 수 있으며, 그리고 돈이 있어야 하고싶은 일을 마음 먹은 대로 할 수가 있고 뜻을 펼칠 수 있으며, 쓸 만큼 또는 필요한 만큼 돈을 가지고 있어야 진정한 자유인이 될 수 있고 행복하게 됩니다.

필자는 10년 동안을 산속에서 살고 또 20년 이상을 열심히 노력하여 성공을 하면서 또다시 20년 프로젝트 공익 사업으로 2030년까지 완공 목표로 두 군데 '대한민국 국사당' 건립을 시작합니다.

대의명분의 소망을 담은 필자의 꿈은 꼭 이루어질 것입니다……

요즈음 세계 경제가 어렵고 미래가 너무나 불확실합니다.

이 책을 읽고 있는 독자분께서는 경제지식을 얼마나 알고 계십니까?

자기 자신의 금전운과 부동산운 그리고 재물운을 알고는 계십니까?

자기 자신의 타고난 운명(運命)에 재물운과 금전운·부동산운·성공운·출세운 등등의 운을 사전에 알아두는 것은 정말로 중요합니다.

우리는 모두가 사회생활과 경제활동을 하고 있고, 또한 부동산과 반드시 관련이 있기 때문에 부동산의 소유권·등기권·가등기·예고등기·근저당·저당·담보권·임차권·전세권·질권·지상권·유치권·대항권·점유권·대위변제·압류·가압류·가처분·인도명령·명도소송 그리고 손해 배상·손실보상·문서공증·내용증명 등등의 생활법률 상식과 헌법·민법·형법 등등 기본 3법을 꼭 알아야 합니다.

현재 사회생활을 하고 있는 성인으로서 이와 같은 '기본생활법률상식'도 모르는 사람은 절대로 잘 살 수 없다는 것을 충고하는 바이니, 잘 살고 싶은 사람은 이와 같은 기본상식들을 반드시 배워서 꼭 알아둬야 합니다.

이 글을 읽고 있는 독자분 중에서 혹시나 토지투자와 상가투자 그리고 아파트투자 등등 부동산투자로 큰 돈을 벌고 싶은 사람 또는 자기 소유 부동산을 비싸게 팔고 싶은 사람 또는 자기 소유 부동산이 잘 팔리지 않는 사람 그리고 아파트 분양과 상가분양투자를 잘못하여 지금 큰 손해를 당하고 있는 사람 또는 자기 소유의 부동산이나 살고 있는 집이 경매로 빼앗길 염려가 예상되거나 임차인으로서 큰 손해를 당할 염려가 있는 사람은 누구든 필자를 찾아와 자기자신의 타고난 종합적인 '운명진단'과 상담을 받으면서 '부동산상담'을 꼭 함께 받으시길 바랍니다.

누구든 부동산으로 억울함을 당하고 있거나 또는 억울한 명도소송과 억울한 압류와 가압류 또는 억울한 가처분을 당하고 있거나 또는 집주인과 상가 건물주인의 횡포로 억울함을 당하고 있거나 또는 취업이 안 되고 승진이 안 되고 선거출마에 낙선이 되어 억울한 사람들 그리고 이혼소송과 각종 민·형사소송으로 억울함을 당하고 있거나 또는 각종 소송·망신살·감옥살·낙방살·손재수·구설수 등등으로 고민하고 있는 사람들과 협박을 당하고 있는 사람들 또는 주식투자와 도박으로 큰 손해를 당하고 있는 사람들 그리고 이혼과 사별을 당하거나 남에게 말 못하는 부부문제와 고부갈등이 있거나 우울증·자폐증·신경성 질환과 원인 모르는 질병 그리고 핏줄 내림병이나 집안 우환 등등으로 고통을 당하고 있는 모든 사람들은 혼자 고민하지 말고 필자를 찾아오시길 바랍니다.

무슨 일이든 억울함을 당하고 있는 사람들은 찾아오십시요!

누구든 주식투자와 부동산 문제가 있는 사람들은 찾아오십시요!

누구든 재테크로 돈을 벌고 싶은 사람들은 찾아오십시요!

누구든 결혼과 재혼을 잘하고 싶은 사람들은 찾아오십시요!

누구든 성공과 출세를 꼭 하고 싶은 사람들은 찾아오십시요!

누구든 선거에 출마해 꼭 당선이 되고 싶은 사람들은 찾아오십시요!

누구든 인생역전(人生逆轉)을 꼭 하고 싶은 사람들은 찾아오십시요!

누구든 자신의 타고난 운명을 정확히 미리 알아두고 싶거나 또는 알고 싶은 사람들은 모두 필자를 찾아오시길 바랍니다.

필자가 모든 사람들에게 인생문제의 해법을 정확하게 가르쳐 드리겠습니다.

카운셀러와 점쟁이도 실력에 따라 1류·2류·3류가 있습니다.

문제가 있을 때는 반드시 1류 전문가(一流專門家)를 찾아가십시요!

필자는 2012년 국회의원 선출의 총선 때는 국회의원 출마 후보자 약 1,000명 중에서 약 300명 정도가 필자를 찾아 왔지만 나쁜 정치후보자 절반 정도는 상담도 못하고 내쫓겨 났고, 좋은 정치후보자 절반 정도는 정확한 운명진단과 선거당락을 점(占)쳐 주기도 하였는 바, 정치인과 기업인 사업가들에게 큰소리 칠 수 있는 사람은 1류 점(占)쟁이들이고 필자는 우리나라에서 최고 1류 운명진단 및 운명예언가이고 또한 운명상담 및 운명치료사로 상류사회에서는 모두가 비밀리에 알고 있는 사실입니다.

그렇습니다.

지금 이 책을 읽고 있는 독자분들도 이제부터는 각자가 자기분야에서 반드시 프로 1류 전문가가 되시길 진심으로 충고하는 바입니다……

이제 이 책의 결론으로 들어가면서 독자분들께 다시 한 번 전달합니다.

모든 사람은 자기의 타고난 운명에 반드시 애정운(愛情運)과 결혼운(結婚運)을 알고 인생을 살아가야 합니다.

인생살이에서 가장 중요하다고 할 수 있는 자기 자신의 결혼운이 일찍하면 좋을지? 늦게 하면 좋을지? 한 번 할지? 두 번 할지? 한 번도 못할 지? 홀아비가 될지? 과부가 될지? 독신자가 될지? 창녀가 될지? 남편 복이 있을지? 남편 복이 없을지? 처복이 있을지? 처복이 없을지? 애인을 두면 좋을지? 애인을 두면 나쁠지? 연상이 좋을지? 연하가 좋을지? 맞벌이를 해야 될지? 맞벌이를 하지 않아도 될지? 이혼을 하게 될지? 사별을 하게 될지? 불행할지? 또는 행복할지? 등등 자기의 타고난 애정운과 결혼운·이혼운·재혼운·사별운 등등을 '운명진단'을 받고 미리 사전에 꼭 알아둬야 함을 분명히 충고합니다.

결혼을 한 번 실패한 사람은 재혼운과 '유전인자 나쁜핏줄운내림작용법칙'으로 자녀의 결혼운은 어떨지? 반드시 미리 사전에 운명진단을 꼭 받아야 함을 진심으로 거듭 충고합니다.

특별한 사람들은 자기 자신의 타고난 운명에 대중적 인기운(大衆的人氣運)을 알아야 합니다.

자기 자신의 타고난 운명에 반드시 대중적 인기운이 들어 있어야 인기 탤런트·인기 배우·인기 가수·인기 예술가·인기 모델·인기 프로 운동선수·인기 정치가 등등이 될 수 있습니다.

특별한 사람들은 자신의 타고난 운명에 출세운(出世運)을 알아야 합니다.

자기 자신의 타고난 운명에 반드시 출세운이 들어있어야 기업가·사

업가·정치가·고위공직자·외교관·검사·판사·변호사·전문경영자·
유명인물 등등으로 출세를 할 수 있습니다.

모든 사람은 자기 자신의 타고난 운명에 반드시 수명운(壽命運)을
알아야 합니다.

수명운은 정말로 가장 중요합니다.

어릴 때 죽을 것인지? 젊어서 죽을 것인지? 요절을 당할 것인지? 늙
어서 죽을 것인지? 유괴를 당할 것인지? 납치를 당할 것인지? 사고로
죽을 것인지? 불치병으로 죽을 것인지? 노환으로 죽을 것인지? 길거리
객사(客死)를 당할 것인지? 원한을 품고 죽을 것인지? 홧병(火病)으로
죽을 것인지? 핏줄내림의 단명으로 죽을 것인지? 핏줄내림의 불치병으
로 죽을 것인지? 앙갚음으로 죽음을 당할 것인지? 또는 잘 살다가 편
안하고 멋있게 죽을 것인지? 등등 사전에 자기 자신의 수명운을 반드
시 알아둘 것을 진심으로 충고합니다.

자기 자신의 타고난 수명에 맞춰서 삶의 목표와 계획을 세워야 합
니다.

수명이 단명이라면 어느 정도의 단명으로 죽을 것인지 그리고 사고로
죽을 것인지 또는 불치병으로 죽을 것인지 등등 죽음 원인의 예측에
따라서 생명보험·상해보험·질병보험·화재보험·연금보험 등등 보험
종류를 정확히 선택 가입하여 사전대비책을 세워두길 또한 충고합니다.
정확한 운명진단을 받고 수명이 장수하게 될 사람은 반드시 연금보험
에 가입을 해두고 반대로 수명이 단명하게 될 사람은 생명보험 등등에
가입해둬야 큰 이득을 얻게 되는 것입니다.

평생에 꼭 한 번 운명진단을 받고 자기 자신의 타고난 여러 가지 운

을 모두 알아내고 또한 횡재운(橫財運)까지도 알아내어야 게임대박·경마대박·카지노대박·주식대박·상속대박·복권당첨 등등의 행운도 기대할 수 있는 것입니다.

우리는 항상 앞날의 예측을 잘해 내어야 합니다.

우리는 항상 사전준비와 사전대비를 잘해 내어야 합니다.

성공하는 방법은 여러 가지 방법이 있습니다.

삶을 살아가는 방법도 여러 가지 방법이 있습니다.

모두가 최고의 방법과 최선의 노력으로 반드시 잘 살아야 합니다.

성공·출세·부자가 되어 행복하게 잘 살려면 반드시 알아야 합니다.

자기 자신이 금생(今生)에 사람으로 태어나면서 어떤 운명을 타고났는지 반드시 알고 살아가야 함을 진심으로 거듭 충고드리는 바입니다.

이상 필자의 글들은 수정 없이 단번에 써내려가면서 필자가 책을 통하여 '대한민국 국사당' 건립의 의사전달과 함께 '운명작용이론'을 알려드렸는 바, 이 책의 가치는 독자여러분들께서 스스로 판단해 주시길 바라고, 이 책의 내용들이 좋다고 생각되시면 주위 사람들에게 많이 추천해 주시길 진심으로 바라는 바입니다.

필자가 저술한 책들과 작품들 그리고 활동들은 입소문(口傳)으로만 전달될 뿐 결코 광고를 하지 않기 때문입니다.

진정한 가치가 있는 것들은 스스로 빛을 내고 또한 세월이 점점 흐르면서 인정을 받게 되고 그리고 역사를 만들고 역사의 기록으로 남게 될 것입니다.

제25장
선택받은 인연 닿은 사람에게만 '기회'를 준다

이제 이 책의 마지막 장이 되었습니다.

사람은 누구나 잘 살고 싶고, 성공을 하고 싶고, 출세를 하고 싶고, 돈을 많이 벌고 싶고 그리고 행복하기를 소망합니다.

그런데 왜 그렇게 안 되는 것일까?

왜 욕심대로 잘 되지 않고 왜 마음먹은 대로 잘 되지 않을까?

정말로 사주팔자 운명(四柱八字運命)이란 것이 있는 것일까……?

모든 사람은 타고난 사주팔자 운명이란 것이 있습니다.

분명히 사주팔자 운명이란 것이 있기 때문에 누구나 다 잘 되기를 소망하지만 아무나 다 그렇게 될 수는 없습니다.

여기에 이 책을 통하여 체험적 사실과 진실 그리고 참진리 이야기를 펼치면서 '운명작용이론(運命作用理論)'을 최초로 공개하였습니다.

모든 사람은 태어나면서 ① 자기전생업작용 ② 자기핏줄업작용 ③ 영혼과 혼령 간의 핏줄동기감응작용 ④ 풍수지리 환경작용 ⑤ 음양오행

역리작용 등등이 관계성으로 인과의 법칙과 인연의 법칙에 따라서 운 (運)으로 작용을 하기 때문에 우리는 이것을 알아야 합니다.

세상의 이치는 원인에 따른 결과의 작용으로 '인과의 법칙'입니다.

영혼은 전생의 존재가 들어와 있고 육체는 부모 조상으로부터 물려받았습니다.

전생에 복(福)을 지었으면 현생에서 잘 살게 됩니다.

조상님이 공덕을 쌓으면 그 후손이 복(福)을 받습니다.

전생에 업(業)을 지었으면 현생에서 못 살게 됩니다.

조상님이 죄업을 쌓으면 그 후손이 벌을 받습니다.

자연을 훼손시키면 반드시 천재지변의 재앙(災殃)이 따릅니다……

이처럼 '인과응보의 법칙'은 우주자연의 하늘법칙입니다.

'인과응보의 법칙'으로 우리 사람들의 삶을 말하면 우주자연의 수많은 영혼들 중에서 사람으로 태어난 영혼은 모두가 너무나도 소중하니 반드시 잘 살아야 되고 반드시 행복해야 합니다.

사람으로 살 때에 잘 살고 행복한 영혼들만 죽을 때 극락천국 하늘나라에 올라 갈 수 있기 때문입니다.

그러나 타고난 사주팔자 운명 때문에 모두가 잘 살거나 행복하지를 못하고 있습니다. 그러나 이제 혼자 고민할 필요도 없고 불행하지 않아도 됩니다. 속시원한 해결책이 있습니다.

세상의 이치는 원인에 따른 결과의 작용으로 인과의 법칙이기 때문에 원인을 알아내어 근본원인을 바꿔주거나 또는 소멸시켜 주면 그 결과가 바뀌게 된다는 것입니다.

사람의 운명은 타고나기도 하지만 또한 바꾸어 낼 수도 있습니다. 그러나 타고난 운명을 바꾸려면 우선 자기 자신의 타고난 운명을 미리 정확히 알아내야 합니다.

사람이 태어날 때 하늘로부터 타고난 운명(運命)은 '운명진단'을 통해서 정확히 모두 다 알아낼 수 있습니다.

운명진단을 통해서 운명 속의 좋은 운과 나쁜 운을 정확히 모두 다 알아내고, 자기 운명 속에 들어 있는 나쁜 운들, 즉 살(殺)과 업(業)만 골라서 원인을 풀어주거나 또는 소멸시켜 버리면 되는 것입니다.

의사가 환자를 진단하고 치료하듯 운명을 진단하고 '운치료(運治療)'를 해서 잘 살게 해주면 영혼까지 진화시킬 수 있습니다.

'운명진단'과 '운치료' '영혼진화' 등의 특수비법은 필자가 독자연구 개발하고 가장 먼저 사용하면서 책을 통하여 최초로 공개했는 바, 이 사람 태산(太山) 국사당(國師堂) 손도사는 운명분야의 최고 박사이고 최고 도사이며 이 시대의 대도사(大道師)입니다.

모든 점쟁이 중에서 진짜 실력의 운명전문도사만이 운명점을 최고로 잘 보고 또한 도사(道士)만 도술이 있기 때문에 나쁜 운을 도술로 바꿔낼 수 있다는 비밀진실을 독자에게만 가르쳐 드리는 바입니다.

운이 좋은 사람은 운치료가 필요 없으니 상담만 받으면 됩니다.

필자는 서울에서 '운명전문도사(運命專門道士)'로 입소문이 나 있습니다.

필자는 서울에서 신통관상과 관심법의 최고 실력가로 '운명진단상담'을 잘하고 또한 신통도술로 주식과 상가·토지·부동산 사업경영을 잘하면서 그리고 누구나 마음대로 용궁기도를 할 수 있는, 또한 한 가지 소원은 꼭 이룰 수 있는 용궁기도 도량 용궁사 불사를 일으키면서 또한 한국최고역술점술가 모임 '점술왕국'[점술왕국 상호는 사업자등록번호 : 217-90-46454가 국세청에 신고등록되어 있고, 상호상표특허출원번호 41-2010-0031109호로 등록되어 있기 때문에 다른 사람이 사용할 수 없음. 지금까지 종교를 초월하여 태산(太山) 손도사님의 가르침에 따라 신통 또는 운명진단 특수비법을 전수받고 제자가 된 한국최고역술점술가 모임 '점술왕국' 정회원이 100명쯤 되고, 준회원이 약 500명쯤 되며, 이후 한국최고역술점술가 모임 '점술왕국' 회장 태산(太山) 손도사님의 특별지도 가르침을 받고 평생 동안 1류 점쟁이로 살아가는 비법전수 또는 회원가입을 희망하는 역술점술가는 서울평생전화 0502-948-5728로 문의바람]의 상임 회장으로서 모든 사람들에게 그 사람의 운명과 운에 가장 적합한 성공기술을 가르쳐 주어 돈 잘 벌게 해 주는 진짜 '운명전문도사'로 입소문이 나 있습니다.

필자를 한 번이라도 찾아왔던 사람과 단골손님들은 그동안 부동산 투자로 큰 돈을 벌고, 주식과 펀드로 큰 돈을 벌고, 또한 보험가입으로 큰 돈을 벌고, 꿈 풀이 활용으로 복권에 당첨되어 큰 돈을 벌고, 그리고 타고난 소질재능계발로 큰 돈을 벌고, 본인이 원하는 큰 시험에 합격하여 큰 돈을 벌고, 진급과 승진을 잘하여 큰 돈을 벌고, 선출직 단체장 또는 국회의원에 당선되어 큰 돈을 벌고, 결혼과 재혼을 잘하여 큰 돈을 벌 수 있게끔 필자가 그렇게 다 만들어 주었습니다.

필자는 손님으로 찾아온 사람들에게 성공하는 방법과 돈버는 기술을 그 사람의 운명(運命)과 운(運)에 꼭 맞게 정확히 잘 가르쳐줍니다.

모든 사람의 타고난 사주팔자가 모두 다른 것처럼 성공하는 방법과 돈버는 기술도 모두가 다 다를 수 있습니다.

자기 자신의 타고난 운명(運命)을 미리 알고 있는 사람은 준비와 대비 그리고 기회포착과 선택을 잘할 수 있게 되기 때문에 이러한 사람은 반드시 성공출세를 할 수 있고 큰 돈을 벌 수 있고 그리고 행복한 삶을 살아갈 수 있다는 비밀진실을 분명히 가르쳐 드리는 바입니다.

독자분이여!

당신은 자기 자신과 자녀의 타고난 운명(運命)을 잘 알고 있습니까?

당신은 자기 자신과 배우자의 타고난 운명(運命)을 잘 알고 있습니까?

자기 자신과 자녀 및 배우자의 미래운에 대하여 얼마나 알고 있습니까?

혹시, 잘못 알고 있지는 않습니까?

잘못 알고 있으면 엄청난 손해와 돌이킬 수 없는 실패를 당하게 되고, 모르고 있으면 엄청난 실수를 지금 하고 있는 것입니다.

인생살이는 사후대책보다는 항상 사전준비가 더욱 중요합니다.

정말로 잘 살기를 소망하십니까?

정말로 행복하길 소망하십니까?

잘 살기를 소망하고 행복하길 소망하는 독자분에게 각각의 타고난 운명에 가장 적합한 잘 사는 방법과 삶의 기술을 정확히 가르쳐 드리고, 고민과 우환 및 문제가 있는 독자분에게는 속시원하게 해법을 가르쳐 드리겠습니다.

아무리 거리가 멀고 시간이 많이 걸릴지라도 잘살고 싶은 사람은 계획을 세우고 미리 전화로 예약을 해두면 누구나 가능합니다.

우리민족 동포라면 누구든지 꼭 한 번 필자를 찾아와서 무엇이든 물어보시길 바랍니다.

특별한 문제가 있거나 정확한 해답을 얻고 싶은 사람 또는 자기 자신의 타고난 사주팔자 운명(運命)을 꼭 알고 싶은 사람은 본인이 직접 찾아오셔야 더욱 정확한 운명진단을 받을 수 있습니다.

필자는 지리산과 설악산에 '대한민국 국사당' 건립을 추진해 가면서 대외적 사업관련 업무는 종로사무실 국일관에서 처리를 하고 운명상담 업무는 태릉지역 아파트 2개 층에 '서울 국사당' 간판을 걸고 여러 가지 동시업무를 보고 있습니다.

평생에 꼭 한 번 필자를 만나고 싶은 사람 중, 전라남도 호남지역 사람은 남해안 관광 1번지 세계 해양엑스포가 열렸던 여수신항 오동도 입구 수정동 4거리에 위치한(도로명 주소 : 전라남도 여수시 이순신광장로 260) '여수 용궁사' 또는 고흥 소록도 섬 앞 녹동항구의 어선들이 정박한 구항과 제주카페리 여객선이 정박한 신항의 중간쯤 해안도로 바닷가에 위치한(도로명 주소 : 전라남도 고흥군 도양읍 비봉로 204) '녹동 용궁사'로 미리 전화예약을 해놓고 찾아오시길 바라고, 서울 중앙본부 '서울 국사당'으로 직접 찾아오실 손님도 반드시 미리 전화예약을 해놓고 찾아오시길 바랍니다.

필자는 대자유인으로 자유롭게 살고 있으니 필자가 향하는 곳으로 또는 머물고 있는 곳으로 '사전예약'을 해두면 직접 만남을 가질 수 있습니다.

필자가 주로 상담을 하고 있는 서울점술왕국총본부 '서울국사당' 주소는 서울시 노원구 월계 3동 930번지 우남아파트 101동 201호입니다 (도로명 주소 : 서울특별시 노원구 화랑로 355, 101동 201호).

서울특별시 지도를 펼쳐놓고 보면 서울 시내 동북쪽(태릉지역)에 위치하고 있으며, 서울 지하철 1호선과 6호선 석계역 ③번 출구 앞에 위치하고, 서울 지하철 7호선도 근처로 통과하니 태릉입구역에서 6호선으로 갈아타고 석계역으로 한 정거장만 오시거나 또는 7호선 태릉입구역 ①번 출구로 나와 곧바로 큰길을 따라 석계역 방향으로 7분 정도 걸어 오셔도 됩니다.

자동차를 직접 운전하고 찾아오실 경우에는 경부고속도로·영동고속 도로·중부고속도로·서해안고속도로·경인고속도로·외곽순환도로 등 등을 타고 서울로 들어와서 서울북부간선도로·서울동부간선도로 등 등을 이용하여 서울 시내의 동북쪽으로 방향을 잡고 묵동IC·월릉IC 와 태릉·석계역 진출입램프로 빠져나와 최종목적지 석계역(石溪驛)으 로 오시면 되고, 고가도로 아래편으로 진입하고 큰길 화랑로 대로변에 위치한 석계역 ③번 출구 3m 앞 우남아파트(22층 건물)로 곧바로 들 어오시면 됩니다(GPS 네비게이션을 사용할 경우에는 주소 번지수를 잘 찍 어야 합니다).

고가도로 윗 쪽으로 진입을 해도 고가 끝에서 유턴을 해올 수 있습 니다.

필자가 살고 있는 석계역 ③번 출구 3m 앞 우남아파트는 사람 출입 과 자동차 출입 및 주차가 아주 자유롭고 편리합니다(경비원이 친절하게 안내해 드리고 무료주차입니다).

고속버스를 이용할 경우에는 동서울버스터미널역·강남고속버스터미 널역에서 지하철 7호선을 갈아타고 오시면 되고, KTX고속열차와 기타 열차를 이용할 경우에는 용산역·서울역에서 지하철 1호선을 갈아타고 30분쯤 걸려 석계역까지 오셔서 석계역 ③번 출구 3m 앞 우남아파트 101동 2층 201호로 들어오시면 됩니다.

우리 동네 근처에는 태릉선수촌·육군사관학교·서울과학기술대학교

(구명칭 : 서울산업대학) · 서울여자대학교 · 광운대학교 · 성북역 · 태릉입구역 그리고 '월릉교'가 있고 중랑천이 흐르고 있습니다. 사통팔달의 도로와 물은 흘러 움직이는 재물운(財物運)으로 보기 때문에, 그리고 하늘의 달은 물과 재물을 움직이고 운을 조종하기 때문에 운에 따른 이름과 내 개인에게 좋은 동네가 월계동(月溪洞)이고, 또한 하늘 신령님께서 삼각산과 도봉산 그리고 수락산과 불암산 봉화산 등등의 산(山)이 잘 보이고 장풍득수 두물머리자리 명당집터를 잡으라 하여 석계천 · 태릉천이 중랑천 큰 강과 합수(合水)하는 이곳을 점(占)까지 쳐서 집터와 법당을 마련하였습니다.

필자는 깊은 밤 고요한 밤중이 되면 초월명상(超越瞑想)으로 들어가 서울의 당산 북한산국립공원 도봉산과 삼각산의 가장 높은 백운대와 인수봉을 시작으로 해서 북악산 · 인왕산 · 관악산 · 수리산 · 청계산 · 광교산 · 문형산 · 검단산 · 대모산 · 구룡산 · 우면산 · 남산 · 배봉산 · 아차산 · 용마산 · 천마산 · 봉화산 · 불암산 · 수락산 · 도봉산 · 사패산 · 초안산을 한 바퀴 빙~ 둘러서 다녀오기도 합니다.

필자는 호가 국사당(國師堂)이고 법명은 태산(太山)이며 이 시대의 대도사(大道師)이기 때문에 항상 우리민족과 국가의 국운(國運)을 살피면서, 잘 되기만을 간절한 마음으로 기도드리면서 모든 사람들이 성공출세를 하고 부자가 되어 행복하게 살다가 원한이 없는 정말 잘 죽는 죽음을 맞이하고 그리고 그 영혼들은 모두가 극락천국 하늘나라에 태어나고 또한 초월자유의 해탈열반을 진심으로 기원합니다.

지금 현생의 삶을 성공시킨 행복한 사람과 착한 일 선행공덕을 많이 쌓은 사람만 죽어서 다음 생(生)이 극락천국 하늘나라에 태어난다는 진실을 가르쳐 드립니다.

필자는 현재 도승(道僧)의 경지까지 올라섰고, 생활 불교를 종지로하는 불교종단의 포교원장 대덕의 큰 스님이지만 항상 초심(初心)과 하심(下心)으로 살고, 중생들이 세간에 살고 있으니 출가와 세간 및 종교와 종파 그리고 모습과 이름까지 모두 초월하여 구속의 굴레 없이 신통도인(神通道人) 대자유인으로 살아가면서 종교와 신분에 상관 없이 인연 닿은 사람은 누구나 만나주고 있습니다.

필자는 여러 가지 사업경영과 국사당 건립추진 등등으로 항시 바쁘기 때문에 반드시 전화예약(핸드폰 010-5105-5000, 서울평생전화 0502-979-4984)을 꼭 하고 방문을 하셔야 하고, 필자가 있는 곳으로 본인이 직접 찾아와야 더 정확한 '운명진단'과 '인생상담'을 받을 수 있습니다. 국사당을 완성하는 2030년까지만 점(占)을 봐드립니다. 평생 동안 한 시대를 살아가면서 필자를 꼭 한 번 만나보면 삶의 모든 문제들의 해답을 반드시 얻을 것입니다.

평생에 꼭 한 번 독자분과 직접 만남을 약속드리면서 필자의 '운명작용법칙이론'이 인류사회의 발전과 개인의 삶에 보탬이 되길 진심으로 기원드리는 바입니다.

끝으로, 필자가 평생 동안 연구하고 검증하여 역사의 기록으로 남겨놓을 운명분야의 정말로 귀중한 이 책이 많은 사람들에게 전달되어 항상 가까이 두고 늘 참고하시길 진심으로 바라는 바이고, 또한 이 책을 읽은 사람들은 필자를 한 번이라도 직접 만나본 후 확인을 하고 평판해 주시길 진심으로 바라는 바입니다.

필자를 직접 만나보면 누구든 삶의 해답을 얻게 될 것입니다.

이 책을 읽어주신 당신께 진심으로 감사를 드리나이다.
누구든 차 한잔 마시러 오십시요!

점술왕국 총본부 '서울국사당'에서
평생명예를 내걸고 필자 씀

집필후기

필자는 직감직필로 수정 없이 이 글을 도필(道筆)로 썼습니다.

필자는 중생구제의 한 방편으로 점(占)을 봐주고 있습니다.

많은 사람들이 열심히 공부를 하고 열심히 일을 하고 열심히 영업과 사업을 하고 있는데 잘못되는 사람들이 많이 생겨나고 있고, 또한 열심히 종교를 믿으며 신앙생활을 하고 있는데 평생 동안 종교단체에 재산과 노동을 빼앗기면서 점점 더 잘못되는 사람들이 많이 생겨나는 등등 많은 사람들이 '운명작용법칙'을 잘 몰라서 억울함들을 당하고 있다고 생각합니다.

필자는 잘못되고 있는 그 많은 사람들을 어떻게든 나쁜 종교와 나쁜 운명에 더 이상 속지 않고 더 이상 이용당하지 않게 하려고 글쓰기는 비록 서툴지만 정성껏 글을 써서 책으로 전달하여 진실과 진리를 가르쳐주고자 함이고 그리고 우리땅의 정화와 우리 선조님들의 영혼구제와 우리민족국가의 구심점을 만들기 위한 국사당 홍보를 하고자 이 글을 쓰고 책으로 펴내는 바입니다.

이 책은 모두가 평생에 꼭 한 번씩은 읽어둬야 하는 진실과 진리의 보물책입니다.

필자가 이 책을 집필하는 동안에 곁에서 공양을 도와준 남해 바닷가 고흥 녹동 용궁사의 부주지겸 1급 운명상담사 '해수(海水)대보살'님과 세계해양엑스포가 열렸던 여수신항 수정동 오동도 앞바다에서 바다용들의 수정구슬(여의주)을 꼭 얻겠다고 3천일 동안 밤에는 바다에서 용궁기도를 하고 낮에는 하루에 딱 3명만 점(占)을 봐주며 때를 기다리면서 필자가 여수 용궁사에 내려갈 때마다 바다에너지를 나누어주시는 은둔자이시고 여수 용궁사, 3층 법당 한 칸을 쓰고 계시는 '도인(道人) 스님'께 특별히 감사를 표하고 그리고 책 내용이 너무나 귀중하다면서 이 책을 세상에 나올 수 있도록 출간에 힘써주신 북갤러리 최길주 사장님과 직원 여러분께도 진심으로 감사를 드리나이다.

또한 모든 분들께 감사를 드리나이다.

하늘의 말씀에 이르시기를 다른 사람들에게 이롭게 해주는 참 좋은 방법으로 법공양(法供養) 선물이라는 것이 있습니다.

이 책을 읽고 난 후 '법공양 선물책으로 참 좋구나'라고 생각하시면 이 책을 많이 구입하여 다른 사람들에게 가장 착한 일 법공양을 많이 하시고 하늘로부터 무량복덕 받으시길 진심으로 빕니다.

* 10권 이상 대량구입은 출판사나 저자에게 연락바랍니다.

개정판 **천기소설 운**

초판 1쇄 인쇄일_2013년 1월 2일
초판 1쇄 발행일_2013년 1월 7일

지은이_손재찬 도인
펴낸이_최길주

펴낸곳_도서출판 BG북갤러리
등록일자_2003년 11월 5일(제318-2003-00130호)
주소_서울시 영등포구 국회대로 72길 6 아크로폴리스 406호
전화_02)761-7005(代) | 팩스_02)761-7995
홈페이지_http://www.bookgallery.co.kr
E-mail_cgjpower@hanmail.net

ⓒ 손재찬 도인, 2013

ISBN 978-89-6495-044-9 03810

이 도서의 국립중앙도서관 출판시도서목록(CIP)은 e-CIP홈페이지(http://www.nl.go.kr/ecip)와 국가자료공동목록시스템(http://www.nl.go.kr/kolisnet)에서 이용하실 수 있습니다.
(CIP제어번호 : CIP2012005795)